U0942618

Yilin Classics

Anne of Green Gables

绿山墙的安妮

[加拿大] 露西·莫德·蒙哥马利 著

郭萍萍 译

译林出版社

图书在版编目（CIP）数据

绿山墙的安妮/（加）露西·莫德·蒙哥马利著；郭萍萍译．—南京：译林出版社，2019.4（2024.8重印）
（经典译林）
ISBN 978-7-5447-7575-5

Ⅰ.①绿… Ⅱ.①露… ②郭… Ⅲ.①儿童小说－长篇小说－加拿大－现代 Ⅳ.①I711.84

中国版本图书馆CIP数据核字（2018）第264559号

绿山墙的安妮 [加拿大] 露西·莫德·蒙哥马利 / 著 郭萍萍 / 译

责任编辑 鲍迎迎
装帧设计 韦 枫
责任印制 颜 亮

原文出版 Bantam Books, 1984
出版发行 译林出版社
地 址 南京市湖南路1号A楼
邮 箱 yilin@yilin.com
网 址 www.yilin.com
市场热线 025-86633278
排 版 南京展望文化发展有限公司
印 刷 南京爱德印刷有限公司
开 本 880毫米 × 1230毫米 1/32
印 张 9.75
插 页 4
版 次 2019年4月第1版
印 次 2024年8月第19次印刷
书 号 ISBN 978-7-5447-7575-5
定 价 36.00元

生命中不能错过什么

周国平

安妮是一个11岁的孤儿，一头红发，满脸雀斑，整天耽于幻想，不断闯些小祸。假如允许你收养一个孩子，你会选择她吗？大概不会。马修和马瑞拉是一对上了年纪的独身兄妹，他们也不想收养安妮，只是因为误会，收养成了令人遗憾的既成事实。故事就从这里开始，安妮住进了美丽僻静村庄中这个叫做绿山墙的农舍，她的一言一行都将经受老处女马瑞拉的刻板挑剔眼光——以及村民们的保守务实眼光——的检验，形势对她十分不利。然而，随着故事的进展，我们看到，安妮的生命热情融化了一切敌意的坚冰，给绿山墙和整个村庄带来了欢快的春意。作为读者，我们也和小说中所有人一样不由自主地喜欢上了她。正如当年马克·吐温所评论的，加拿大女作家露西·莫德·蒙哥马利塑造的这个人物不愧是"继不朽的爱丽丝之后最令人感动和喜爱的儿童形象"。

在安妮身上，最令人喜爱的是那种富有灵气的生命活力。她的生命力如此健康蓬勃，到处绽开爱和梦想的花朵，几乎到了奢侈的地步。安妮拥有两种极其宝贵的财富，一是对生活的惊奇感，二是充满乐观精神的想象力。对于她来说，每一天都有新的盼望，新的惊喜。她不怕盼望落空，因为她已经从盼望中享受了一半的喜悦。她生活在用想象力创造的美丽世界中，看见五月花，她觉得自己身在天堂，看见了去年枯萎的花朵的灵魂。请不要说安妮虚无缥缈，她的梦想之花确确实实结出了果实，使她周围的人在和从前一样的现实生活中品尝到了从前未曾发现的甜美滋味。

我们不但喜爱安妮，而且被她深深感动，因为她那样善良。不过，她的善良不是来自某种道德命令，而是源自天性的纯净。她的生命是一条虽然激荡却依然澄澈的溪流，仿佛直接从源头涌出，既积蓄了很大的能量，又尚未受到任何污染。安妮的善良实际上是一种感恩，是因为拥有生命、享受生命而产生的对生命的感激之情。怀着这种感激之情，她善待一切帮助过她乃至伤害过她的人，也善待大自然中的一草一木。和怜悯、仁慈、修养相比，这种善良是一种更为本真的善良，而且也是更加令自己和别人愉快的。

所以，我认为，这本书虽然是近一百年前问世的，今天仍然很值得我们一读。作为儿童文学的一部经典之作，今天的孩子们一定还能够领会它的魅力，与可爱的主人公产生共鸣，孩子们比我聪明，无须我多言。我想特别说一下的是，今天的成人们也应当能够从中获得教益。在我看来，教益有二。一是促使我们反省对孩子的教育。我们该知道，就天性的健康和纯净而言，每个孩子身上都藏着一个安妮，我们千万不要再用种种功利的算计去毁坏他们的健康，污染他们的纯净，扼杀他们身上的安妮了。二是促使我们反省自己的人生。在今日这个崇拜财富的时代，我们该自问，我们是否丢失了那些最重要的财富，例如对生活的惊奇感，使生活焕发诗意的想象力，源自感激生命的善良，等等。安妮曾经向从来不想象和现实不同的事情的人惊呼："你错过了多少东西！"我们也该自问：我们错过了多少比金钱、豪宅、地位、名声更宝贵的东西？

CONTENTS · 目录

第一章

雷切尔·林德太太大吃一惊

雷切尔·林德太太就住在亚芬里大街向下斜伸进一个小山谷的地方，山谷四周长满桤树和凤仙花，一条小溪从中穿过大街。溪水源自远处的老卡思伯特家的树林中。流过林中的那一段小溪以其蜿蜒曲折、湍流迅疾而著称，一潭潭池水和小瀑布阴暗隐秘；但是，流到了林德太太家附近的山谷时，水流却逐渐缓慢下来，变成了一条安静规矩的小河。因为哪怕是一条小溪，只要经过雷切尔·林德太太的家门口，都会放慢脚步，谦恭而有礼貌地通过。也许连它都知道，雷切尔太太这会儿正坐在窗前，注视着门前过往的一切呢，从小溪到孩子，要是被她发现了任何古怪或不同于平常的事儿，她可一定会想法子探个究竟，不找出其中的原委是绝不罢休的。

在亚芬里内外，有许多人特爱关心邻里的家务事，却不管自家的事；雷切尔·林德太太却是一个能干的人，无论是自家事还是邻里事，她都特别关心，并总能妥善处理好两者之间的关系。她是一位有名的家庭主妇，家里家外拾掇得井井有条。她组织了一个缝纫小组，帮助管理主日学校，她还是教会救助协会和对外传教辅助机构最强有力的支持者。尽管有这么多的事，雷切尔太太仍能抽出大量的时间，好几个小时地坐在她家厨房的窗前，一边绗缝着棉被，一边留意地盯着门前那条穿过山谷蜿蜒伸上远处陡峭红色小山的大路。亚芬里的家庭主妇们常常用敬畏的口气告诉别人，说她已经绗了十六条那样的棉被了。由于亚芬里占据了一个三角形的小半岛，一直延伸至圣劳伦斯海峡，两边环水，任何进出亚芬里的人都得经过那条山路，因此谁都逃不脱雷切尔太太能看到一切的眼睛的无形检验。

六月初的一个下午，她像往常一样坐在那里。阳光照进窗内，温暖而明亮。房前斜坡上的果园里攒动着粉白色初放的花朵，泛起新娘般的红晕，群群蜜蜂翩跹起舞。托马斯·林德——一个温顺的小个头男人，亚芬里的人习惯把他称做“雷切尔·林德的丈夫”——正在谷仓那边的山地上播种晚萝卜种子，而马修·卡思伯特也应该在远于绿山墙边小河旁的那一大块红土地中播撒他的种子。雷切尔太太知道马修也应该在播萝卜种，是因为前一天晚上她在卡莫迪那里威廉·布莱尔的店里听到他告诉彼得·莫里斯说，他打算第二天下午就去播萝卜种。当然是彼得主动问他的，因为从未听人说过马修·卡思伯特一生中曾主动和别人说过什么事情。

可是马修·卡思伯特却出现了。一个繁忙日子的下午三点半钟，他驾着马车正不慌不忙地穿过山谷上山坡。他戴着白衣领，穿着最好的西服，这清楚地证明他要离开亚芬里出远门；他驾着栗色马拉的两轮车，说明要走很长一段路。那么，马修·卡思伯特到底去哪儿呢？又为什么去那里呢？

如果是亚芬里的其他人，雷切尔太太只要把各种线索巧妙地凑在一起，就可以对这两个问题猜出个八九分了。但是马修很难得出门，一定是发生了什么不寻常的紧急事情。马修生性害羞，不喜欢和陌生人来往或者去任何他得和人讲话的地方。他戴着白衣领，穿着整齐，驾着马车可是不常有的事。任凭雷切尔太太怎么去猜，也毫无头绪，而她也因此整整一下午都闷闷不乐。

最后，这位了不起的女人决定：“喝过下午茶，我就去绿山墙找马瑞拉，去打听一下马修去哪儿了，去那儿干什么。这个季节他一般不会进城。他从不探亲访友。就是萝卜种子用完了，他也用不着穿戴整齐、驾着马车去买呀。他驾车的速度并不快，所以也不像是去请医生。不过，昨晚以来一定发生了什么事才会让他动身的。我可真糊涂了。到底是什么事呢？不查个水落石出，我心里一刻也不得安宁。”

于是喝完下午茶，雷切尔太太就出发了。她不用走太远的路。卡思伯特家那栋零散的大房子四周是果园，从林德家的山谷沿路走去还不足四分之一英里，但是那条窄长的山间小路却使路途变得远得多。和他的儿子一样，马修的父亲也是一位害羞、沉默寡言的老人。当建好家宅时，他虽不算真正隐退到树林中，但却尽可能地远离了其他的住户。绿山墙建在他开出来的这块土地最远的边缘处，直到今天，从大路上几乎望不见它，而沿亚芬里大路两旁的房屋却是一座紧挨着一座。在雷切尔太太看来，住在这样的地方根本就不能算是住。

“一点不错，只能算逗留。”说这话时，她正沿着那杂草丛生、两边长满野玫瑰、路面留着深深车辙的小路走着。“两人远远地住在这个地方，难怪马修和马瑞拉都有些古怪。树做不了多少伴。天知道要是树能做伴的话，这里树倒不少。我可宁愿看人。不过，看上去他俩还挺满足。依我猜，他俩只是习惯了。爱尔兰人常说，人什么都会习惯的，哪怕是被吊起来，时间久了，也会习惯的。”

正想着，雷切尔太太跨出了小路，走进了绿山墙的后院。院子里苍翠一片，收拾得干净而整齐，院子一边是古老的大柳树，另一边是整齐的白杨树。地上看不见一根枯枝或一块碎石，要是有的话，无论如何也逃不过雷切尔太太的眼睛。她心里暗暗想，看来马瑞拉常常打扫这个院子，就像她经常打扫她的房子一样。院子里干净得就好像有人就地大吃了一顿，风卷残云，一点东西也没有剩在地上。

雷切尔迅速地叩了叩厨房门，门开了，她走了进去。绿山墙的厨房是一间非常宽敞、明亮的房间，被收拾得异常整洁，看上去倒像是一间从未被使用过的客厅。它的窗户分别是向东、向西的，从西边的窗户向后院望去，是一片柔和的六月阳光；而朝东的窗户被团团葡萄藤缠住，像是披上了一件绿装。透过它，可以瞥见左边果园内初放朵朵花苞的白樱桃树，还有那溪边山谷上摇曳生姿的白桦树。马瑞拉·卡思伯特就坐在那儿，每当她静静地坐着的时候，总是对阳光感到有一丝怀疑，在她看来，阳光对于这个世界来说似乎显得过于跳跃，不太可靠，而这个世界是应当被严肃认真对待的。这会儿，她正坐在屋内做着针线活，身后的桌子上已摆好了晚餐餐具。

进门的那刻，雷切尔太太就在脑子里记下了桌上的每一件东西。一共有三只碟子，因此马瑞拉一定在等和马修回来的那个人一起吃晚餐；但是那只是些平常用的碟子，而且桌上只有沙果酱和蛋糕，所以到访者不会是什么特别人物。但是，马修为什么戴着白衣领，还驾着马车呢？雷切尔太太更加困惑了，一向安谧、平静的绿山墙忽然在她心里变得神秘起来。

“晚上好，雷切尔！”马瑞拉轻快地打着招呼，“快请坐。今晚天气真不错。家里人还好吗？”

朋友间的直呼其名也许可以被称做是友谊的体现，而马瑞拉·卡思伯特和雷切尔太太之间尽管有着差异，或许就是因为这些差异，她俩之间才一直保持着友谊。

马瑞拉长得又高又瘦，身材缺少女性的曲线美，一头黑发总是用两只发夹卡住，牢牢地盘在脑后，几缕银丝夹杂其中。她看上去像是一个经历贫乏、刻板、严厉的女人，事实上她也确实是这样一个人。不过她的嘴巴长得倒是有点意思，如果能再纤小些，就会显得有点幽默感了。

“我们都不错。”雷切尔太太说，“不过，今天我看到马修出发的时候，很担心你的身体。我想他可能去请大夫了。”

马瑞拉会心地笑了一下。她早就料到雷切尔太太会登门的，她知道马修的出门对于她的这个邻居来说显得实在是太罕见了。

“哦,不,我身体还不错,虽说昨天还有点头痛。”马瑞拉说,“马修到布赖特河那边去了。我们打算从新斯科舍省的孤儿院里领养一个小男孩。他乘今晚的火车来。”

如果马瑞拉说马修到布赖特河那边是去接一只来自澳大利亚的袋鼠,雷切尔太太也不会像现在这样吃惊。整整五秒钟,她惊讶得说不出一句话。很显然,马瑞拉没有在和她开玩笑,可是雷切尔宁愿相信马瑞拉是在说笑。

“你这是真的吗?”雷切尔太太终于缓过神来了。

“当然是真的。”马瑞拉说道,就好像从新斯科舍省的孤儿院里领个男孩回来只是亚芬里任何一个管理有方的农场中很平常的一件春季农活,而绝非什么闻所未闻的稀罕事。

雷切尔太太感到大为震惊,她在心中惊叫:天哪,男孩!马瑞拉和马修·卡思伯特要领养一个男孩!从孤儿院里!疯了!简直是疯了!再也不会有什么比这件事更令她感到吃惊了!再也不会!

“究竟是什么使你们产生了这样的怪念头?”她不满地问道。

这么重要的决定事先居然没有征询雷切尔的意见,她当然感到非常不满。

“我们考虑这件事有一段时间了——其实整个冬天都在考虑这件事。”马瑞拉答道,“圣诞节的前几天,亚力山大·斯潘塞太太到我们这儿来过。她说她打算春天的时候从霍普顿的孤儿院里领养一个小姑娘。她的亲戚住在霍普顿,她也去过那儿,所以对那里的情况比较了解。自她走后,我和马修就一直在商量这事。我们想要一个男孩子。你知道,马修年岁逐渐大了——他已经六十岁了,走路、干活都不如以前那么轻捷了。他的心脏也不好。你知道,在这里,想雇个人帮忙实在是太困难了。能雇到的尽是些蠢笨的、未成年的法国男孩。他们在你这儿干段时间,掌握些技术后就溜走,要么去了食品加工厂,要么就去了美国。起初的时候,马修提议领养一个英国男孩，但是我坚决不答应。他们也许不错——我不是说英国的孩子不好，可我不想要那些生在伦敦街头的流浪儿。至少得是个土生土长的加拿大人。其实不管我们领养谁，都会有风险的。但是，如果是土生土长的加拿大孩子，我会感觉踏实些，担心也会少些。所以，最后决定请斯潘塞太太去那儿领她的女孩时也帮我们选个男孩。上周我们听说她就要动身去霍普顿，就托住在卡莫迪的理查德·斯潘塞的家人捎了口信给她，请她帮我们选一个聪明伶俐、讨人喜欢的男孩，十或十一岁。我们觉得这样的年纪最好，来了以后可以马上就帮咱们干些农庄的杂活，而且这么大的孩子也正是受教育、长技能的时候。我们打算好好地把他安顿下来，并送他上学接受教育。今天，我们收到了邮差从车站带来的斯潘塞太太的电报。电报上说他们乘晚上五点半的火车来。所以马修去接他了。她会在布赖特车站留下那个男孩，而她自己还得接着赶去白沙站。"

雷切尔太太平时总以发表自己的意见而感到自豪；这会儿她已渐渐适应了这条惊人消息带来的巨大震撼，于是接着说道：

"马瑞拉，恕我直言，我认为你正在做一件非常愚蠢的事——一件非常冒风险的事。你根本不知道会领到一个什么样的孩子。你们要把一个陌生的孩子领进家来，对他却一无所知。无论是他的性格、他的家庭，还是他将来会变成什么样的人，你们什么也不知道。就在上周，报上还登了一条消息，本岛西部的一对夫妻从孤儿院领养的一个男孩居然在夜里放火烧了他们的房子——是故意的，他俩差点被烧死在床上。我还知道另外一件事，有个孤儿过去常常吃生鸡蛋，被领养后，任凭领养人怎么教育，也改不了他吃生鸡蛋的坏习惯。如果你之前问我关于这件事的意见的话，我一定会说，看在上帝的分上，千万别做。就是这样。"

听了这番话，马瑞拉一点都不生气，更没有惊慌。她仍然坐在那儿平静地织着毛线。

“我不否认确实发生过你说的那类事情，雷切尔。我也有些疑虑，但是马修对这件事的态度特别坚决。所以我就让步了。马修平时很少打定主意做什么事，而每当他下定决心要做的时候，我总觉得我应该做出退让。说到风险，其实任何人做任何一件事都存在风险。有了自己的孩子，也会有风险——不是所有的孩子将来都会争气的。新斯科舍省就靠着爱德华岛，我们又不是从英格兰或美国领养孩子。他不会和我们有太大差别。”

“哎呀，我倒希望真能如此。”雷切尔说话时的语气分明显示出她对这件事的怀疑。“将来哪一天，他要是放火烧了绿山墙，或是在井里投下马钱子碱，到时可别说我事先没警告过你——我可是听说过新不伦瑞克省的一个孤童在井里投下马钱子碱毒死了领养她的一家人。不过那是个女孩。”

“我们可不打算要女孩。”马瑞拉说话时的口气就好像只有女孩才会干出往井里投毒这类事。“我从来没想过要领养一个女孩。实在搞不懂斯潘塞太太为什么要领个女孩。不过，就算收养整个孤儿院，只要她决定了，她就不会改变主意的。”

雷切尔太太很想留下来等马修带着那个孩子回来，但是看上去他们至少还要两个小时才能到家，所以她决定先去罗伯特·贝尔家，将这条新闻告诉他们。这实在是一条爆炸性新闻，而雷切尔太太向来喜欢传播此类消息。雷切尔走了，马瑞拉稍稍舒了一口气，因为她感到自己原先的怀疑和担心在雷切尔悲观情绪的影响下似乎要复苏了。

“天哪，居然会有这种事！”雷切尔太太在小路上叫道，“看上去我真像是在做梦！唉，我真为那可怜的男孩感到遗憾。马修和马瑞拉对孩子一无所知，他们还指望这小孩将来变得又聪明，又稳重，如果真是那样，他早就有自己的爷爷了。他是否有爷爷，这一点还值得怀疑呢。不管怎么说，想到绿山墙会有孩子就觉得古怪。那里可从没住过孩子，新房子盖好的时候，马修和马瑞拉都已经长大了——就算他们曾经是孩子的话，也难以相信会有人把他们当做孩子看待。无论如何，我是怎么也不会领养孤儿的。不过，我还真同情这孩子。”

雷切尔边走边自言自语着，路边的野玫瑰仿佛也能感觉得到她的激动心情。然而，如果她见到这会儿正在车站耐心等待马修的那个孩子，恐怕她会更失望的！

第二章

马修·卡思伯特大吃一惊

马修·卡思伯特驾着马车不慌不忙地向布赖特河驶去，路程约为八英里。这是一条风景秀丽的道路，行进在密集的农庄间，时而穿过一片香脂杉树林，时而越过一个山谷，山谷中的野李子树上挂着朵朵轻薄透明的花苞。大片的苹果园和绿地向远方延伸，消失在地平线附近的珠灰及紫色的薄雾中，空气由于它们散发出的芬芳气息而变得香甜起来；而

"小鸟在歌唱仿佛这是
一年中夏季里的一天。"

这样的驾车旅行与马修的风格一致，他一路很愉快，除了在途中会遇到女人并不得不向她们打招呼的那些时刻——在爱德华岛你必须向在路上遇到的每个人打招呼，不管你是否认识他们。

马修惧怕所有的女人，除了马瑞拉和雷切尔太太；他有一种不安的感觉，总觉得这些神秘、不可思议的女人在偷偷地嘲笑他。他这样想也许是对的，因为他是一个长相古怪的人，有着笨拙难看的体形，铁灰色长发垂至佝偻的肩部，从二十岁就开始蓄起柔软的棕色大胡子。实际上，他二十岁时看上去就已经和六十岁非常相像，只不过少了一些灰色。

当他到达布赖特河的时候，那里没有任何火车的踪影；他想自己来得太早了，所以先把马车拴在布赖特站小旅馆的院子里，然后径直向车站休息室走去。长长的站台上空荡荡的；唯一看得见的人，是一个坐在站台尽头一堆鹅卵石上的女孩。马修刚发现那是一个女孩，便立刻迅速地、瞧也没瞧地侧身从她身边走开。如果他看一眼的话，就一定会注意到她紧张僵硬却充满期待的姿态和神情。她坐在那儿，等着什么，而她那时唯一能做的事就是坐在那里等待，所以她竭尽全力地坐着，等待着。

马修遇到了正在锁售票处的门、准备回家吃晚饭的站长，便问他五点半的火车是否快进站了。

"五点半的火车已经进站，半小时前就开走了，"站长轻快地答道，"但是有一个旅客被留了下来交给你——一个小女孩。她正坐在外面的鹅卵石上。我让她去女士候车室，但是她很认真地告诉我她更愿意待在外面。她说：'那儿有更多想象的空间。'我得说，她是怪女孩。"

"我要接的不是一个女孩。"马修一脸茫然地说，"我到这儿是来接一个男孩的。他应该在这儿。亚力山大·斯潘塞太太会从新斯科舍省把他带过来给我。"

站长吹了声口哨。

"我猜一定是出了什么差错。"他说，"斯潘塞太太和那个女孩一起下的火车，她把女孩交给我，说你和你妹妹从孤儿院收养了她，你很快就会到这里来接她。这是我所知道的一切——我可没在附近藏匿了其他孤儿。"

"我难以理解。"马修茫然不知所措地说道，真希望马瑞拉就在身边，帮他应付这个问题。

"那么，你最好去问那个女孩。"站长心不在焉地说，"我敢说她一定能够解释清楚——她自己有嘴，这点很肯定。也许那儿没有你要的那种类型的男孩了。"

他实在太饿，便急匆匆地跑走了，留下了不幸的马修来做这件对于他来说比在太岁爷头上动土更困难的事——走近一个女孩——一个陌生的女孩——一个无父无母的女孩，而且还要向她询问为什么她不是一个男孩。马修心里暗暗呻吟，转身顺着站台慢吞吞地、轻手轻脚地向她走去。

从马修经过她身边的那刻起，她就一直在看着他，现在她专注地盯着马修。马修没有看她，就算看了，也不会注意到她究竟长得什么样，但是一个普通的观察者也能看到这些：十一岁左右的孩子，穿着一件很短、很紧、很难看的黄灰色棉绒裙，戴着一顶褪色的棕色水手帽，帽子下一直拖到后背的是两条粗粗的红发辫子。她的脸又小、又白、又瘦，布满雀斑；嘴巴很大，眼睛也是；一双眼睛在某些眼神和状态下看上去是绿色的，而在另外一些眼神和状态下又是灰色的。

这是一个普通的观察者所能看到的一切；更加细心的人或许还会注意到她的下巴长得很尖、很凸出，大大的眼睛中充满锐气与活力，可爱恬美的嘴唇极富于表情，前额宽大而饱满。简而言之，有眼力的观察者也许会得出这样的结论：害羞的马修·卡思伯特荒唐地害怕着的这一个举目无亲的小女孩，绝不是什么普通的家伙。

然而，马修面临着一个严峻考验——先开口说话，因为当她推定他正向她走来，便立刻站了起来，瘦瘦的、被晒黑了的双手一手握住一只破旧的老式毯制手提包包把，另一只手伸向了他。

“我猜你就是绿山墙的马修·卡思伯特先生吧？”她以一种独特的清晰甜美的声音说，“非常高兴见到你。我正担心你不来接我了，我想象了所有可能发生的导致你不来的事情。我已经决定如果今晚你不来接我的话，我就沿铁轨走到转弯处的那棵大洋樱桃树下，爬上去，钻进树里，今晚就待在那儿。我一点都不会害怕，月光下，睡在一棵开满白花的洋樱桃树中，将是多么美妙的一件事啊。你觉得呢？你可以想象成正躺在一座大理石建成的城堡里，不是吗？而且我确信你早晨一定会来接我，如果你今晚不来的话。”

马修笨手笨脚地握住那只骨瘦如柴的小手；当即他就决定了该怎么做。他不能告诉面前这个忽闪着大眼睛的孩子，这是一个错误；他要把她带回家，让马瑞拉告诉她。不管是发生了怎样的错误，她都不能被丢在布赖特河，因此所有的问题和解释也都会被推迟到他安全返回绿山墙后再进行。

“对不起，我来迟了，”马修羞涩地说，“快跟我来。马就在那边的院子里。把包给我。”

“哦，我能拎，”孩子兴高采烈地答道，“它不重。我的全部家当都装在里面了，但是不重。而且，这包不用一定方法拎的话，包把柄会脱落的——所以最好还是让我来拎，因为我知道里面的诀窍。这是一只非常旧的毯制手提包。哦，我真高兴你来了，虽然睡在一棵洋樱桃树里也很好。我们得走好长一段路，是吗？斯潘塞太太说有八英里。我高兴是因为我喜欢驾车。哦，这简直太美妙了，我就要和你们住在一起，属于你们。我从来没有属于过任何人——没有。但孤儿院是最糟的。我在那里只待了四个月，但已经足够了。我猜你从前不是孤儿院的孤儿，所以你不可能知道它是什么样的。它比任何你能想象到的事都糟。斯潘塞太太说我这样议论它太刻毒，但我不是有意的。如果不是有意的，很容易变得恶毒，不是吗？他们不错，你知道——孤儿院里的人。但是在孤儿院里几乎没有想象的空间——只能想象一下其他的孤儿。想象一些关于他们的事情非常有趣——假想那个坐在你旁边的女孩可能真的就是一位披着绶带的伯爵的女儿，在还是婴儿的时候，被一个残忍的护士从父母身边偷走，而那个护士还没来得及说出真相就离开人世了。我常常晚上醒着躺在那里，想象这些事情，因为我白天没有时间。我猜这就是我为什么长得这么瘦的原因——我太瘦了，是吗？我身上一点肉都没有。我真的喜欢想象自己长得漂漂亮亮、胖乎乎的，胳膊肘浅浅地凹下去。”

正说着，马修的这位同伴停了下来，因为她开始有些喘气，而另一方面也因为他们已来到了马车前。直到他们离开村庄，开始向陡峭的小山驶去，她都没有再说一个字。路面一部分深深地陷入松软的泥土中，路边的田埂高出他们好几尺，种满开着花的洋樱桃树和修长的白桦。

孩子伸出手，折下一节擦过马车的野李子树枝。

“这真漂亮，不是吗？那棵缀满白花、从田埂上斜垂出的树让你想到了什么？”她问道。

“嗯，我不知道。”马修说。

“哎呀，一位新娘，当然啦——一位戴着美丽面纱的白衣新娘。我从来没有见过新娘，但是我能想象得出她的模样。我不指望自己会成为新娘。我长得这么普通，没有人会愿意娶我的——除非那可能是一个外国传教士。我猜外国传教士也许不太挑剔。但是我真的希望有一天我能拥有一条白裙子，那是我所能想到的最高的理想。我真的喜欢漂亮衣服。我这一生还从来没有过一条我能记住的漂亮裙子——但这更加令人向往，不是吗？我会想象自己穿着华丽的衣裳。今天早晨，我离开孤儿院的时候，感到特别羞愧，因为我不得不穿上这件难看的旧棉绒裙。孤儿院的所有小孩都得穿它，你知道。去年冬天霍普顿的一个商人向孤儿院捐赠了三百码棉绒布。有人说那是因为他卖不掉了，但是我宁可相信那是他大发善心，你觉得呢？我们登上火车的时候，我觉得好像每个人都在盯着我，同情我。然后我就开始想象自己正穿着一条最漂亮的淡蓝色真丝裙——当你想象的时候，可能也会想到其他一些东西——戴着一顶缀满鲜花和弯弯羽毛的大帽子，一块金表，小山羊皮手套和靴子。立刻我就觉得浑身振奋，开始尽情享受我的小岛旅行。在船上我一点都没晕船。斯潘塞太太也没有，虽然她经常晕船。她说她一直在看着我，防止我从船上失足掉到海里，所以根本没时间晕船。她说她从没见过像我这样喜欢到处瞎逛的人。可是如果这能让她不晕船，那我到处逛逛也算件好事,难道不是这样吗?我想看所有那些在船上可以看到的东西,因为不知道我是不是还会再有机会。噢,这儿有更多开花的洋樱桃树!这座小岛简直是开花最多的地方。我已经爱上它了,而且我很高兴将住在这里。我常常听人说爱德华岛是全世界最美丽的地方,我过去也常想象自己住在这里,但是从来没真的指望能住在这儿。当想象变成现实的时候,太令人愉快了,不是吗?但是那些红色的路显得那么可笑。我们在夏洛特镇上火车后,红色的路开始从眼前掠过。我问斯潘塞太太是什么让它们变得那么红的,她说她不知道,而且请我看在上帝的分上别再问她任何问题了。她说我肯定已经问了她一千个问题。我也这样想,但是如果你不问的话,怎么能找出答案呢?是什么让这些路变得这么红?"

"嗯,我不知道。"马修说。

"那么,这事以后会找到答案。想到还要给许多事情找出答案,我就激动,难道不是吗?这让我感到活着真好——这是一个多么有趣的世界。如果我们已经知道了所有问题的答案,那世界就失去了一半的乐趣,不是吗?那样的话就没有想象的空间了,不是吗?我是不是话说得太多?人们常常说我话太多。你是不是希望我别再说话?如果你这样说,我马上就停下来。虽然这很难,但如果我下定决心的话,我能停住。"

马修听得很愉快,这让他自己很吃惊。像绝大多数安静的家伙一样,他喜欢健谈的人。他们自己很愿意说话,也不指望他会接话茬。但是他从没料到会与一个小女孩相处得这么愉快。女人当然很糟糕,但小女孩更糟。他讨厌她们斜着眼、羞怯地从他身边偷偷侧行而过的方式,仿佛如果她们敢说一个字,他会一口吃了她们。那是亚芬里有良好教养的女孩的典型。然而这个满脸雀斑的女孩却不一样,尽管他发现自己反应迟钝的脑子很难跟得上她跳跃的思维过程,但觉得还是很"喜欢她那喋喋不休的谈话"。所以他像平时一样羞涩地说:

“噢,你喜欢说就说吧。我不介意。”

“啊,我太高兴了。我知道你和我会相处得很好。这多么令人舒畅,想说就说,不会被大人提醒小孩只应该被看见,不应该被听见。我已经被人家那样说过一百万回了。人们总是嘲笑我,因为我使用大字眼。但是如果你有大思想的话,就必须用大字眼表达,是不是这样呢?”

“嗯,好像挺有道理。”马修说。

“斯潘塞太太说我的舌头一定是悬在中间的,但这不对——它的一端明明牢牢地固定在嘴里。斯潘塞太太说你住的地方叫绿山墙。我问她为什么,她说那里周围全是树。我更高兴了。我真的很喜欢树。孤儿院周围根本没有树,外面只有些瘦瘦的小树苗,周围围了些刷成白色的、像笼子一样的东西。它们本身看上去就像孤儿,那些小树苗。看着它们常让我想哭。我过去常常对它们说:‘噢,你们这些可怜的小东西! 如果你们和别的树一起长在大树林里,苔藓和六月钟冠花爬满根部,一条小溪就在不远处,小鸟在枝头鸣唱,那么你们一定能长大,但在这里,你们却不能。我真的了解你们的感受,小树苗。’今天早晨要离开它们的时候,我特别难过。你肯定也会舍不得那样的东西。绿山墙附近有小溪吗? 我忘了问斯潘塞太太了。”

“嗯,是的,屋子正南边有一条。”

“真没想到! 住在小溪边一直是我的梦想。虽然我从来没指望自己真的会。梦想并不一定都会成真的,如果梦想能变成真的,不是太好了吗? 现在我感觉差不多非常快乐。我不能感到完全快乐是因为——嘿,你叫这个什么颜色?”

她突然从自己瘦弱的肩膀上抽出一条长长的、极有光泽的辫子,举到马修眼前。虽然马修不习惯辨别女子发辫的色彩,但是对眼前这条辫子的颜色却没有太多疑惑。

“红色,是吗?”他说。

女孩将辫子垂放至原处，叹了一口气，这声仿佛来自于她内心最深处的叹气似乎正向外发出她积压许久的忧伤。

“是的，是红色，”她无可奈何地说道，“现在你知道为什么我不能非常快乐了。任何一个长着红头发的人都不能。我不怎么在乎其他东西——雀斑、绿眼睛和我的皮包骨。我可以想象它们都不存在。我可以想象自己拥有美丽的、玫瑰花瓣似的皮肤和漂亮的、闪闪发光的紫色眼睛。但是我无法想象红发不存在。我试了所有的办法。我对自己说：‘现在你的头发是乌亮的黑色，黑得像渡鸦的翅膀。’但是我始终知道它分明就是红色，这让我的心都碎了。它将是我的终身遗憾。我曾在一本小说里读到过一个有着终身遗憾的女孩，但是她遗憾的不是红发。她有着金色的波浪鬈发，从雪花石膏般的额头一直长到脑后。什么是雪花石膏般的额头？我没能找到答案。你能告诉我吗？”

“嗯，我想我不能。”马修说，他已经有些晕头转向了。他觉得就像回到了莽撞的少年时代那次在野营中被别的男生怂恿爬上旋转木马时的感觉。

“啊，不管那是什么，它肯定是种美好的东西，因为她美若天仙。你想象过美若天仙时会有的感觉吗？”

“嗯，不，我没有。”马修老老实实地承认。

“我有，经常有。如果你可以选择的话，你会选哪个——美若天仙、智慧非凡还是像天使般善良？”

“嗯，我——我实在不知道。”

“我也不知道。我从来都没法决定选哪个。但是这对我来说没有太多的不同，因为我好像哪个也成不了。这点很确定，我永远不可能像天使般善良。斯潘塞太太说——哎呀，卡思伯特先生！哎呀，卡思伯特先生！！哎呀，卡思伯特先生！！！”

那当然不是斯潘塞太太说的；这孩子也没有从马车上摔下来，马修更没做什么惊人的事情。他们只不过在路上拐了个弯,进入了“林荫大道”。

这条被新不里奇人称做“林荫大道”的马路向前延伸四五百米长,被两旁高大的苹果树所形成的拱形完全遮蔽。延绵成林的苹果树是很多年前一位古怪的老农场主种的。向上望去,洁白芬芳的花朵形成一片长长的顶棚似的树荫。粗大的树枝下面,充满了绯红的暮色余晖,远方依稀可见的落日中的天空仿佛被着了色,一闪一闪的好像教堂走廊尽头的一扇玫瑰色的窗户。

它的美丽好像深深吸引了这个孩子,她一言不发,倚靠在马车上,瘦弱的小手紧握着放在胸前,如痴如醉地抬头望着头顶上那一片雪白壮丽的美景。甚至当他们离开了大道,顺着长长的斜坡向新不里奇驶去时,她都没有动一下或开口说一个字。她依旧神情痴迷地凝望着远方的西下斜阳,双眼注视着一幕幕壮丽的景色掠过发着红光的天空。他们经过新不里奇,那是一座喧闹的小村庄,小狗向他们发出声声吠叫,小男孩喊着,好奇的人们透过窗户盯着他们,他们仍旧沉默地行驶着。又走了三里路,这孩子还是没有说话。很显然,她能保持沉默,就像她能滔滔不绝地说话一样。

“我想你又累又饿了吧。”终于,马修大胆地问道,这是他能想到的为什么她沉默许久的唯一原因,“没多远我们就要到了——还有一英里路。”

她从出神的遐思中惊醒过来,重重地叹了一口气,用游离许久的蒙眬目光看着他。

“噢,卡思伯特先生,”她轻语道,“我们刚才经过的那个地方——那个一片洁白的地方——叫什么?”

“嗯,你一定是说林荫大道,”马修沉吟了片刻说道,“那是一个漂亮的地方。”

“漂亮?噢,用漂亮这个词似乎不准确。美丽也不准确。它们远远不够。噢,它太奇妙了——奇妙。这是我所见过的第一个比想象的事情更好的东西。它让我这里感到满足。”她将一只手放到胸前。“它让我有一种奇怪的心痛，但却是一种愉快的心痛。你有过这样的心痛感觉吗，卡思伯特先生？”

“嗯，我记不起来了。”

“我有过很多次——每当我见到极其美丽的东西的时候。可是他们不应该把这么美妙的地方叫做林荫大道。那样的名字没有任何意义。他们应该称它为——让我想想——喜悦的洁白之路。这难道不是一个好听的富有想象力的名字吗？如果我不喜欢一个地方或一个人的名字，我就给他们起个新名字，而且总觉得他们就是那样的。我们孤儿院里有个女生，她的名字叫荷普兹巴·詹金斯，但我总把她想象成叫罗莎莉·德弗罗。其他人也许叫那个地方林荫大道，但是我会永远称它为喜悦的洁白之路。我们真的还只有一英里路就到了吗？我又高兴又难过。我难过是因为这次旅行是这么的愉快，而每当愉快的事情结束时我总会感到难过。也许更愉快的事情会跟着来到，但是你永远无法肯定。事实上，好多次跟着发生的事并没有使人更快乐。不管怎么说，这是我的经验。但是想到快到家了，我就很高兴。你看，从我能记事起，我就没有真正的家。想到我快要有一个真正的家，我又有那种愉快的心痛。噢，这太好了！”

他们驾着马车向山顶驶去。下面是一个池塘，幽长曲折如一条河。一座小桥横跨中央，琥珀色的沙丘地带环绕四周，一直延绵至远处藏蓝色的海湾，塘中池水交替变换着色泽，形成一幅幅壮美的景观——橘黄色，玫瑰色，淡绿色，以及一些难以捉摸、不知名的颜色。桥的上游，池水一直流入那片种着冷杉和红枫的小树林，幽暗清澈地被笼罩在它们摇曳的婆娑身影中。零零星星的野梅子树从岸边斜伸出来，就像一位白衣少女正踮着脚向水中凝视自己的倒影。池塘源头的那片沼泽地里传出阵阵清脆、凄厉悦耳的青蛙叫声。远处小山坡上的白色苹果园旁坐落着一幢灰色的小房子，尽管天色还未完全暗下来,但是屋子的一扇窗户里已经出现了闪动着的灯光。

“那是巴里的池塘。”马修说。

“哦,我也不喜欢这个名字。我会称它为——让我想想——闪光之湖。是的,这才是它合适的名字。我知道因为我感到了一阵震颤。每当我找到最合适的名字时,总会感到一阵震颤。有没有什么事情给过你这种震颤?”

马修默默地想了一会儿。

“嗯,是的。一看到那些讨厌的白色蛆虫爬在黄瓜地里,我就会有一种震颤。我讨厌见到它们。”

“噢,我想那不是真正的震颤感觉。你觉得它能吗?蛆虫和闪光之湖之间看上去并没有太多的联系,为什么人们叫它巴里的池塘?”

“我估计是因为巴里先生就住在那边的房子里。他住的地方叫果园坡。如果不是因为它后面的那片灌木丛,从这儿你可以看到绿山墙。现在我们得过桥,绕过那条路,所以还有半英里路。”

“巴里先生有小女儿吗?嗯,不是太小的——和我差不多大。”

“他有一个十一岁左右的女儿。名字叫戴安娜。”

“哦!”她长长地吸了一口气,“多么动听可爱的名字!”

“嗯,我不知道。我好像觉得这名字里有些可怕粗野的东西。我更加喜欢简、玛丽或是其他一些朴素的名字。戴安娜出生的时候,有位男校长寄宿在她家,她父母让他给这孩子起名,于是他就叫她戴安娜。”

“真希望我出生的时候,也有位像他那样的校长在身边。哦,现在我们在桥上了。我要把眼睛紧紧闭上。我总是害怕过桥。我会情不自禁地想象或许当我们刚好走到桥中间的时候,它突然断了,像折刀一样把我们夹断,所以我得闭上眼睛。但是当我觉得走得快靠近中间的时候,我又总会睁开眼睛。因为,你看,如果桥真的突然崩断了,我还真的想亲眼看到它断开。那将会是多么巨大的轰隆声啊!我喜欢断开时的轰隆声。世界上有这么多可以喜欢的东西,真是太美妙壮观了。啊,我们过来了。现在,我要回头看看。晚安,亲爱的闪光之湖。我总会对那些我喜欢的东西道晚安,就像对人们道晚安一样,我想它们会喜欢的。那潭池水看上去就像在向我微笑。”

他们继续在山上驶着,快到一个弯角的时候,马修说:

“我们快到家了。那边就是绿山墙……”

“噢,别告诉我,”她气喘吁吁地打断他的话,一边试图抓住马修举向半空的胳膊,一边闭上眼睛,不去看他的手势,“让我猜猜。我肯定猜得很准。”

她张开双眼,环视四周。他们登上了山顶。太阳已西下,但是在柔和的落日余晖中,美丽的景色依旧清晰可见。西边,逐渐阴暗下来的教堂尖顶浮现在天空中。山下是一个小山谷,远方是一座平缓延绵的山坡,若隐若现的农庄散布其间。孩子急切地转动着眼睛,从一个地方看到另一个地方,目光中充满了渴望与依恋。最后,他们在左边一座远离马路的农庄前停下,四周被树林所环抱,屋前的树开着花,农庄在树影婆娑的暮色中隐隐约约地显出些白色。向上看去,无瑕的西南边天空中一颗大大的、水晶般透亮的星星眨着眼,好像一盏充满希望的指引之灯。

“就是它,是吗?”她指着问道。

马修高兴地拍了一下马后背上的缰绳。

“嗯,你猜对了! 可是,我估计斯潘塞太太已经向你描述了它,所以你能辨得出它。”

“不,她没有——真的,她没有。她所说的好像是其他的房子。我一点都不知道它看上去会是什么样。但是,当我一看到它,我就感觉那是我的家。噢,我像是在梦中。你知道吗,我胳膊肘以上一定青一块、紫一块了,因为今天我捏了自己好多次。每隔一小会儿,我就会有一种可怕的、毛骨悚然的感觉,真担心它是一场梦。然后,我就掐自己,看看是不是真的——直到我突然想起来,就算那只是一个梦,只要我可以,我就最好接着做下去,所以,我就停下来不再掐了。但是,这是真的,我们就要到家了。”

随着一声欢呼,她重又陷入了沉默。马修不安地动了一下。他暗自庆幸,将由马瑞拉而不是他去告诉面前这个孩子,她期望已久的家根本不属于她。他们驶过林德的山谷,天色已经很暗了,但是还没有暗得使林德太太无法看见他们,从她那占据有利位置的窗户,林德太太看着他们上了山,走进绿山墙的小路。当他们来到家门口时,马修以一种他自己都无法理解的力量向后退缩,回避那即将被揭示的真相。他想的不是这场错误可能会给马瑞拉或自己带来什么麻烦,而是这孩子的失望。当他一想到欣喜若狂的光芒就要从她眼中熄灭,他就有一种不安的感觉,就好像他将参与一场残杀——这种感觉和他杀小羊、小牛或者其他什么无辜小动物时的感觉异常相似。

当他们进去的时候,院子里已经非常黑了,周围杨树上的叶子在沙沙作响。

“听,树儿在梦中说话。”当马修抱她下车的时候,她轻声低语,“它们一定在做着美丽的梦!”

接着,紧紧挎着那只装着“她全部家当”的手提包,她跟着他进了屋。

第三章

马瑞拉·卡思伯特大吃一惊

马修刚打开门,马瑞拉便轻快地迎上前去。但是当她的目光落到这个穿着紧绷绷、难看的裙子,梳着红色的长辫子,闪着急切目光的奇怪的小东西身上时,她诧异地突然停了下来。

“马修·卡思伯特,那是谁?”她喊道,“男孩呢?”

“没有男孩,”马修沮丧地说,“只有她。”

他向孩子点了点头,这时想起来还不曾问过她的名字。

“没有男孩!但是必须有个男孩!”马瑞拉坚持道,“我们带信给斯潘塞太太让她捎个男孩来的。”

“嗯,她没有。她带来了她。我问过车站站长。我必须带她回来。她不能被留在那儿,不管发生了什么差错。”

“哦,这真是一桩好差事!”马瑞拉喊道。

在这场谈话中,孩子一直保持着沉默,流盼的目光在马修和马瑞拉之间来回移动,所有的兴奋渐渐从脸上消失。突然,她好像领会了他们谈话的全部意思。放下她珍贵的手提包,她一个箭步越上前去,双手交叉紧握着。

“你们不想要我!”她大声叫道,“你们不想要我,因为我不是男孩!我早就该料到。没有人想要我。我早就该知道这一切都是昙花一现。我早就该知道没有人真的想要我。噢,我该怎么办?我就要哭了!”

她真的突然大声哭了起来。坐在桌子边的椅子上,她张开双臂扑在桌子上,把头埋在臂膀中,放声号啕大哭。马瑞拉和马修隔着壁炉面面相觑。他俩谁也不知道该说些什么或做些什么。最后,还是马瑞拉硬着头皮挺身而出。

“好了,好了,没有必要哭成这样。”

“不,有必要!”孩子迅速地抬起头,露出挂满泪珠的脸颊和颤抖着的双唇。“你也会哭的,如果你是个孤儿,来到一个原以为会成为你家的地方,却发现他们不想要你,因为你不是男孩。哦,这是发生在我身上最悲惨的一件事!”

马瑞拉勉强地挤出一个笑容,尽管显得僵硬、生疏,但还是使她严厉的声调变得柔和了一些。

“好啦,别再哭了。我们今晚不会把你赶出去的。你会一直待在这儿,直到我们把整个事情搞清楚。你叫什么名字?”

孩子迟疑了一会儿。

“你可以把我叫做科迪莉亚吗?”她急切地说。

“把你叫做科迪莉亚? 那是你的名字吗?”

“嗯——不,那不是我的名字,但是我很愿意被叫做科迪莉亚。那是一个多么完美、典雅的名字。”

“我不明白你到底是什么意思。如果科迪莉亚不是你的名字,那什么是?”

“安妮·雪莉,”这个名字的主人不情愿地、结结巴巴地说,“但是,哦,请你就叫我科迪莉亚。你叫我什么又不会影响你多少,如果我只是在这里待一小会儿,是不是呢? 安妮是那样一个不浪漫的名字。”

“不浪漫,胡扯!”马瑞拉毫不留情地说,“安妮是一个非常好的、朴素的、实用的名字。你没有必要因为它而害羞!”

“哦,我不是害羞,”安妮解释道,“只不过我更喜欢科迪莉亚一些。我总是想象我的名字是科迪莉亚——至少,最近几年我是这么想的。在我小的时候,我常常想象它是杰拉尔丁,但现在我更喜欢科迪莉亚。可是,如果你叫我安妮,那么请你叫我拼写中带个 E 的安妮。”

“它怎么拼写会有什么不同?”拎着茶壶的马瑞拉好不容易又挤出一个微笑。

“哦,太不同了。那样看起来好多了。当你听到一个发音清晰的名字,你不觉得你能在心里看到它吗,就好像它是被刻出来的?我能;A-N-N 看上去糟透了,但是 A-N-N-E 就显得高雅多了。如果你能叫我拼写中带个 E 的安妮,那我就试着妥协一次,不再去想科迪莉亚。”

“好吧,那么,拼写中带个 E 的安妮,你可以告诉我这场错误是怎么发生的吗?我们带信给斯潘塞太太让她给我们捎个男孩的。孤儿院里是不是没有男孩了?”

“噢,不,多得是。但是斯潘塞太太说得很清楚,你们要一个十一岁左右的女孩。女舍监说她觉得我行。你不知道我有多高兴。我兴奋得昨天整晚都没睡。唉,”她转向马修,责怪地说,“你为什么不在车站告诉我你不想要我,把我留在那儿?如果我没有看见喜悦的洁白之路和闪光之湖,就不会这么难受。”

“她到底在说什么?”马瑞拉盯着马修问道。

“她——她是指我们在路上的谈话。”马修匆匆说道,“我得出去把马拴上,马瑞拉。我回来的时候,把茶准备好。”

“除了你,斯潘塞太太有没有带走别的人?”马修出去后,马瑞拉继续问道。

“她自己带走了莉莉·琼斯。莉莉只有五岁,她长得非常漂亮,有深棕色的头发。如果我长得非常漂亮,有深棕色的头发,你会留下我吗?”

“不。我们要个男孩帮马修做农活。女孩对我们没什么用。脱掉帽子，我把它和你的包放到客厅的桌上去。”

安妮顺从地脱下帽子。马修一会儿就回来了，他们坐下来开始吃晚餐。但是安妮吃不下。她慢慢地、一点一点地啃着面包和黄油，勉强地小口吃着碟子中的沙果酱。她其实根本没吃下去什么。

“你什么也没吃。”马瑞拉严厉地说，双眼盯着她，仿佛这是一个很严重的缺点。安妮叹了口气。

“我吃不下。我处在绝望的深渊中。如果你处在绝望的深渊中，你能吃得下吗？”

“我从来没有处在绝望的深渊中，所以我不能说。”马瑞拉回答。

“你没有？那么，你曾试着想象过你处在绝望的深渊中吗？”

“不，我没有。”

“那么我想你无法理解它是什么样的。它其实是一种非常不舒服的感觉。当你想吃的时候，一个肿块卡在你喉咙里，让你咽不下任何东西，就算那是一块巧克力糖。两年前我曾吃过一块巧克力糖，简直好吃极了。从那以后我经常梦见自己有好多巧克力糖，但是刚想吃的时候，就醒了。我真的希望你不要因为我吃不下饭而生气。每样菜都特别好，但我就是吃不下。”

“我猜她是累了，”马修说，他从马棚回来后一直没开口说话，“最好带她睡觉去吧，马瑞拉。”

马瑞拉一直在考虑该让安妮睡在哪里。她在厨房间为那个原本指望会来的男孩准备了一把睡椅。尽管它很整洁、干净，但是不知怎么的，她总觉得把女孩放在那儿不合适。可是也不可能让这么一个无家可归的流浪儿睡在客房里，那么只剩下一间朝东山墙的房间。马瑞拉点燃一支蜡烛，让安妮跟着她，安妮没精打采地跟在她身后，经过客厅桌子时她取下了自己的帽子和手提包。客厅异常的整洁；而她现在进入的那间山墙房，似乎显得更加整洁。

马瑞拉将蜡烛放在一张有三条腿和三只角的桌子上，然后去铺被褥。

“我想你有睡衣吧？”她问。

安妮点点头。

“是的，我有两件。孤儿院的女舍监为我做的。它们小得出奇。孤儿院里从来都没有充足的物资分配给每个人，所以东西总是紧缺——至少在像我们那样的穷孤儿院里是这样。我讨厌紧紧的睡裙。但是穿着它们我可以想象自己是穿着领口带花边的漂亮的曳地长裙，这也算是一个安慰。”

“好了，快脱掉衣服上床。我一会儿回来吹蜡烛。我可不敢相信让你去吹灭它。说不准你会搞得这儿失火。”

马瑞拉走后，安妮急切地往四周看去。刷成白色的墙光秃秃的一点装饰也没有，刺眼得让她觉得它们一定在为自己的赤裸而痛苦。地板也是光秃秃的，除了中间一块圆形的、用草编的蹭鞋垫，安妮以前从没见过这样的垫子。一张高高的、有四根床杆的老式床放在一个角落里。另一个角落里摆的是那张三只角的桌子，上面铺了一块厚厚的红天鹅绒针垫，密实得可以插进任何一根针的针头。在它上方挂了一面长方形的镜子。桌子和床之间是一扇挂着素白色麦斯林纱窗帘的窗户，对面是脸盆架。整间屋子刻板得无法用言语形容，让安妮感到一阵彻骨的战栗。她呜咽着匆匆脱掉衣服，穿上那件短小的睡衣，一股脑儿钻进被子里，把脸朝下藏进枕头里，拽起被子蒙住脑袋。当马瑞拉回来熄蜡烛时，各式各样短小的衣服凌乱得扔得满地都是，只有床上一阵剧烈的骚动还能显示出她的存在。

她小心地拾起安妮的衣裳，把它们一件一件理好放到一把整洁的黄色椅子上，然后熄灭蜡烛，走到床边。

“睡个好觉。”她尴尬地但还算真诚地说道。

安妮突然从被子中露出苍白的脸和大大的眼睛。

“你怎么能让我睡个好觉,你明明知道这是我所过过的最糟的夜晚?”她责怪地说。

然后她又迅速钻进去不见了。

马瑞拉慢慢地下楼进了厨房,开始洗晚餐用过的盘子。马修在抽烟——内心烦躁不安的表现。他很少抽烟,因为马瑞拉反对,认为那是一个不良的坏习惯;但是在某些特定的时候和季节,他会觉得特别想抽,马瑞拉意识到那样的一个大男人一定是在发泄他的情感,所以对他的这种惯常做法也就睁一只眼闭一只眼了。

“唉,这真是一场混乱,”她怒气冲冲地说,“这全是因为托人带信而不是我们亲自去惹的麻烦。理查德·斯潘塞的家人也不知怎的把信给带错了。我们两人中有一个明天必须去见斯潘塞夫人,这是确定无疑的。这个女孩得送回孤儿院去。”

“嗯,我猜是这样。”马修勉强地说。

“你猜是这样!你难道不知道吗?”

“嗯,她真的是个非常可爱的小家伙,马瑞拉。现在她已经在这里安顿下来了,把她送回去真的很可惜。”

“马修·卡思伯特,你的意思不是说你认为我们应该留下她吧!”

马瑞拉的惊讶绝不亚于如果马修表示他偏好倒立。

“嗯,现在,不,我猜不是——不完全是。”马修结结巴巴地说,不安地跑到角落里想更确切地表达自己的意思,“我猜——我们几乎没指望会留下她。”

“当然。她对我们会有什么用?”

“我们也许对她会有些用。”马修突然出乎意料地说。

“马修·卡思伯特,我相信那个孩子已经把你迷住了。我看得很清楚,你想留下她。”

“嗯，她真的是个非常有趣的小家伙。”马修坚持说，“你应该听听她从车站回来路上的讲话。”

“哦，她能讲得很快。这点我早就看出来了。这也不讨人喜欢。我不喜欢有那么多话说的孩子。我不想要个女孩，就算要，她也不是我要选的那种类型。我对她不太了解。不，她必须立刻给送回去。”

“我可以雇个法国男孩帮我，”马修说，“她给你做伴。”

“我受不了有人做伴，”马瑞拉简短地说，“而且我也不打算留下她。”

“嗯，就按你说的，当然，马瑞拉，”马修说着站起来，收好烟袋，“我去睡觉了。”

马修睡觉去了。马瑞拉放好碟子，紧蹙眉头地也去睡觉了。而在楼上，在那间朝东山墙的房子里，一个孤立无助、渴望爱心的孩子独自哭着睡着了。

第四章

绿山墙的早晨

安妮醒来时，天色已大亮了，一片灿烂的阳光洒进屋来，她坐在床上懵懵懂懂地向窗外望去，些许毛茸茸的白色物体正飘浮在蔚蓝色的天空中。

她忽然想不起来自己是在哪里。首先是一阵兴奋的冲动，紧接着是可怕的回忆。这里是绿山墙，他们不想要她，因为她不是个男孩！

但是，现在是早晨，而且，是的，一棵开满花儿的樱桃树就在窗外。她一跃跳下床去，跨过地板，打开推拉窗——窗户吱吱嘎嘎地好不容易被推了上去，好像很久没有被打开过了，随即就紧紧地卡上了，根本不需要什么东西撑住它。

安妮跪在地上，凝望着六月的早晨，她的眼睛因为兴奋而熠熠发光。噢，这太美丽了！这真是一个可爱的地方！想想自己不是真的将留在这里！她宁可想象她是要留在这里的。这里有想象的空间。

屋外长着一棵粗大的樱桃树，紧贴屋檐，树枝随风轻轻拍打着窗外的墙，树上开满了花，几乎见不到一片叶子。屋子两边是分别种着苹果树和樱桃树的一大片果园，也都绽满了花儿；果园的草地上夹杂了许多蒲公英。窗下的花园里淡紫色的丁香树也开满了花，沁人心脾的香甜味儿随着清晨的微风向四处弥漫，飘上窗台。

花园往下斜伸至山谷的是一片长满三叶草的葱翠绿地，密布白桦的山谷中流淌着一条小溪，山谷里低矮的灌木丛使人联想起蕨草、苔藓等林中特有的植物。山谷后是一座小山，覆盖着苍翠的云杉；山上清楚可见一道灰色的隙缝，那是这座小屋的山墙角，她在“闪光之湖”曾见过。

再往左是一大片牲口棚，远处越过那片斜伸下去的绿地的是波光粼粼的蓝色大海。

安妮那双渴求美的大眼睛贪婪地注视着眼前的一切。可怜的孩子，她在生活中曾见过那么多不美好的地方；但是眼前的这些同她曾在梦中见到的情景一般美丽。

她跪在那儿，除了眼前的美景，忘了周遭的一切，直到她被搭在肩上的一只手惊醒。马瑞拉已经悄无声息地来到了这个小梦想家身边。

“该穿上衣服啦。”她直截了当地说。

马瑞拉真的不知道该怎样对这个孩子说话，而这种一无所知的不安感让她说话变得干脆而简洁，而其实她并不是真的想这么做。

安妮站起来，深深地吸了一口气。

“哦，它简直美极了！”她向外面的世界用力地挥了挥手臂。

“那是一棵大树，”马瑞拉说，“它开花很多，但是果实却不多——又小，虫又多。”

“噢，我不只是说树；当然它也很美丽——是的，它美得那样绚丽。它好像注定就是要开满花的——我是指这里所有的东西，花园、果林、小溪和树林，这个美妙的大千世界。你不觉得你很喜欢像这样一个清晨中的世界？站在这里我可以听见小溪一直在欢笑。你有没有发现小溪是多么的快乐啊？它们总是在欢笑。就算在冬天我也曾听见它们在冰川下欢唱。我真高兴绿山墙附近有条小溪。也许你觉得这对于我来说没什么不同，因为你又不打算留下我，可是它对于我真的不同。我将会永远记住绿山墙有一条小溪，就算我再也不能见到它。如果这里没有小溪，那种不安的感觉会一直萦绕在我心头，让我一直想着它周围应该有条小溪。今天早晨我没在绝望的深渊。我从来不在早晨处于绝望的深渊。我们有这么多清晨，太神奇了，你说呢？但是我觉得非常伤心。我一直在想象你要的孩子真的就是我，而我会永远永远在这里待下去。当那想象停留的时候，真的很舒服。但是最糟的是你不得不停止想象的那刻，真伤人。”

“你最好穿上衣服到楼下去，别再理会你的想象了。”马瑞拉好不容易插上了嘴，“早餐已经弄好了。去洗脸、梳头。开着窗户通风，把被子叠好放回床角。好好做。”

显然安妮还是很伶俐的，不到十分钟她就衣着整洁地下楼来了，头发梳起来扎成辫子，脸也洗过了，一种良好的自我感觉洋溢在身上：她按照马瑞拉的要求完成了所有任务。然而，事实上，她忘了叠被子。

“今天早晨我特别饿。”她迅速地坐到马瑞拉为她摆的椅子上。“世界看上去不像昨晚那么凄凉混乱了。我真高兴这是一个阳光灿烂的早晨。但是我也很喜欢下雨的早晨。所有的早晨都很有趣，你觉得呢？你不知道一天中会发生什么，所以有很多想象的空间。可我还是很高兴今天没有下雨，因为阳光灿烂的日子容易使人从苦恼的事情中振作起来。我感觉已经振作了很多。读那些不幸的故事，然后想象自己是故事里的人，英勇地渡过难关是一件挺好的事，可是当这些不幸真的发生在你身上的时候，就不那么好了，你说呢？”

“看在上帝的分上，别再讲话了，”马瑞拉说，“对于一个像你这样大的小女孩来说，你话说得太多了。”

随即，安妮顺从地闭上了嘴，不再说一个字，她的沉默反倒让马瑞拉感到非常紧张，仿佛正面对什么有悖常理、不正常的状况。马修也闭上了嘴——但这很正常，因此这是一顿非常沉默的早餐。

随着早餐的进行，安妮变得越来越心不在焉，机械地吃着，大眼睛茫然地、愣愣地望着窗外的天空。这让马瑞拉更加紧张不安,她不祥地感到虽然这孩子的身体还在餐桌边,但是她的心插着想象的翅膀,早就飞到了空中某个遥远的云层里。在这里谁会要这样一个孩子呢?

但是马修希望留下她,令人不可理解,莫名其妙!马瑞拉觉得今天早晨马修要留下她的愿望和昨天一样强烈,而且他还会继续这样想。这就是马修的风格——如果脑子里突然产生了一个怪念头,就会默默地一直坚持下去,固执得令人吃惊。这样沉默的固执比他把想法说出来更有说服力,更有效。

早餐结束时,安妮从沉思中醒过来,主动要求洗碗。

"你会洗碗吗?"马瑞拉怀疑地问。

"太会了。虽然我更擅长照料孩子,这方面我很有经验。真遗憾,你这儿没什么孩子需要我来照顾。"

"现在有你在这儿,我可不想再要什么孩子。凭良心说,你已经够成问题的了。该怎么安置你,我还不知道呢。马修是做事最荒唐的男人。"

"我觉得他很可爱,"安妮不赞成地说,"他是那么富有同情心,不介意我说多少话——他好像挺喜欢我说话。我一见到他的时候就觉得他和我是同类人。"

"你们俩都够奇怪的,如果你说你们属于同类人的话。"马瑞拉哼了一声说道,"是的,你可以洗碗。多打点热水,一定要把它们擦干。今天早上我有很多事要处理,下午我得去白沙见斯潘塞太太。你和我一起去,我们得把你的问题解决掉。你洗完盘子后,上楼把床铺好。"

马瑞拉留意地观察安妮洗碗的过程,看得出来她很熟练。后来她铺床不是太成功,因为她从来没学过铺用上羽绒垫套的床。但是不管怎么说,她做完了,而且铺得还算平整;然后,马瑞拉为了单独和马修说几句话,便告诉她午饭前她可以在屋外玩。

安妮飞也似的奔出了门,兴奋的神情荡漾在脸上和眼中。在门槛那儿,她突然停了下来，转过身走回屋内，坐到桌子边，兴奋的神采已荡然无存，就好像火被人用灭火器扑灭了。

“怎么啦？”马瑞拉问。

“我不敢出去，”安妮说道，音调就好像一位放弃人间欢乐、英勇殉难的烈士，“如果我不能留在这里，我喜欢绿山墙根本没有用。而且，如果我出去了，认识了那些树、花和小溪，我会情不自禁地爱上它们。现在已经很痛苦了，我不想让自己更痛苦。我非常想出去——每样东西都好像在召唤我：‘安妮，安妮，到我们这儿来。安妮，安妮，和我们一起玩。’但是我最好还是别去。如果你必须和它们分离，爱上它们又有什么用，而且想要不爱上它们又是那么难，是不是这样呢？这就是当我知道将要住在这里的时候，为什么那么高兴的原因。我觉得有这么多东西可以去喜爱，而没有什么可以妨碍我。但是那个短暂的梦已经结束了。现在我必须服从命运的安排，所以我想我不能再出去，因为我担心自己又会变得不顺从。请问窗台上的那棵老鹳草叫什么名字？”

“那是苹果香老鹳草。”

“噢，我不是说这种名字。我的意思是你自己给它起的名字。你没给它起过名儿吗？那么我可以给它起个名字吗？我可以称它为——让我想想——邦妮，不错。我在这儿的时候可以叫它‘邦妮’吗？噢，就让我这样叫它吧！”

“天哪，我无所谓。但是给老鹳草起名究竟有什么用呢？”

“噢，我喜欢它们有自己的称号，就算它只是棵老鹳草。这让它们听起来更像人。你怎么知道那会不会伤害老鹳草的感情，如果它只是被叫做老鹳草而没有其他名字？你也不会喜欢整天只是被人叫做女人。是的，我会叫它‘邦妮’。今天早晨我给卧室外的樱桃树起了一个名儿。我叫它‘白雪皇后’，因为它是那么的洁白。当然，它不会总是开着花的，但是我们可以想象它是的,是不是呢?”

“我这辈子还从来没说过或是听过像她那样的话。”马瑞拉嘟哝着,匆匆往地窖下走去,“她是像马修说的那样有趣。我已经感觉到了我想知道她接着究竟会说什么。她也会迷住我的。她已经迷住了马修。他出去时给我的那个眼神再次说出了他昨晚说过或暗示过的话。我希望他能像别的男人一样把心中的话说出来。然后人家才能反击、说服他,让他理智些。但是该怎么对付一个只是看的男人呢?”

当马瑞拉从地窖中出来的时候,安妮双手托着下巴,双眼注视着窗外,又陷入了沉思。马瑞拉没有打扰她,一直到午餐摆上了桌子。

“我想今天下午我可以用一下母马和四轮车吧,马修?”马瑞拉问。

马修点了点头,依依不舍地看着安妮。马瑞拉打断了他的凝视,严厉地说道:

“我要去趟白沙把这事解决掉。我会带安妮一起去,斯潘塞太太或许会安排把她立刻送回新斯科舍省。我会把你的下午茶摆上桌,并准时回来给牛挤奶。”

马修仍旧什么也没说,马瑞拉觉得自己在浪费口舌。没有什么比一个不愿顶嘴的男人更令人恼火了——除非那不顶嘴的是个女人。

马修准时把栗色马套上车,马瑞拉和安妮便出发了。马修为她们打开院门,当她们缓缓通过的时候,他好像不是特别对某个人似的说道:

“今天早上克里克的小杰瑞·波特来过这儿,我告诉他今年夏季我可能会雇用他。”

马瑞拉没有做任何回答,但是她狠狠地用鞭子抽了一下那匹不幸的母马,肥硕的母马从来没有受过这样的待遇,愤怒地嘶嘶狂叫一声,大步沿着小路向前飞驰而去。马瑞拉回头望去,发现那个令人恼火的马修正倚在门上恋恋不舍地注视着她们。

第五章

安妮的过去

“你知道吗，”安妮信任地对马瑞拉说道，“我已经决定要好好地享受这次驾车旅行。这一直是我的经验：如果你决定要过得愉快，那你总能过得很愉快。当然，你必须下定决心。在这趟旅行中，我不会想回孤儿院的事。我只想这次旅行。噢，看，这儿有一朵早熟的野玫瑰！它真是太可爱了，你不觉得做一朵玫瑰很快乐吗？如果玫瑰可以说话，那就太美妙了，你觉得呢？我相信它们一定会告诉我们很多可爱的故事。你不觉得粉红色是世界上最迷人的颜色吗？我喜欢粉红色，但是我不能穿。红头发的人不能穿粉红色的衣服，就算在幻想中也不行。你听说过有这样的人吗，她小的时候头发是红色，但长大后变成了别的颜色？”

“不，据我所知没有，”马瑞拉毫不留情地说，“而且我认为它也不会发生在你身上。”

安妮叹了口气。

“哦，又一个希望破灭了。‘我的生命是一块葬满希望的墓地。’这是我曾在一本书里读到过的一个句子。每当我失望的时候，我就背诵它来安慰自己。”

“我看不出来它对我有什么安慰。”马瑞拉说。

“哎呀，因为它听上去是那么美妙和浪漫，仿佛我就是书里的女主角，你知道。我非常喜欢浪漫的东西，而一块葬满希望的墓地便是浪漫得像幻想中的东西，我真高兴我有这样一块墓地。今天我们会穿过‘闪光之湖’吗？”

“我们不会穿过‘巴里的池塘’，如果那是你所指的‘闪光之湖’的话。我们走海滨路。”

“海滨路听上去很美，”安妮出神地说，“它真的像它听上去得那样美吗？就在你说出‘海滨路’的时候，我在心里的画中看见了它，就那么快！白沙也是一个非常美丽的名字；但是我不喜欢它，就像不喜欢亚芬里一样。亚芬里是一个可爱的名字。它听上去像音乐。这儿到白沙有多远？”

“五英里。看得出你正专心致志地在说话，或许你也可以和我说说你所知道的自己。”

“噢，我所知道的自己真的不值得说，”安妮急不可耐地说，“如果你让我说说我想象中的自己，你会觉得这个有趣得多。”

“不，我不想要你的任何想象。就照事实说，不要任何掩饰。从头开始。你在哪里出生，多大了？”

“今年三月我十一岁，”安妮微微地叹了口气说，只好让自己回到没有任何掩饰的现实中，“我生在新斯科舍省的博林布鲁克。我父亲叫沃尔特·雪莉，他是博林布鲁克高中的老师。我母亲叫伯莎·雪莉。你不觉得沃尔特和伯莎是很可爱的名字吗？我非常高兴我的父母拥有美妙的名字。如果有一个叫——嗯，杰迪代亚的父亲，真是件丢脸的事，是不是呢？”

“我想一个人的名字无关紧要，只要他行为检点就行。”马瑞拉感到自己有责任教授这孩子一条有用的人生真谛。

“嗯，我不知道。”安妮看上去若有所思。“我曾读过一本书，书里说玫瑰被叫成其他任何名字闻起来都会很香，但是我从来不相信。我不相信如果玫瑰被叫做大蓟或者臭菘也会很美。我猜我父亲是一个好人，就算他叫杰迪代亚；但是我确信那会给他带来烦恼。嗯，我母亲也是那所高中的老师,但是她和父亲结婚后,就不再教书了,这是当然的。照顾丈夫的责任很重大。托马斯太太说他们是一对孩子气的人,穷得像教堂的老鼠。他们住在博林布鲁克一座非常小的黄房子里。我从来没见过那房子,但是我上千次地想象过它。我相信那儿客厅的窗台上一定有只蜜雀,院子前有丁香,山口内的溪谷间有百合。是的,所有的窗户都挂着麦斯林纱窗帘。麦斯林纱窗帘带给房子一种特别的气氛。我就出生在那栋房子里。托马斯太太说我是她所见过的最不好看的婴儿,又瘦又小,瘦得只剩下一双眼睛,但是母亲认为我非常漂亮。我认为母亲和那只是进来擦洗婴儿的可怜女人比起来,应该是更好的评判员,你觉得呢?不管怎么说,我很高兴她对我满意,如果我让她失望,我会感到非常伤心的——因为生下我之后,她没活多久就死了。在我刚刚三个月大的时候,她死于热病。我多希望她能活得长一些,好让我记得我曾叫过她母亲。我想喊出'母亲'的感觉一定非常甜蜜,你觉得呢?父亲四天后也死于热病。这让我成了孤儿,人们束手无策,不知该怎么安排我,托马斯太太是那样说的。你看,从那时起就没有人想要我。这好像就是我的命运。父亲和母亲都来自很远的地方,而且大家都知道他们没什么活着的亲戚。最后托马斯太太说她愿意收下我,尽管她非常穷,还有一个酗酒的丈夫。她用双手把我带大。你知不知道被双手带大的孩子应该比其他孩子好吗?因为每当我调皮的时候,托马斯太太就会说,在她用双手把我带大的情况下,我怎么还能变成那样坏的一个女孩。

"托马斯先生和他太太从博林布鲁克搬去了马利斯威尔,直到八岁我都和他们住在一起。我帮助照料托马斯的孩子——他们中的四个都比我小,我跟你说他们可真够人忙的。后来托马斯先生被火车轧死,他母亲提出愿意收下托马斯太太和孩子,但是她不要我。托马斯太太说她束手无策,不知该怎么安排我。然后住在上游的哈蒙德太太过来说她愿意收下我,因为看我善于带孩子。我就跟着她去了上游,和他们住在周围满是树桩的一块空地上。那是一个非常荒凉的地方。我相信如果我没有想象力的话，根本无法住在那里。哈蒙德先生在那儿的一个小锯木厂工作，哈蒙德太太有八个孩子，她生了三对双胞胎。我还是比较喜欢小宝宝的，但是连续生三对双胞胎就太多了。当最后一对出生的时候，我是那么坚决地告诉哈蒙德太太，因为带他们，那段时间我简直累极了。

“我和哈蒙德太太一起住了两年，后来哈蒙德先生去世了，哈蒙德太太被家务活拖垮了。她把她的孩子分给亲戚，自己去了美国。我不得不去霍普顿的孤儿院，因为没有人愿意收下我。孤儿院的人也不想要我；他们说那里已经人满为患了。但是他们被迫收下了我，我在那里待了四个月，直到斯潘塞太太来。”

安妮如释重负地又叹了口气，结束了谈话。很显然，她不喜欢谈起在这个不想要她的世界中的经历。

“你上过学吗？”马瑞拉一边将马车引向海滨路，一边问。

“不是很多。我在托马斯太太家的最后一年上过一段时间。后来去到上游，那里离学校非常远，我无法在冬天步行去学校，而夏天他们放暑假，所以我只能春天和秋天去学校。但是，在孤儿院的时候我上过学，这是当然的。我识很多字，而且还背下了好多首诗——《霍恩灵顿之战》、《莱茵河的宾恩》、《湖畔女郎》和詹姆斯·汤姆逊《四季》中的大部分。你不喜欢那些荡气回肠的诗吗？五年级课本里有一首诗——《波兰的衰落》充满了震撼力。当然，我不是五年级——我只是四年级，但那些大女孩常常把她们的课本借给我看。”

“那些女人——托马斯太太和哈蒙德太太——对你好吗？”马瑞拉一边用眼角余光看着她，一边问道。

“嗯——”安妮结结巴巴地说。她敏感的小脸突然一下子涨得通红，局促不安的神情涌上额头。“嗯，她们打算那样的——我知道她们打算尽可能地对我好。当人们打算好好对你的时候,就算她们没有很好地对你,你也不会太介意——总是这样的。她们有太多担忧的事,你知道。有一个酗酒的丈夫是一件很恼人的事,你看;而且接连生三对双胞胎也一定令人非常难过,你说呢?但是我很确信她们是打算好好对我的。”

马瑞拉没有再问任何问题。安妮痴痴地陷入了对海滨路的遐想中,默默地不说一句话;马瑞拉一边心不在焉地赶着马车,一边沉思着。对这个孩子的怜悯之情突然涌上心头。她的生命是这样的凄凉、无爱——一个苦难、贫穷、被冷落的小生命;马瑞拉凭借自己的精明与敏锐,从安妮对过去的陈述中已经猜出了真相。怪不得她那样欣喜地期待一个真正的家。这真是一个遗憾,她必须被送回去。如果她,马瑞拉,迁就一下马修的异想天开,让她留下来,会怎么样呢?他很想留下她,而这个孩子看上去好像也是一个挺好的可教好的小家伙。

“她的话太多,”马瑞拉想,“但是也许受些教育她会改掉的。而且她的谈话中也没什么俚语或粗鲁的语言。她还算有大家闺秀的气质。她家里人好像也是挺不错的人。”

海滨路经过的地方荒凉,渺无人烟,周围满是树林。右侧低矮的杉树林虽然长年累月地被来自海湾的海风吹袭,仍然生长得浓密而茂盛。左侧是一排陡峭的红色沙岩悬崖,紧紧地贴在路旁,如果是稳定性逊于栗色马的母马,在这样的地方行走还真的会对坐在后面的人进行一番胆量的考验呢。悬崖底部是一堆堆被浪花冲刷得光滑的岩石和沙土色的小海湾,其间镶嵌着犹如宝石的块块鹅卵石。远处闪闪发光的蓝色大海上翱翔着只只海鸥,它们的翅膀在阳光的照射下闪着银白色的光。

“多么美丽的大海!”沉默许久的安妮说道,“从前,我住在马利斯威尔的时候,托马斯先生曾雇了一辆特快四轮运货马车带我们去十英里外的海滨过了一天。那天的每分每秒我都很快乐,尽管我还得一直看着那些孩子。

后来我一直在梦中梦见它。但是这里的海滨比马利斯威尔的海滨美多了。那些海鸥真神奇。你说呢?你愿意做一只海鸥吗?我想我愿意——如果我做不了女孩的话。你不觉得日出时醒来,向水中猛扑下去,白天飞翔在蓝色的大海上,晚上飞回自己的小巢是一件很快乐的事?哦,我能想象得出。请问前面的那栋大房子是哪儿?"

"那是白沙旅馆。科克先生经营的,但是今年的旺季还没开始。夏天的时候成群的美国人会来这儿。他们觉得这里的海滨很美。"

"我想那里就是斯潘塞太太的家吧。"安妮沮丧地说,"我不想去那儿。不知怎么的,好像一切都结束了。"

第六章

马瑞拉的决定

然而,她们还是按照预定时间到达了那里。斯潘塞太太住在白沙湾的一栋黄色的大房子里,她来到门口,和善的面孔上露出惊喜交集的表情。

"亲爱的,亲爱的,"她惊叫道,"我怎么也没想到你们今天会来,不过,我真的很高兴见到你们。把马牵进来吗?你好吗,安妮?"

"像所能预料到的那样好,谢谢。"安妮阴郁地说。一片希望破灭后的阴影似乎正笼罩着她。

"我打算在这儿待一会儿,让马歇歇,"马瑞拉说,"不过我答应马修早点儿回去的。情况是这样的,斯潘塞太太,不知哪儿出了奇怪的差错,我到这儿来就是想把这问题弄清楚。我们,马修和我,托人带信让你从孤儿院给咱们捎个男孩。我们让你的弟弟罗伯特转告你,我们想要个十或十一岁的男孩。"

"马瑞拉·卡思伯特,不是那样的!"斯潘塞太太忧虑地说道,"哎呀,罗伯特让他女儿南希带信给我们说你们要个女孩——她是不是这样说的,弗洛拉·简?"斯潘塞太太向从屋内走出来正站在台阶上的女儿求助。

"她确实是那样说的,卡思伯特小姐。"弗洛拉·简极其认真地证实了母亲的话。

"我非常抱歉,"斯潘塞太太说,"这太糟糕了;但这绝不是我的过错,你看，卡思伯特小姐。我尽了全力，而且我想我是遵照您的旨意做的。南希真是个糟糕的不负责任的家伙。我经常责备她粗心冒失。”

“这是我们的错，”马瑞拉无奈地说，“我们应该亲自到您这儿来的，不应该把这么重要的一件事让别人口头带信去。不管怎么说，错误已经发生了，现在唯一能做的就是把它解决。我们可以把这个孩子送回孤儿院去吗？我想他们会收回她的，你说呢？”

“我想是的，”斯潘塞太太若有所思地说，“但我觉得不一定非得把她送回去。彼得·布卢伊特太太昨天到这儿来过，她对我说，她真希望当初也托我给她捎个女孩，帮她干点活。彼得太太有个大家庭，你知道，想要找个帮手太难了。安妮正好可以去。我说这简直就是天意。”

马瑞拉看上去好像并不认为这个天意与这件事有多少关系。这个意外的好机会可以让她摆脱掉这个不受欢迎的孤儿，但是她并没有因此而产生感激之情。

她只知道彼得·布卢伊特太太是个长着泼妇似面孔的小个子女人，干瘪而瘦削，身上没有一点赘肉。但是她听说过她，据说她是个“可怕的工人和监工”；被她解雇了的小保姆们讲述过许多关于她的暴躁脾气、吝啬的吓人故事，还说起过她家那些骄横无礼、整天吵吵闹闹的孩子。一想到要把安妮交给她，听凭她的摆布，马瑞拉就感到一阵良心的责备。

“嗯，我们还是进去好好把这问题谈谈。”马瑞拉说。

“天哪，小路上走过来的不正是彼得太太吗！”斯潘塞太太叫着，同时催促她的客人们穿过门廊走进了客厅。一阵难以忍受的寒意迎面袭来，空气仿佛被紧紧拉上的墨绿色百叶窗隔断了很久，已经失去了原先拥有的每一分热量。“真是太巧了！这下我们可以立刻把问题解决了。请坐，卡思伯特小姐。安妮，你过来坐到这张软垫凳上，别晃。把你们的帽子给我。弗洛拉·简，出去烧壶水。下午好，布卢伊特太太。我们正说着，你刚好从这儿路过,太巧了。让我给你们介绍一下。这是布卢伊特太太,这是卡思伯特小姐。对不起,请等我一会儿。我忘记叫简把烤箱里的小圆糕点取出来了。”

斯潘塞太太拉开百叶窗后,便飞快地走开了。安妮一声不吭地坐在软垫凳上,双手紧握放在大腿上。她好像被震慑住了,呆呆地望着布卢伊特太太。难道自己将要被交给这个面容刻薄、目光尖锐的女人吗?她突然感到喉咙里一阵哽咽,眼睛也因悲伤而疼痛起来。她开始担心自己无法忍住泪水的滑落。斯潘塞太太双颊飞红、笑容满面地回来了,看上去她很善于将所有困难都考虑周到,无论是物质上的、心理上的还是精神上的,都可以妥善地解决。

“似乎有个错误发生在了这个女孩身上,布卢伊特太太。”她说,“在我印象中,卡思伯特先生和小姐是想收养一个女孩的。别人确实是这么告诉我的。但是他们要的好像是个男孩。所以,如果你的想法还和昨天一样的话,我想这个女孩对你很合适。”

布卢伊特太太立刻将目光落到安妮身上,从头到脚把她打量了一番。

“你几岁啦,叫什么名字?”她问。

“安妮·雪莉,”畏缩着的孩子结结巴巴地说,不敢再提出关于拼写方面的任何要求,“我十一岁。”

“哼!你看上去可没这么大。但还算结实。我知道结实的小孩总是最好的。好,如果我收下你,你必须做一个好女孩,你知道——听话、伶俐、懂礼貌。我可不希望白白养活你,这一点可含糊不得。是的,我想我可以收下她,卡思伯特小姐。我那个孩子简直烦透了,暴躁,不听话,因为照料他,我已经累得疲惫不堪了。如果你愿意的话,我现在就可以带她回家。”

马瑞拉望着安妮,这个孩子苍白的脸上露出的凄苦神情让她恻然心动——那是一个孤立无助的小生命发现自己再次落入曾经逃离了的陷阱时表现出的痛苦。马瑞拉忐忑不安地感到,如果自己拒绝了那眼神中流露出的恳求,那么这种不安的感觉会一直萦绕在她脑际,直到她死的那天。而且,她不喜欢布卢伊特太太。把这么一个敏感、"容易激动"的孩子交到这样一个女人手中!不,她可承担不起那样做的责任!

"嗯,我不知道,"她缓缓地说道,"我并没有说马修和我已经最终决定不留下她了。事实上,马修愿意留下她。我到这儿来只是想弄清楚这场错误究竟是怎么发生的。我想我最好还是再把她带回去,和马修好好商量一下。我觉得我不应该在没有征求他的意见的情况下就做出决定。如果我们决定不留下她的话,明天晚上会把她送过来给你。如果我们没有送她过来的话,那说明她将会和我们待在一起了。你觉得这样行吗,布卢伊特太太?"

"我想也只能这样。"布卢伊特太太毫不客气地说。

在马瑞拉说话时,安妮的脸上泛起了黎明般的曙光。先前绝望的神情渐渐退去,脸上因希望出现了一抹淡淡的红晕;眼睛变得深邃而透亮,仿佛黎明时的星星。这孩子一下子容光焕发起来;而片刻之后,当斯潘塞太太和布卢伊特太太出去找食谱时,后者就是为借它而登门的,安妮跃身站起,飞一般地穿过屋子来到马瑞拉身边。

"噢,卡思伯特小姐,你真的说或许你会让我留在绿山墙吗?"她屏住气息轻轻问道,仿佛声音大了就会打碎这个美丽的机会似的,"你真的说了吗?或者这只是我的想象?"

"我认为,安妮,如果你分不清什么是真的,什么不是,那么你最好还是应该学会控制你的想象力。"马瑞拉面带愠色地说,"是的,你确实听见了,我是那样说的。这还没有决定,说不定我们最后会做出决定让布卢伊特太太收下你。她比我们更需要你。"

"我宁愿回孤儿院,也不要和她住在一起。"安妮激动地说,"她看上去简直就像——就像一个锥子。"

马瑞拉竭力忍住了笑,因为她感到安妮说出这样的话是不妥的,必须受到斥责。

“像你这么大的女孩儿，应该为如此谈论一位女士，一个陌生人而感到羞愧。”她很严肃地说，“坐回去，闭上嘴，表现得像个好孩子。”

“我会努力做你想要我做的任何事，只要你留下我。”安妮说着，乖乖地坐回到了她的软垫凳上。

那天晚上，当她们回到绿山墙的时候，马修在小路上迎接她们。马瑞拉从远处就已经注意到了马修在小路上徘徊，也猜出了他的心事。当他看到马瑞拉毕竟还是带回了安妮，他的脸上露出了宽慰的神情，马瑞拉对此并未感到意外。但是关于这件事，她什么也没对他说，直到他们一起到马棚后的院子里给牛挤奶时，她才简要地告诉了他安妮的身世，以及和斯潘塞太太会面的结果。

“就算我喜欢的狗，都不会送给那个姓布卢伊特的女人。”马修精神抖擞地说，这种活力在他身上可是罕见。

“我不喜欢她的那副样子，”马瑞拉承认，“但是，要么是她，要么是我们自己留下，马修。既然看上去你想要她，我想我也愿意——或者说是迫不得已吧。关于留下她的这个主意，我一直在考虑，直到现在我才算有些适应。这好像是一种责任。我从来没带过孩子，特别是女孩儿，而且我敢说我一定会弄得一团糟。但是我会尽全力的。就我而言，马修，她可以留下来。”

马修害羞的脸上泛起喜悦的神色。

“嗯，我想你就会发现的，马瑞拉，”他说，“她是那么有趣的一个小东西。”

“如果你说她是一个有用的小东西会更贴切。”马瑞拉反驳道，“但是，我会负起责任，把她训练成那样的。记住，马修，你不要干涉我的教育方式。也许一个老姑娘不大懂得该如何教育孩子，但是我想她总比老单身汉知道得多些，所以请让我来管教她。等我失败了，你再插手也不迟。”

“好的，好的，马瑞拉，你爱怎么做就怎么做吧，”马修温和地说道，“只要对她好，别宠坏了她就行。我相信，只要你让她爱上你的话，你可以对她做任何事的。”

马瑞拉哧了一声，对马修的婆婆妈妈表示嗤之以鼻，然后她顺手拎起提桶向奶牛走去。

“今天晚上我不会告诉她她可以留下了，”她一边将牛奶滤进奶油分离器一边暗暗想，“她会兴奋得整晚都睡不着的。马瑞拉·卡思伯特，你现在可真是骑虎难下。你想过有一天你会收养一个无家可归的女孩儿吗？这太出乎意料；但是更令人意外的是，这事居然是由马修引起的，他以前总是那么的畏惧小女孩。不管怎么说，我们已经决定了要进行这个试验，只有上帝知道会发生什么。”

第七章

安妮的祈祷词

那天晚上,马瑞拉带安妮上楼睡觉时,态度生硬地说:

"安妮,昨天晚上我注意到你把脱下的衣服扔得满地都是。这是一个很邋遢的生活习惯,我绝不容许你有这样的习惯。当你脱下任何一件衣服时,请把它整齐地叠起来放到椅子上。我可不要不爱干净的女孩儿。"

"昨晚我心里烦极了,压根儿没想到我的衣服。"安妮说,"今晚我会把它们好好叠起来的。在孤儿院他们总是让我们那样做的。不过,我多半会忘记,我总是急匆匆爬上床,舒舒服服、安安静静地躺着,开始我的想象。"

"如果你待在这儿的话,你可必须好好记着。"马瑞拉告诫道,"是的,就像这样。现在做祷告吧,然后再上床。"

"我从来没有做过祷告。"安妮说。

马瑞拉惊恐万分。

"什么,安妮,你说什么?从来没人教你念过祷文吗?上帝总是希望小姑娘们念祷词的。你知道上帝是谁吗,安妮?"

"上帝是圣灵,他是广博的、永恒的、不变的,他代表着智慧、力量、神圣、公正、仁慈和真理。"安妮不假思索地答道。

马瑞拉松了一口气。

"这么说你还是知道一些的,谢天谢地!你还不完全是个教盲。你是在哪儿学的?”

“噢,在孤儿院的主日学校里。他们让我们学了整本的《教理问答》。我很喜欢那书。里面有些词特别美妙。‘广博的、永恒的、不变的。’很伟大,你说呢?洪亮而有节奏——就像一架大风琴在弹奏。我想,把它称为诗歌并不完全对,可是它读起来却很像,你说呢?”

“我们不是在谈诗,安妮——我们是在说你念的祷告词。你知不知道每天晚上不做祈祷是一件糟糕的坏事?我怀疑你是一个坏女孩儿。”

“如果你长着红头发,你会发现变坏比变好容易得多。”安妮责备地说,“没有红头发的人是无法了解其中烦恼的。托马斯太太告诉我,上帝是故意把我的头发弄成红色的。从那以后,我就再也不关心上帝了。而且我每天晚上总是累得做不动祷告。你可不该指望那个要照料好几对双胞胎的人念祷文。嗨,说真的,你觉得她能吗?”

马瑞拉决定必须立刻开始对安妮进行宗教方面的训练。很显然,已经没时间再经得起浪费了。

“在我家,你必须做祷告,安妮。”

“哎呀,当然,如果你希望我做的话。”安妮欣然同意,“我愿意为你做任何事。但是,这一次你得告诉我应该说些什么。等我上床后,我一定会想象出一段真正优美的祈祷词,以后就可以一直用它。我相信那会很有意思的,现在我已经开始想了。”

“你必须跪下来。”马瑞拉窘迫地说道。

安妮在马瑞拉膝边跪下,抬起头认真地望着她。

“为什么必须跪着祈祷?如果我真的想祈祷,让我告诉你我会怎么做。我会一个人跑到一片旷野中,或者走进幽深幽深的树林中,抬头仰望天空——往上——往上——往上,直望进那无边无际的蓝色天空。然后,我就会感觉到一段祈祷词。好了,我准备好了。我该说些什么呢?”

马瑞拉更加尴尬了。她本来打算教安妮念一篇适合孩子们的传统祷文,“躺着入眠”。但是她,就像我曾告诉你的,具有一些幽默感——这也就是说她懂得如何把事情安排得合情合理;她突然觉得,那样一篇简短的祈祷词,虽然对于身穿白色长袍、伏在母亲膝边牙牙学语的孩子们来说是非常神圣的,但是对于这个满脸雀斑,对上帝的仁爱一无所知、毫不在乎的女孩根本不合适,因为从没有人通过爱的方式向她说明这一切。

“像你这么大年纪的孩子,可以自己念祷文了,安妮。”她最后说道,“感谢上帝的赐福,谦逊地向他提出你想要的东西。”

“好的,我尽力吧。”安妮将脸埋在马瑞拉的膝间,答应道,“仁慈的主啊——牧师在教堂里都是这么念的,所以我想在私人的祷文中也可以这么说,你觉得呢?”她突然将头抬起片刻,插问道。

“仁慈的主啊,感谢您给我的‘喜悦的洁白之路’、‘闪光之湖’、‘邦妮’和‘白雪皇后’。为了它们,我无比感激。这是我现在能想到的所有您给予的恩赐。至于我想要的东西,那可就太多了,我得花好长时间才能说完,所以现在我只提两个最重要的。请让我留在绿山墙;请让我长大后变得漂亮。敬祈,尊敬您的安妮·雪莉。”

“你看,我做得对吗?”安妮起身急切地问道,“如果再给我点儿时间好好想一想的话,我会把它说得更华丽些。”

可怜的马瑞拉大惊失色,面对这样算不上不虔诚的祷文,她差点晕厥过去,是安妮精神上的无知致使她念出了这种非比寻常的惊人祷文。她为这孩子掖好被角,心里默默发誓明天必须教给她一篇祷文。她拿起蜡烛正要离开房间,安妮叫住了她。

“我想起来了。我应该说‘阿门’而不是‘尊敬您的’,是吗?——牧师们都是那样说的。我把这忘了,但是我想祈祷词应该以某种方式结束的,所以就添上了那个词。你觉得这会有什么不同吗?”

“我——我想不会有什么不同。”马瑞拉说，“快睡吧。睡个好觉。”

“我觉得今晚说睡个好觉才恰当。”安妮舒服地偎在枕头中说道。

马瑞拉回到厨房，把蜡烛放到餐桌上，面带愠色地瞪着马修。

“马修·卡思伯特，是该有人收养那孩子，教她点东西了。她几乎就是一个教盲。你相信吗，在今天晚上以前，她从来没做过祷告？明天我带她去牧师那儿借套《天际初开》丛书，我一定要这么做。等我给她做好几件合适的衣服，就让她去上主日学校。我预感我将会忙得不可开交。哎，是啊，我们必须共同分担这个麻烦才能过下去。在此之前，我的生活是那么的轻松自如，但是现在一切都过去了，我也只能尽力而为了。”

第八章

新的开始

由于某种只有她自己才最清楚的原因,直到第二天下午马瑞拉才告诉安妮她可以留在绿山墙了。午饭前的整个上午,她让这孩子不停地做这做那,而自己一直在旁边用挑剔的目光注视着她。到了中午她得出结论,安妮还算聪明伶俐,听话乖巧,愿意干活,学得也很快;这孩子最严重的缺点似乎便是她经常会在干活的中途落入白日梦的幻想中,忘了所有的一切,直到突然受到一声严厉的训斥或发生了什么突变事件,才会猛然回到现实中。

安妮洗完午餐用过的碟子后,突然勇敢地站到马瑞拉面前,脸上充满了孤注一掷、下定决心要去面对最坏结果的神态。她瘦弱的身体整个儿都在发抖;满脸涨得通红,眼珠瞪得老大,几乎都看不见眼白了;她握紧双手,以恳求的口吻说:

"哦,求求你,卡思伯特小姐,请你告诉我,你是打算把我送回去,还是让我留下?整个上午我都在耐心等待,但是我感觉自己真的再也等不下去了。这真的是一种可怕的感觉。请你就告诉我吧。"

"你还没有用干净的热水把洗碗布烫一烫消毒呢,就像我吩咐你的那样。"马瑞拉毫无表情地说道,"赶快去把这件事做了,然后再来问我问题,安妮。"

安妮走开去烫洗碗布。做完后她又回到马瑞拉面前,用恳求的目光紧紧盯着后者的脸。“好吧，”马瑞拉说，她再也找不出任何借口来拖延她的解释了，“我想我也可以告诉你了。马修和我已经决定留下你——这就是说，如果你表现好，努力做一个好女孩儿的话。怎么啦，孩子，怎么回事？”

“我在哭，”安妮说道，语调中充满了困惑，“我想不出为什么。我没法再高兴了。哦，高兴这词好像根本不合适。我为‘洁白之路’和樱桃花而高兴，但是这个！噢，远远超过高兴。我太幸福了。我会争取做个好女孩。我想这是一项很艰难的任务，因为托马斯太太经常说我坏透了。可是，我会尽全力去做的。你能告诉我为什么我哭了吗？”

“我想这是因为你太兴奋、太激动了。”马瑞拉不满地说，“坐到那把椅子上去，尽量使自己平静下来。恐怕你的哭和笑都太容易了。是的，你可以留在这里，而且我们会公平地对待你。你必须上学；但是再过两个星期学校就要放假了，所以等九月份他们开学后你再去。”

“我该怎么称呼你呢？”安妮问，“我一直叫你卡思伯特小姐吗？我可以叫你马瑞拉婶婶吗？”

“不，你就叫我马瑞拉。我不习惯别人叫我卡思伯特小姐，那让我感到紧张。”

“就叫马瑞拉，听上去太不尊敬了。”安妮抗议着说。

“我想如果你说的时候很小心、很尊敬的话，就没什么不尊敬的。在亚芬里，不分老幼，大家都叫我马瑞拉，当然牧师除外。他叫我卡思伯特小姐——这也只有当他想起来的时候他才会这么叫。”

“我喜欢叫你马瑞拉婶婶，”安妮恳求道，“我从来没有婶婶或其他任何一个亲戚——连奶奶都没有。这么叫你让我感觉好像我真的就是属于你的。我可以叫你马瑞拉婶婶吗？”

“不行。我不是你的婶婶，而且我也不相信用一个不属于他们的名字叫人家会有什么好处。”

"但是我们可以想象你就是我的婶婶。"

"我不能。"马瑞拉坚决地说。

"你从来没有把事情想象成和现实的情况不一样?"安妮睁大着双眼问道。

"没有。"

"哦!"安妮深深地吸了一口气。"哦,卡思——马瑞拉,你错过了很多!"

"我不相信把事物想象成和现实的情况不同会有什么好处。"马瑞拉反驳道,"当上帝把我们安排在特定的环境中的时候,他并不希望我们在想象中将这些现实忘掉。哎呀,这倒提醒我了。安妮,到起居室去——把脚弄干净,别让苍蝇飞进去——把壁炉台上的那张有插图的卡片拿过来。上面有祷文,今天下午你空着的时候,把它熟背下来。昨晚我听见的那种祈祷可不能再出现了。"

"我想我真是太笨了。"安妮内疚地说道,"但是,你看,我从来没有做过这方面的练习。你可不能指望一个第一次念祷文的人就做得很好,你说呢?昨晚上床以后我想好了一段很优美的祷文,我昨天答应过你的。它和牧师的祷告差不多长,非常有诗意。但是你会相信吗?今天早上醒来后,我一个字也想不起来了。恐怕我再也想不出那样好的祷词了。不管怎么说,第二次被想出来的东西总不如第一次的好。你注意到这一点了吗?"

"安妮,有个问题你必须注意。当我要你去做一件事的时候,我希望你立刻去做,而不是一动不动地站在这儿,唠叨个没完。照我吩咐的,赶快去。"

安妮迅速地穿过厅堂向起居室跑去;她没有回来;等了十分钟后,马瑞拉放下手中的针线活,神情阴郁地快步跟了过去。她发现安妮正一动不动地站在挂在两扇窗户之间墙上的一幅画跟前,眼中闪着梦幻般的光芒。窗外穿过苹果树和簇簇葡萄藤而射进屋内的白色和绿色光束洒在这个如痴如醉的小东西身上，让她散发出一种超凡脱俗的光彩。

“安妮，你到底在想什么？”马瑞拉严厉地叫道。

安妮猛然惊醒又回到了现实中。

“那个，”她指着墙上的那幅色彩艳丽、题名为《基督赐福儿童》的石印画说道，“我刚才正在想象自己就是他们中间的一个——是那个穿着蓝裙子的小女孩儿，独自一人站在角落里，好像不属于任何人，和我一样。她看上去又孤独又悲伤，你觉得呢？我猜她没有亲生父母。但是她也希望能够得到上帝的赐福，所以她害羞地悄悄站到人群外，希望没有人会注意到她——除了上帝。我确信我了解她的心情。她的心一定在怦怦乱跳，她的手一定变得冰冷，就像我在问你我是否能留下来时一样。她担心上帝会看不到她。但是上帝好像看见了，你说呢？我一直在努力想象当时的所有情景——她始终在一点一点向前挪，最后总算和上帝靠得很近；这时上帝看着她，把手放在她头发上，哦，她心花怒放，浑身上下一阵震颤！不过，我希望画家不要把上帝画得这么忧郁。如果你留意的话，你会发现所有关于上帝的画像都是那样的。但是我相信他看上去不会真的像那么忧伤，否则的话，孩子们会怕他的。”

“安妮，”马瑞拉说，她自己都感到奇怪为什么一直到现在才打断安妮的这番演讲，“你不应该这样说话。这很不恭敬——非常不恭敬。”

安妮的眼中流露出惊讶的神色。

“为什么，我觉得自己很虔诚。我肯定我没有不恭敬的意思。”

“好啦，我想你没有，但是这样随随便便地谈论这类事情是不对的。另外，安妮，当我派你去取某样东西的时候，你应该立刻就去把它拿来，而不是站在图画前胡思乱想。记住这一点。带上那张卡片到厨房去。坐到墙角，用心把这篇祷文背下来。”

安妮竖起卡片,把它立在她刚采回来装饰餐桌的一大束苹果花前——马瑞拉不以为然地瞅了瞅这装饰品,什么也没说。安妮用手托起下巴,一声不响、全神贯注地学习了几分钟。

"我喜欢这段祷文。"最后她宣布道,"它美极了。我以前听人念过——我曾听孤儿院主日学校的校长念过它。但是那个时候我不喜欢它。他的声音沙哑,祷告得那么哀伤。我那时真的认为他把祈祷看做是一项讨厌的任务。这不是诗,但是它让我感到诗一样的意境。'我们的在天之灵,你神圣无比。'这就像是一行乐曲。哦,我真高兴你想到了让我学这篇祷文,卡思——马瑞拉。"

"好啦,闭上嘴好好学。"马瑞拉简短地说。

安妮把插满苹果花的花瓶朝面前倾斜了一些,轻轻地吻了吻一朵花萼呈粉红色的花骨朵,然后用功地学了一会儿。

"马瑞拉,"过了片刻,她问道,"你觉得我在亚芬里会交上一个知心朋友吗?"

"一个——一个什么样的朋友?"

"一个知心朋友——一个亲密的朋友,你知道,一个可以倾诉衷肠的真正朋友。我一直梦想能够遇到她。我从来没想过我真的会,但是我的这么多美梦突然一下子全变成了现实,也许这个也会实现。你觉得有可能吗?"

"戴安娜·巴里住在那边的果园坡,年纪和你差不多大。她是个非常好的女孩儿,也许她回来后,会成为你的伙伴。现在她到卡莫迪看望婶婶去了。但是你必须注意自己的举止。巴里太太可是个很挑剔的女人。她不会让戴安娜和表现不好的女孩在一起玩。"

安妮透过苹果花向马瑞拉望去,兴致盎然。

"戴安娜长得什么样呢?她的头发不是红色的,对吗?噢,我希望不是。我自己长着红头发就够糟糕的了,我可忍受不了我的知心朋友也长着红头发。”

“戴安娜是一个很漂亮的女孩，长着黑黑的头发和眼睛，还有红润的脸颊。她很乖，很聪明，这可比漂亮重要得多。”

马瑞拉就像《爱丽丝漫游仙境》中的公爵夫人那样喜爱传授人生真谛，而且她坚信在对所抚养的孩子说的每一段谈话中都应当添上一条格言。

但是安妮却对这种与谈话毫无相干的格言置之不理，她只关心格言前的令人愉快的话中之意。

“噢，我真高兴她长得很漂亮。一个人除了自己长得漂亮——这对于我来说是不太可能的事了，最好能有一个美丽的知心朋友。我和托马斯太太住在一起的时候，她家客厅里有一个带玻璃门的书橱，里面什么书也没有。托马斯太太把她最好的瓷器和果酱放在里面——如果她有果酱需要保存的话。一天晚上，托马斯先生有些喝醉了，他打碎了其中的一扇玻璃门。但是另外一扇是完整的，过去我经常假装把我在玻璃门上的影子当做住在里面的另外一个女孩儿。我叫她卡蒂·莫里斯，我们很亲密。我经常和她说话，一说就是好几个小时，特别是星期天的时候，我向她倾诉一切。卡蒂是我生命中的安慰和鼓舞。我们假装那个书橱是有魔力的，只要我知道咒语，我就能打开门直接走进卡蒂·莫里斯的房间，而不是托马斯太太装果酱和瓷器的橱子。然后，卡蒂·莫里斯就会牵着我的手，带我进入一个神奇的地方，那里全是鲜花、阳光和仙女，我们可以永远幸福地生活在那儿。当我搬去和哈蒙德太太一起住的时候，我的心都碎了，因为我必须离开卡蒂了。她也非常难过，我知道这一点，是因为她隔着书橱门和我吻别的时候，她哭了。哈蒙德太太家没有书橱。但是在房子附近有条小河，它的上游有一条长长的绿色山谷，在那里你所说的每个字都会发出悦耳的回声，即使你说话的声音不大。于是我想象它是一个叫维奥莉塔的女孩，我们是好朋友，我对她的爱和对卡蒂·莫里斯的爱差不多——不是完全一样，但是差不多，你知道。在去孤儿院的前一天晚上，我向维奥莉塔告别，噢，她对我说再见时是那么那么的悲伤。我深深地依恋着她，所以在孤儿院里，我根本就没有心思去想象一个知心朋友，就算那里有想象的空间。”

“我想幸亏没有。”马瑞拉冷冰冰地说，“我对那些行为很不赞成。你好像真的有些相信自己想象出的东西。对你来说，交个真实、活生生的朋友，帮你把脑子里的胡思乱想清理清理，倒是很有好处的。但是，可别让巴里太太听见你谈论你的卡蒂·莫里斯和维奥莉塔，要不然，她会认为你在编故事。”

“哦，我不会的。我不会对任何人说起她们——她们留给我的记忆是那样的神圣，不允许我随便对人提起。但是我想我愿意让你了解她们。噢，看，有只大蜜蜂落在了苹果花上。想想吧，这么美丽的栖身之地——一朵苹果花中！当微风轻轻摇动花朵，梦儿就要飞起。如果我不是人世间的女孩儿，我想我会愿意做一只住在花丛中的蜜蜂。”

“昨天你说你想要做一只海鸥。”马瑞拉嗤笑道，“我想你真是个三心二意的女孩。我刚才就嘱咐你去学那篇祷文，不要说话。但是看上去只要你找到听你说话的人，就根本停不下来。那么，上楼到你房间去背祷文。”

“哦，我现在已经差不多都记熟了——除了最后一行。”

“嗯，没关系，按我说的去做吧。到你房间去，把它好好背完，然后等我喊你下来帮我准备下午茶。”

“我可以把苹果花带上去和我做伴吗?”安妮请求道。

“不可以。你总不希望你的房间塞满了花吧。你本来就不应该把它们从树上采下来。”

“我也有一点儿这种感觉。”安妮说，“我似乎觉得自己不应该把它们摘下来，缩短它们美丽的生命——如果我是一朵苹果花，我也不会愿意被摘下来的。但是，我无法抵抗它的诱惑。如果你遇到了一种无法抵抗的诱惑，你会怎么办呢?”

“安妮,你没听见我叫你回房间去?”

安妮叹了口气,回到了东山墙的房间,在靠窗的一把椅子上坐了下来。

“好啦,我学会了。上楼的时候,我背下了最后一句。现在我要把我的很多想象装进这间屋子,这样它们就会经常在我的想象中出现。地上铺着一块白色天鹅绒地毯,上面绣满粉色的玫瑰,窗户上挂着粉红色的真丝窗帘。墙上挂着金银织锦缎的壁毯。家具是红木的。我从来没有见过红木,但是它听上去是那么的豪华。一张长沙发上堆满了鲜艳夺目的丝制靠垫,粉红色的、蓝色的、深红色的和金色的,我优雅地躺在上面。从墙上悬挂着的那面华丽的大镜子中,我能看见自己的身影。高高的个子,雍容的气质,穿着一件绣着白色蕾丝的长袍子,胸前缀着一颗珍珠,头发上戴着很多珍珠。我的头发乌黑透亮,皮肤是明亮的象牙白色。我的名字叫科迪莉亚·菲茨杰拉德女士。不,不是——我无法让它听上去像是真的。”

她跳跃着,跑到那面小小的镜子前,凝视着镜中的自己。镜中那张棱角分明、布满雀斑的脸和那双暗灰色的眼睛回望着她。

“你只是绿山墙的安妮。”她认真地说道,“每当我努力把自己想成是科迪莉亚女士的时候,我发现你不过就是现在这个样子。但是,做绿山墙的安妮要比做不属于任何地方的安妮强一百万倍,不是吗?”

她向前弯下身,深情地吻了吻镜中的自己,然后回到那扇打开的窗户前。

“亲爱的‘白雪皇后’,下午好。山谷中亲爱的白桦,下午好。下午好,山坡上亲爱的灰房子。我想知道戴安娜会不会成为我的知心朋友。我希望她能成为我的知心朋友,我会非常爱她的。但是我永远都不能忘记卡蒂·莫里斯和维奥莉塔。要不然,她们会觉得非常难过的,我可不愿意伤害任何人的感情,就算是书橱小女孩儿或回音小女孩儿的感情。我必须用心记住她们,每天都给她们一个吻。”

两个飞吻从安妮的指尖抛向了鲜红色的花朵,然后她双手托起下巴,思绪悠悠地飘向了无边无际的梦幻海洋。

第九章

雷切尔·林德太太惊恐万分

安妮在绿山墙住了两周后，林德太太才去那里探访她。说句公道话，这可不能怪雷切尔太太。自上一次去过绿山墙后，一场严重的流感不合时宜地侵袭了她，让这位好心的妇人一直被困在自己家中。雷切尔太太很少生病，而且她毫不含糊地看不起那些经常生病的人；但是流感，她坚称，绝不同于人间的其他疾病，它只能被解释为上帝的特别恩赐。医生刚刚允许她出门，雷切尔便匆匆赶往绿山墙，满心好奇地想去看看那个马修和马瑞拉收养的孤儿，关于这孩子的各种传闻和猜测已经传遍了亚芬里的每个角落。

在过去的那两个星期中，安妮充分利用了每天清晨醒来后的分分秒秒。她已经熟悉了周围的每棵树、每丛灌木。她发现有一条小路从苹果园底下，穿过狭长的林带爬上山坡；她顺着小路一直追寻到它最远的尽头，发现了梦中的小溪和小桥，低矮的杉树、洋樱桃树相连，形成一片拱形的树荫，长满茂盛的蕨类植物的弯角，还有那点缀着枫树和花楸的幽僻岔路。

她和山谷间的山泉成了朋友，那是一股幽深、清澈、冰凉的泉水，被松软的红色沙岩所环抱，四周点缀着丛丛簇簇犹如棕榈叶的大水草。不远处一座木桥架在小溪上。

那座木桥将安妮轻盈的步履引向了远方树木葱郁的小山，山中的冷杉和云杉遒劲挺拔，粗壮而茂盛，影影绰绰、永不熄灭的微光萦荡其间；那里仅有的花是千万朵娇嫩的“六月钟冠花”，它们是林区中最害羞、最香甜的花。另外还有一些浅色的七瓣莲，随风摇曳犹如去年花朵的精灵。树丛中的蛛丝如银线般闪着微光，粗大的水杉枝和流苏状的茎叶仿佛在发表友好的讲话。

所有这些令安妮醉心的探险旅行，都是在她被允许出外玩耍的半小时内进行的，安妮喋喋不休地向马修和马瑞拉讲述她的发现，把他们的耳朵都快吵聋了。马修自然是没有抱怨，他脸上露出愉快的笑容，默默地听完她所有的叙述；马瑞拉允许了她的“叽叽喳喳”，直到她发现自己对这个话题过于感兴趣为止，这时，她总是迅速地打断安妮，让她闭上嘴。

雷切尔太太来的时候，安妮正在果园中，她悠闲地倘佯在被黄昏霞光染红了的翠绿轻颤的草地上。所以那位好心的妇人就有了个绝好的机会，来详尽地谈论自己患病的经过，她津津有味地描绘了她所遭受的每一分疼痛和脉搏的跳动，这让马瑞拉感到，就算是流感也一定给她带去了心理上的补偿。在详尽地描述了所有的细节后，雷切尔太太才说出了她这次来访的真正原因。

“我不断地听到关于你和马修的惊人消息。”

“我想你不会比我自己更感到吃惊了，”马瑞拉说，“目前我正在克服这种吃惊。”

“发生了那样的一个差错，真是太糟了，”雷切尔太太同情地说，“你们不能把她送回去吗？”

“我想我们可以的，但是我们决定不那样做。马修喜欢上了她。而且我得说，我自己也挺喜欢她——尽管我承认她有她的缺点。这栋房子好像已经变成了另外一个地方。她真是个伶俐的小家伙。”

马瑞拉说的话比她刚开始时想说的要多，因为她从雷切尔太太脸上看出了她的不赞成。

“你可让自己担了一项重任，”这位女士愁容满面地说道，“特别是你从来没有带孩子的经验。我想，你不怎么了解她以及她真正的习性，而且谁也猜不出像她那样的一个小孩会变成什么样。不过，我可不是给你泼冷水，一定会是这样，马瑞拉。”

“我一点没感到灰心。”马瑞拉冷淡地回答，“如果我决定要做一件事，就一定会坚持下去。我猜你想见见安妮。我叫她进来。”

安妮一会儿就跑着进来了，脸上闪着漫游果园后的喜悦，但是，这位不速之客的出现让她困惑地停在了门前，局促不安地站在那里。她穿着那件从孤儿院带来的又短又紧的棉绒裙，裙子下露出两条瘦瘦的不怎么雅观的细腿，这无疑让她看上去简直就是个怪模怪样的小东西。她的雀斑比以前更多、更刺眼了；风将她那没戴帽子的头发吹得凌乱不堪，极为显眼；头发从来没像现在这么红过。

“哎呀，很显然，他们选你的时候没考虑你的长相。”这便是雷切尔·林德太太做的断然评论。雷切尔太太是那类讨人喜欢、受大家欢迎的人，他们以公正地发表自己的意见而感到自豪。“她瘦得皮包骨，相貌丑陋，马瑞拉。过来，孩子，让我好好看看你。天哪，有谁见过这样的雀斑吗？头发红得像胡萝卜！过来，孩子，我说。”

安妮“过去了”，但是不像雷切尔太太所预料的那样。她一个箭步跃过厨房站到了雷切尔太太跟前，脸庞因愤怒而涨得通红，双唇颤动着，纤弱的身体从头到脚都在发抖。

“我恨你。”她一边用气得几乎说不出话的嗓音叫着，一边用脚跺着地板。“我恨你——我恨你——我恨你——”一声响过一声的跺脚伴随着句句充满仇恨的话语。“你怎么敢说我又瘦又丑？你怎么敢说我满脸雀斑、一头红发？你是一个粗鲁、无礼、冷酷的女人！”

“安妮！”马瑞拉惊恐地大叫。

但是安妮依旧勇敢地面对着雷切尔太太,她昂着头,怒火在眼中燃烧,捏紧拳头,满腔的愤怒像一股气流般从她体内喷射而出。

“你怎么敢这样说我?”她怒不可遏地重复着,“如果有人这样说你,你会怎么样?如果别人告诉你,你又肥又笨,而且可能一点儿想象力都没有,你会觉得怎么样?我可不在乎这样说是不是会伤害你的感情!我希望我伤害了它们。你伤害了我的感情,这伤害比过去任何一次都严重,就算托马斯太太的酒鬼丈夫也没这么做过!而且我永远也不会原谅你,永远,永远!”

跺脚!跺脚!

“有谁见过这样的大脾气!”惊得不知所措的雷切尔太太叫道。

“安妮,到你房间去,待在那儿等我上去。”马瑞拉好不容易恢复了说话的能力。

安妮号啕大哭着冲向客厅,砰的一声关上了门,屋外挂在门廊墙上的锡皮听子随之发出丁零哐啷的响声,然后,她像一阵旋风似的穿过客厅,上了楼。楼上传来一记低沉的砰声,告诉大家东山墙的门也同样被猛烈地关上了。

“哎呀,我可不羡慕你这份抚养那个丫头的工作,马瑞拉。”雷切尔带着无法形容的严肃语调说。

马瑞拉张着嘴不知该道歉还是抗议,而她接下去说出的话令自己当时和事后都诧异不已。

“你不该嘲弄她的长相,雷切尔。”

“马瑞拉·卡思伯特,你该不会是要说你赞成她刚才的可怕表现吧?我们刚才都看见了她的大脾气。”雷切尔愤愤不平地说。

“不,”马瑞拉慢吞吞地说,“我不打算原谅她。她太淘气了,我必须和她谈谈这件事。但是我们应该原谅她,她从未受过明辨是非的教育。你刚才对她太残酷了,雷切尔。”

马瑞拉情不自禁地添上了那最后一句话，尽管她对自己说出这句话来再一次感到惊讶。雷切尔太太带着一种尊严受到冒犯的神态站了起来。

“哎呀，我看这以后我得小心说话了，马瑞拉，既然这些孤儿敏感的感情——天知道他们是从哪儿来的——必须先于其他任何东西被考虑。噢，不，我没有生气，别担心。我心里为你感到难过，哪里还有心思生气？为这孩子你也有自己的烦恼。可是，如果你听我的建议——我猜你不会，虽然我拉扯大了十个孩子，失去了两个，你应该用一根大白桦枝去完成你刚刚提到的‘和她谈谈’。我认为那才是对付那种孩子最有效的语言。我想，她的脾气和她的头发倒很般配。好了，晚安，马瑞拉。希望你像过去那样经常来看看我。但是，如果我要是被这种方式伤害了的话，你可别指望我会很快再来这儿。这在我的经历中可是件新鲜事儿。”

随即雷切尔太太箭步如飞地离去了——如果一位向来步履蹒跚的胖女人可以被称做箭步如飞的话。马瑞拉板着面孔向东山墙走去。

在上楼的时候她心神不宁地考虑着自己该怎么办。对于刚刚上演的那一幕，她感到非常沮丧。这真不幸！安妮偏偏在雷切尔太太面前发了那么大的脾气！接着，马瑞拉突然意识到她自己为此而承受的耻辱，远远超过她发现安妮性格中的严重缺点时而产生的悲哀，这让她深感不安与羞愧。那么该怎样惩罚她呢？那个关于桦树枝的友好建议——它的有效程度已经被雷切尔太太的孩子们受过的皮肉之苦所验证——马瑞拉并不欣赏。她不相信自己会去抽打一个孩子。不，必须找到其他的惩罚方式，让安妮正确地意识到她所犯下的错误的严重性。

马瑞拉发现安妮脸朝下趴在床上伤心地哭着，完全忘记了她的那双沾满烂泥的靴子正落在干净的床罩上。

“安妮。”她还算温和地叫道。

没有回答。

“安妮，”语气稍严厉了些，“快从床上下来，我有些话必须对你说。”

安妮蠕动着身子从床上下来，僵硬地坐到床边的一把椅子上，浮肿的脸上挂着泪珠，两只眼睛死死地盯着地板。

“你的表现真是太好了。安妮！你不为自己感到羞愧吗？”

“她没有权利说我丑，说我是红发。”安妮回避了马瑞拉的问话，不服气地反驳道。

“你没有权利发那么大的火，也不应该用那种方式和她说话，安妮。我为你感到惭愧——彻彻底底地惭愧。我原本希望你在林德太太面前很好地表现一番，结果呢，你让我丢了脸。我实在搞不懂你为什么会发那么大的脾气，就因为雷切尔说你是红头发、长得不好看？你自己经常这么说。”

“噢，自己说一件事和听别人说可有很大的不同。”安妮呜咽着说道，“你也许知道事情就是那样的，可是你总是不由自主地希望别人不那样认为。我想你一定以为我的脾气坏透了，但是我实在控制不住自己。当她说那些话的时候，有团东西直升上来，哽住了我的喉咙。我不得不对她发那么大的火。”

“哼，我得说，这下你可是大出风头了。林德太太会到处宣扬关于你的精彩故事——当然她也会说到刚才的那一幕的。你发那么大的脾气真是一件可怕的事，安妮。”

“想一想，如果有人当着你的面说你骨瘦如柴，丑陋不堪，你会有什么样的感觉呢？”安妮泪流满面地辩解道。马瑞拉眼前突然闪现了很久以前发生的一件事。当她还是个小不点儿的时候，有一次她听见一个阿姨对另外一个阿姨谈起她：“她是这么一个黑不溜秋、相貌平平的小东西，真可怜。”那句话对她的刺痛一直留在她的记忆中，五十年来从未消失过。

“我没有说我认为林德太太那样说你就是完全对的，安妮，”她以一种稍稍温和的语气承认道，“雷切尔太心直口快了。但是这绝不是你那样表现的借口。她是一个陌生人，而且是长辈，是我的客人——这三条理由足以要求你很尊敬地对待她。你太无礼、鲁莽，而且……”马瑞拉突然灵机一动，想到了一个惩罚的方法。“你必须上她那儿去，告诉她你为自己的坏脾气感到很难过，请求她的宽恕。”

“我永远不会那样做。”安妮郁闷地但很坚定地说道，“你可以用任何一种方法惩罚我，马瑞拉。你可以把我关进一间又黑又暗、爬满蛇和癞蛤蟆的潮湿地窖里，只给我面包和水，我都不会抱怨的。但是我不会去请求林德太太宽恕我。”

“我们不习惯把人关在黑暗、潮湿的地窖中，”马瑞拉冷冷地说，“更何况在亚芬里，这种地窖很难见到。但是你必须也应该向林德太太道歉，你就待在这房间里，直到你告诉我，你愿意那样做为止。”

“那么说，我只能永远待在这儿了，”安妮悲伤地说，“因为我不会对林德太太说，我为自己对她说了那些话而感到难过，我怎么能呢？我不难过。我为自己让你苦恼而难过；但是我为自己对她说了那些话而高兴。这真是一种极大的满足。当我没有难过的时候，我不能说自己感到难过，是不是呢？我甚至无法想象自己感到难过。”

“也许到了早晨，你的想象力会在比较正常的状况下工作。”马瑞拉说着起身准备离开，“你可以用晚上的时间好好反省一下自己的行为，整理一下思路。你曾说如果我们让你留在绿山墙的话，你会努力做一个好女孩，但是现在我得说，从今晚你的表现来看，好像并不是那么回事。”

马瑞拉留下的这几句话久久回荡在安妮心潮起伏的胸中，让她感到心痛，马瑞拉心神不宁、满腹愁苦地下楼来到厨房。像对安妮一样，她对自己也感到生气，因为，每当她回想起雷切尔太太那副目瞪口呆的面容，她的嘴唇就会快活地颤动起来，并且感到一种理应受到责备的欲望：想要放声大笑。

第十章

安妮的道歉

那天晚上，马瑞拉对马修只字未提发生的事。但是，到了第二天早晨，安妮仍很倔，她没有出现在早餐桌旁，这时，马瑞拉不得不对她的缺席做出一番解释了。她将事情的全部经过告诉了马修，煞费苦心地想让马修知道安妮的行为是多么的无礼、粗鲁。

"把雷切尔·林德教训一番是件好事；她是个爱管闲事的老长舌妇。"马修快慰地答道。

"马修·卡思伯特，你真让我感到惊讶。你明明知道安妮的举止是很可怕的，但是你还袒护她！我想，你接下去就会说我们根本不应该惩罚她了！"

"嗯——不，不完全是这样，"马修局促不安地说，"我觉得她还是应该受点儿惩罚的。但是，对她不要太严厉，马瑞拉。别忘了，从来没有人对她进行过明辨是非的教育。你会——你会给她些东西吃吧，是吗？"

"你什么时候听说过我用饥饿来逼人改邪归正的？"马瑞拉气呼呼地问，"她会按时吃到饭的，我亲自把饭给她送上楼去。但是，她得一直待在那儿，直到她愿意向林德太太道歉为止，就这么决定了，马修。"

早餐、午餐、晚餐都非常安静——因为安妮仍然很执拗。每顿饭后，马瑞拉都会将一个装满饭菜的托盘端到东山墙的屋子去，不久又端下楼来，盘中的饭菜几乎不见减少。马修忧心忡忡地看着托盘最后一次被端下楼来。

难道安妮什么也没吃吗？

那天晚上，马修一直待在牲口棚附近窥视着，当马瑞拉去后面的牧场将牛牵回来时，他像个夜贼似的一溜烟地窜进了屋内，蹑手蹑脚地上了楼。平时，马修只是在厨房和走廊旁他睡觉的小卧室之间往来，只有当牧师来家里喝茶时，他才偶尔会壮着胆子拘谨地走进客厅或起居室。不过，自那年春天他帮马瑞拉给客房贴上墙纸以来，他就再也没有到过自家房子的楼上去，而那还是四年前的事了。

他踮着脚走过走廊，在东山墙屋外站了几分钟，最后他鼓足勇气用手指轻轻叩了叩门，然后推开门向里面偷偷望去。

安妮坐在窗户旁的黄椅子上，悲伤地凝视着窗外的花园。瘦小的她看上去非常不快乐，马修感到一阵揪心。他轻轻关上门，踮着脚走到安妮身边。

"安妮，"他低声说道，仿佛担心被别人听到似的，"你怎么样啦，安妮？"

安妮面带愁容地笑了笑。

"还行。我想象了很多事情，这帮我打发了时间。当然，待在这儿很孤单。不过，我会慢慢习惯的。"

安妮又笑了笑，勇敢地面对着即将到来的孤寂而漫长的囚禁岁月。

马修突然想起来他得抓紧时间把要说的话赶快说了，免得马瑞拉提前回来被她碰上。"嗯，安妮，你不觉得你还是去说一下，把事儿了结算了？"他低语着，"反正迟早都要这么做的，你知道，马瑞拉可是一个固执己见的女人——固执得要命，安妮。我说，现在就去做吧，把事儿了结了。"

"你是说向林德太太道歉？"

"对，道歉——就是这个词儿。"马修急切地说道，"只是把问题搪塞过去，所以这么说。这就是我一直想说的意思。"

"我想为了你我可以那么做。"安妮若有所思地说，"说我感到难过倒是真的，因为我现在确实感到难过。昨天晚上我可一点都不难过。我真的是疯了，整夜都疯了。我知道这一点，是因为昨晚我醒了三次，每次醒来时都气得不行。但是，今天早晨一切都过去了。我不再生气，而且它还让我感到这事情无可挽回。我为自己害臊。但是，我还没想到要去对林德太太这么说。这也太丢人了。我已经打定主意，宁可永远被关在这里也不去道歉。但是我还是——我愿意为你做任何事情，如果你真的想要我去的话。"

"嗯，我当然想要你去。没有了你，楼下冷清得让人难受。去吧，把这事儿了结算了——这才是个好姑娘。"

"好吧，"安妮顺从地说，"等马瑞拉一进来，我就告诉她我感到后悔了。"

"这就对了，这就对了，安妮。但是别告诉马瑞拉我说的这些话。她会认为我干涉了她的事情，我答应过她不那么做的。"

"我会把秘密藏在心里，就算是野马也拉不出来，"安妮神情严肃地保证道，"不过野马会用什么办法把秘密从一个人的心里拉出来呢？"

可是马修已经走了，他为自己的成功感到惊讶。他急匆匆地逃到了牧马场最远的角落里，生怕马瑞拉会怀疑他到楼上去干什么。而马瑞拉回来走进屋子时，惊喜地听见楼梯扶手处一个悲伤的声音在叫着"马瑞拉"。

"什么？"她说着走进了门厅。

"我后悔自己发了脾气，说了那些粗鲁的话，我愿意去对林德太太这么说。"

"很好。"马瑞拉很简要地答着，并未流露出任何宽慰之情。她一直在发愁呢，不知道如果安妮不肯妥协的话，她究竟该怎么办。"挤完奶，我就带你去。"

因此，挤完奶后，马瑞拉和安妮出现在了小路上，前者昂首挺胸，洋洋得意，而后者却是无精打采，垂头丧气。但是，走到半路，安妮仿佛着了魔似的，先前的沮丧消失殆尽。她昂起头，轻快地迈着脚步向前走去，她凝望着夕阳中的天空，浑身上下散发出一股强忍住的喜悦情绪。马瑞拉极不满意地看着她的这一变化。从她身上见不到丝毫的悔过神情，而她本应该以这种悔过的态度去见那位被冒犯了的林德太太的。

“你在想什么，安妮？”她严厉地问道。

“我正在想象我该对林德太太说些什么。”安妮出神地答道。

这个回答还令人满意——本来就应该这样的。但是马瑞拉隐隐地感到自己的惩罚计划中似乎哪儿出了些差错，安妮没有理由这么喜气洋洋的。

安妮就这么喜气洋洋地来到了林德太太的跟前，她正坐在厨房的窗户旁干着针线活。紧接着，安妮的喜悦消失了。痛苦的悔恨之情浮现在脸上的每一部分。未等开口说话，安妮突然跪到了惊讶不已的林德太太面前，哀求着伸出双手。

“噢，林德太太，我真的难过极了。”她用颤抖的嗓音说道，“我无法表达心中的悲伤，不，就算用光了整部字典里的词也无法表达。你就想想吧。我对你的态度太糟糕了——而且我也让我亲爱的朋友马修和马瑞拉丢了脸，尽管我不是个男孩，他们却让我留在了绿山墙。我真是一个行为恶劣、忘恩负义的女孩，我应该受到处罚，应该永远遭到正派人士的唾弃。因为你对我说了实话，我就向你发了那么大的脾气，我真是太坏了。那是事实；你对我说的每个字都是真的。我长着红头发，满脸雀斑，又瘦又丑。我对你说的也是实话，但是我不应该说出来。噢，林德太太，求求你，求求你，原谅我吧。如果你拒绝的话，对于我这个可怜的孤儿来说，将成为终生的遗憾，就算她的脾气坏得要命，你也不会拒绝的吧？噢，我相信你不会拒绝的。就请你说原谅我吧，林德太太。”

安妮紧握双手，垂下头，等待着宣判。

她的真诚毋庸置疑——她的每声语调中都充满了真诚。马瑞拉和林德太太都听出了语气中显而易见的诚恳。但是,前者却惊愕地看出,安妮实际上是在对所蒙受的屈辱而自我欣赏——陶醉于自己所摆出的一副彻头彻尾的卑躬屈膝的态度。她,马瑞拉曾经引以为傲的、有益的惩罚上哪儿去了?安妮把它变成了一种快乐的享受。

好心的林德太太没看出来这一点,她可没有这么敏锐的洞察力。她只感到安妮做了一个非常彻底的道歉,所有的忿恨都从她那颗虽说有些好管闲事却很仁慈的心中消失了。

“好啦,好啦,起来吧,孩子,”她热诚地说道,“我当然原谅你。不管怎么说,我觉得自己对你严厉了些。但我就是这么个心直口快的人。你可不要介意,就这样。你的头发确实很红,这一点不可否认。但是我曾经认识一个女孩——实际上我和她一起上过学,小时候她的头发红得和你一模一样,但是长大后,她的头发颜色变深了,变成了非常漂亮的赤褐色。如果你的头发也变成赤褐色,我一点都不会感到吃惊——一点都不会。”

“噢,林德太太!”安妮深深地吸了一口气,站了起来。“你给了我一个希望。我会永远把你当成大恩人的。噢,只要想到长大后我的头发会变成漂亮的赤褐色,我就什么都能忍受了。如果一个人的头发是漂亮的赤褐色,那么做个好人就容易多了,你觉得呢?现在我可以去你的花园吗?当你和马瑞拉谈话的时候,我可以坐到苹果树下的那张石凳上吗?那里有更多的想象空间。”

“当然,当然,去吧,孩子。如果你愿意的话,可以到那边的墙角采一束洁白的六月百合。”

安妮出去关上了门,林德太太轻快地起身打开了灯。

“她真是个古怪的小东西。坐到这把椅子上吧,马瑞拉;它比你坐着的那把舒服些;那是我专门留给帮工的男孩坐的。是的,她确实是个古怪的孩子,但是不管怎么说,她身上还是有些善良的东西的。我不再为你和马修留下她而感到吃惊了,也不再为你们感到难过了。她会变得令人满意的。当然,她表达自己的方式有些奇怪,而且有一点——嗯,你知道,有一点咄咄逼人;不过,她就会克服掉那缺点的,因为她已经开始和有教养的人们生活在一起了。而且,我认为她的脾气太急躁了;但是这也有一点好处,性子急的孩子只不过会突然发怒,随后就会平静下来,而永远不会狡诈或欺骗。上帝保佑,没给我弄个狡诈的小孩,就是这样。总的说来,马瑞拉,我还是有点儿喜欢她的。"

当马瑞拉回家的时候,安妮手拿一束洁白的水仙花,从暮色中散发着芬芳的果园里走了出来。

"我道歉得很棒,是不是?"当她们走在小路上的时候,她得意地说,"我想,既然必须道歉,那我不如彻底地做一次。"

"你做得很彻底,太彻底了。"马瑞拉这么评论。她吃惊地发现,自己一想起刚才的场面就想笑。同时她也不安地感到,自己应该为安妮做出那样的道歉而责备她;不过,这也太可笑了!最后她还是向良心妥协了,只是严厉地说:

"我希望你别再有机会做那样的道歉了。我希望从现在开始你努力控制住自己的脾气,安妮。"

"如果大家不嘲弄我的长相,做到这点不会太难的。"安妮叹了口气说,"我不会为其他事情发火,但是我那么讨厌别人嘲笑我的头发,那会把我一下子激怒起来。你觉得我长大后,头发真的会变成漂亮的赤褐色吗?"

"你不该老想着自己的长相,安妮。我想你是个太爱慕虚荣的小女孩儿。"

"当我知道自己长得很难看的时候,怎么还能贪慕虚荣呢?"安妮反问道,"我喜欢漂亮的东西,而且我讨厌照镜子的时候,看到里面有不漂亮的东西。那让我感到难受——这感觉就像看到任何丑陋的东西时一样。我为它难过，因为它不美丽。”

“行为漂亮才是漂亮。”马瑞拉引用了一句名言。“以前有人这么对我说过，但是我对它感到怀疑。”惯于对事情表示怀疑的安妮说着，同时嗅了嗅手中的水仙花，“噢，这些花太香了！林德太太把它们送给我，真是太善良了。现在，我一点都不反感林德太太了。去请求原谅然后被宽恕，这让你有一种很美好、舒服的感觉，你说是不是呢？今晚的星星真亮啊！如果你可以住到一颗星星上去，你会选择哪一颗？我喜欢悬在那边黑色山丘上的那颗可爱的又亮又大的星星。”

“安妮，闭上你的嘴。”马瑞拉说道，为了努力跟上安妮高速运转的思想，她已经累得精疲力竭了。

直到她们走入自家的小路上，安妮都没再说话。一阵飘忽的微风迎面拂过，风中满是被露水打湿了的嫩蕨草散发出的沁人心脾的芳香。远方高处的阴影中，只见绿山墙厨房里有一缕明亮的灯光穿过树林在闪闪发光。安妮突然贴近马瑞拉，将小手塞进老妇人粗糙的手掌中。

“向家走去，而且知道这就是自己的家，这种感觉真好。”她说，“我已经爱上绿山墙了，我以前可从没爱上过什么地方。从前的地方看上去都不像家。噢，马瑞拉，我太幸福了。我现在就可以祈祷，而且觉得这一点都不难。”

握着那只瘦弱的小手，一股温暖而甜蜜的感觉涌上了马瑞拉的心头——这也许就是她从未体验过的母亲应有的心跳感觉吧。这种陌生而甜蜜的感觉搅得她心烦意乱。她急忙给安妮灌输了一条人生哲理，以便使自己的激动心情能够恢复到原先正常的平静状态。

“安妮，如果你能做个好女孩的话，你会永远感到幸福的。而且你会觉得念祷告词不再是一件困难的事。”

“念祷告词和祈祷可不完全是一回事，”安妮深思着说道，“但是我会把自己想象成吹拂在那些树梢上的风。当我对树感到厌倦的时候，我就会想象自己正轻柔地飘落到这儿的蕨草上，然后飞向林德太太的花园，让花儿翩翩起舞；然后我要飞向那片长着三叶草的绿地；接下来我要吹向‘闪光之湖’，让它泛起波光粼粼的涟漪。噢，关于风的想象真是太多了！所以从现在起，我不再多说了，马瑞拉。”

“谢天谢地。”马瑞拉如释重负地低声说道。

第十一章

安妮对主日学校的印象

"嘿,你觉得它们怎么样?"马瑞拉说。

安妮站在靠山墙的房间里,表情严肃地望着摊放在床上的三条新连衣裙。一条是用鼻烟色的方格布做成的,它是马瑞拉在去年夏天经不住一个小贩的劝说而买下的,因为这种布看上去是那么的结实耐穿;另一条是用黑白格的棉缎做的,这是她冬天在一个廉价商品柜台上选中的;还有一条是用硬邦邦的、难看的蓝色印花布做的,这是她有个星期在卡莫迪的一家商店里买的。

她亲手缝制了这些裙子,而且每件做得都一样——打了大褶的裙摆紧紧贴着腰身,没有任何装饰;袖子紧得不能再紧了,而且和裙摆及腰部一样,没有任何装饰。

"我会想象我喜欢它们。"安妮郑重地说道。

"我可不要你的想象。"马瑞拉恼火地说,"哼,我看得出来,你不喜欢这些裙子!它们有什么不好的?它们又干净,又整洁,还是新的,难道不是吗?"

"是的。"

"那你为什么不喜欢它们?"

"它们——它们不——漂亮。"安妮勉强地说。

"漂亮!"马瑞拉嗤之以鼻,"我可没想给你做什么漂亮裙子。我相信,纵容你的虚荣心绝不会有什么好处,安妮,我这就跟你说清楚。这些裙子实用而耐穿,上面没有任何荷叶边或是皱褶,今年夏天你就只能穿它们。等开了学,你可以穿那条棕色的格子裙和蓝印花裙去学校。那条棉缎布裙子是给你穿着上教堂和主日学校的。我希望你能保持它们的整洁和干净,别扯破了。你得到了这么多衣服,可以换掉你一直穿着的那些又紧又小的棉绒裙了,我觉得你应该表示感激。"

"哦,我是很感激,"安妮抗辩道,"但是我会更感激的,如果——如果你给其中的一件做上泡泡袖的话。现在泡泡袖特别流行。穿上一件有泡泡袖的裙子,那会让我很激动的,马瑞拉。"

"得了,没有激动,你也照样得穿。我可没多余的料子浪费在泡泡袖上。不管怎么说,我觉得它们看上去很滑稽。我更喜欢朴素、耐穿的衣服。"

"可是,如果每个人都穿泡泡袖的话,那我宁愿看上去很滑稽,也不要穿那些朴素、耐用的衣服。"安妮忧伤地坚持说。

"相信你会那么做的! 好了,把这些裙子小心地挂到你的衣橱里去,然后坐下来学习一下主日学校的课文吧。我从贝尔先生那儿给你要了一本季刊,明天你就可以去主日学校了。"马瑞拉说着气呼呼地下了楼。

安妮紧握双手,望着那几条裙子。

"我真希望能有一条带泡泡袖的白色连衣裙。"她闷闷不乐地小声嘟哝着,"我曾为此祈祷过,但是没抱多大希望。我想,上帝可不会有时间来管一个孤苦伶仃的女孩的裙子的。我知道我只能依靠马瑞拉得到它。哎,幸运的是,我可以把其中的一件想象成是用雪白的麦斯林纱做成的,缀着漂亮的蕾丝花边,袖子的三边都蓬松地鼓起来。"

第二天早上,马瑞拉预感自己又要犯头痛病,不能和安妮一同去主日学校了。

“安妮，你得叫林德太太和你一起去了。”她说，“她会带你进到合适的班级。从现在起，你得注意保持自己的举止端庄。然后留在那儿听牧师布道，让林德太太告诉你我们的座位在哪儿。这是用做募捐的一分钱。不要盯着别人，不要坐在那儿乱动。等你回来后，我希望你能向我讲述一下所学的课文。”

遵照马瑞拉的要求，安妮穿着那条黑白格的棉缎裙出发了。这条裙子的长度还算合适，当然也就不会被指责为布料用得过于节省了，但是瘦弱的安妮穿着它，身体的每一棱角和关节都显现无疑。她戴了一顶崭新的、表面光滑的平顶小水手帽，上面没有任何装饰品，这也让安妮非常失望。她暗暗想象着帽子上飘着丝带，缀满鲜花。其实，安妮在沿小路走了一段后，在进入大路前就弄到了鲜花，在那儿她发现了一大片在风中起舞的金凤花和绚丽的野玫瑰，立刻随手采了一大束编成花环，沉甸甸地套在帽子上。这让安妮心满意足，她可没考虑到别人对此会有什么想法。她轻快地走在路上，自豪地昂起她那因缀满粉色和黄色花朵而显得红润的小脸蛋。

当她到达林德太太家的时候，发现那位夫人已经走了。什么事也难不倒安妮，她一个人接着向教堂走去。在门廊处，她看到了一群小女孩，她们穿着白色、蓝色和粉红色的衣服，几乎每个人都打扮得花枝招展。她们好奇地盯着这个突然闯进来的、脑袋上缀满稀奇古怪的饰品的女孩儿。亚芬里的小姑娘们对于安妮的各种古怪故事早有所闻。林德太太说她的脾气简直坏透了；在绿山墙做帮工的杰瑞·波特说，她整天自言自语，要不就是像个疯丫头似的和树儿、花儿说话。她们盯着安妮，用季刊遮着嘴交头接耳。没有人做出友好的表示，一会儿，课前仪式结束了，安妮发现自己被分到了罗杰森小姐的班上。

罗杰森小姐是一位中年妇女，她在主日学校已经教了二十年的书。她的教学方式是这样的，首先她会就印在季刊上的一些问题提问，然后严厉的目光会穿过书的边缘望向那个她认为应该回答这个问题的女孩。她经常看着安妮，而安妮，多亏了马瑞拉平时的训练，总是能迅速地回答出来。不过，她是否真的完全理解了问题或答案，这就值得怀疑了。

她觉得她不喜欢罗杰森小姐，而且她很苦恼，因为班上别的女孩全都穿着泡泡袖。安妮觉得，如果没有泡泡袖，活着真是没意思。

“哎，你觉得主日学校怎么样?”安妮一到家，马瑞拉就问她。她头上的花环已经枯萎，安妮把它扔在小路上了，所以很长一段时间里，马瑞拉都不知道这件事。

“我一点都不喜欢。那儿真讨厌。”

“安妮·雪莉!”马瑞拉训斥道。

安妮叹了一口气，坐在了摇椅上，她吻了一片邦妮的叶子，然后向盛开着的一朵倒挂金钟花挥了挥手。

“我不在家的时候，它们一定很寂寞。”她解释道，“现在谈谈主日学校吧。我表现得不错，完全按照你的吩咐做的。林德太太已经走了，所以我就自己去了。我和一大群女孩一起进了教堂，做课前仪式的时候，我坐在靠窗的一张长椅边上。贝尔先生念了一段长得要命的祷词。如果我不是坐在靠窗口的话，没等他念完，我肯定就已经累得不行了。但是从那个座位向外看去，刚好可以望到‘闪光之湖’，所以我就一直凝视着它，想象了各种各样奇妙的事情。”

“你不应该那么做。你应该听贝尔先生的讲话。”

“可是他并不是对我说的，”安妮抗辩道，“他是在和上帝说话，而且看上去他自己也没什么兴趣。我想他肯定是认为上帝离我们太远了。那儿有一长排白桦伸出在湖面上，阳光穿过它们洒在湖上，然后一直落入水中。哦，马瑞拉，真像一个美丽的梦！它让我感到一阵震颤，所以我说了两三遍‘谢谢你，上帝’。”

“希望别是大声说的。”马瑞拉忧虑地说。

“哦，没有，我压低了嗓子说的。哎，后来贝尔先生终于念完了，人家让我随罗杰森小姐的班级进了教室。班上还有九个女孩。她们全都穿着泡泡袖。我努力想象自己的袖子也是泡起的，可是办不到。为什么办不到呢？我一个人在东山墙的时候，很容易就可以把它们想象成泡泡袖，但是站在那些穿着真泡泡袖的女孩中间，就变得很难了。”

“你不应该在主日学校里还老想着自己的袖子。你应该专心听课。我希望你是知道这一点的。”

“哦，当然，我还回答了好多问题呢。罗杰森小姐的问题可真多。我觉得总是由她来提问有些不公平。我有很多问题要问她的，但是我不愿意问她，因为我觉得她不是我的知音。接着所有的女孩都背诵了一段宗教文章。她问我会不会，我告诉她我不会，但是如果她愿意的话，我可以背诵《主人墓旁的狗》。那是三年级皇家课本上的。它虽然不是真正的宗教诗歌，但是非常忧愁伤感，所以没什么不同。但是她说不行，并让我学第十九条教文，准备下个星期天背诵。后来我在教堂里把它通读了一遍，很美。其中有两行特别让我激动。

‘迅疾得犹如
骑兵在米甸罪恶的那天被杀戮而倒地。’

“我不知道‘骑兵’和‘米甸’是什么意思，但是它听上去是那么悲惨。要到下个星期天才能背诵，我简直等不及了。这个星期我要好好练习。主日学校下课的时候，我请罗杰森小姐告诉我你的座位在哪儿——因为林德太太坐得太远了。我一动都没动地坐在那儿，学的课文是《启示录》第三章的第二和第三节。那文章真是长。如果我是牧师，我会选一些短小精悍的文章。布道也长得要命。我想那是因为牧师得让它和课文相匹配。我觉得他没劲透了。他的毛病似乎是想象力不够丰富。我没怎么听他讲话。只是让自己的想象到处飞,我想到了好多惊人的事情。”

马瑞拉不由自主地感到,安妮所说的这些都应受到严厉的谴责,但是她所谈到的一些事情,特别是有关牧师的布道和贝尔先生的祷词,自己从内心深处来说,其实很多年前就是那么想的了,但是从未表露过这些看法,所以这些无可争辩的事实让马瑞拉无法开口指责安妮。在她看来,原先那些隐秘的、从未表露出的、带有批评性质的观点,经这个率直的微不足道的小女孩一说,好像突然变得清晰起来,并且还带上了谴责的意味。

第十二章

郑重的誓言与承诺

直到第二个星期五，马瑞拉才听说了有关花环帽的事。从林德太太那儿回到家后，她叫来了安妮，让她做出解释。

“安妮，林德太太说，上星期天你去教堂的时候，帽子上可笑地装饰了很多玫瑰和金凤花。究竟是什么让你做出了那么荒唐的事儿？你看上去一定很漂亮吧！”

“噢，我知道粉红和黄色不适合我。”安妮开始说道。

“什么适合不适合，胡扯！不管是什么颜色的花，把它戴在帽子上都是很可笑的。你这小孩真恼人！”

“我不明白，为什么把花戴在帽子上就比戴在衣服上要可笑得多，”安妮不服气地说，“那儿的许多女孩都在衣服上别了花。它们有什么不同？”

你可无法把马瑞拉从具体的实实在在的事实拽向这些含糊不确定的抽象概念。

“不要这样和我顶嘴，安妮。做出那样的事，你真是太蠢了。别再让我发现你搞这种恶作剧。林德太太说，要是她装扮成那样进教堂，她恨不得钻进地底下去。当她想走近你，让你把它们摘下来的时候，已经太迟了。她说人们都在纷纷议论这件可怕的事。当然，他们会认为，我糊涂透顶，居然会让你打扮成那样出门。”

“哦，对不起。”安妮说着，泪水涌入了眼眶，“我没想到你会介意。玫瑰和金凤花是那么的香甜、好看，我想把它们戴在帽子上一定会很漂亮的。那儿的好多女孩帽子上都插了人造花。我想我真是给你惹麻烦了。也许你最好把我送回孤儿院去。那样会很惨；我想我一定受不了；很可能，我会染上肺结核；我这么瘦，你看。但是那样会比给你惹麻烦要好一些。”

“胡说。”马瑞拉说道，眼见这孩子被弄哭了，她变得心烦意乱起来，“我不想把你送回孤儿院，这一点很肯定。我所希望的只是你表现得和其他女孩一样，而别让自己看上去很荒唐。不要再哭了。我给你带来了条消息。戴安娜·巴里今天下午回家了。我准备上那儿看看能不能向巴里太太借个裙样子。如果你愿意的话，可以和我一起去，认识一下戴安娜。”

安妮突然站了起来，双手紧握着，面颊上还挂着泪珠，手中正缝着边的餐巾滑落到了地上。

“噢，马瑞拉，我害怕——这一刻终于就要来临，我真害怕。如果她不喜欢我怎么办！那会成为我生命中最悲惨的失望。”

“好了，别慌慌张张的。我希望你不要用这么长的词。一个小女孩说出这样的词，听上去实在可笑！我猜戴安娜会很喜欢你的。你倒是得好好考虑一下该怎么应付她的母亲。如果她不喜欢你的话，戴安娜再喜欢你也没用。如果她听说过你对林德太太发的那顿大脾气，听说过你戴着缠满金凤花的帽子进教堂，我真不知道她会怎么看你。你一定要有礼貌，表现得很端庄，别再发表那些惊人的长篇大论。天哪，这孩子不是在发抖吧！”

安妮确实在发抖。她脸色煞白，神情紧张。

“哦，马瑞拉，去见那个期望成为自己知心朋友的女孩，但是她的母亲可能不喜欢你，如果是你，你也会激动的。”安妮说着便急匆匆地去拿帽子。

她们穿过小溪和种着冷杉林的山丘，抄近路来到了果园坡。听到马瑞拉的敲门声，巴里太太走到厨房来开门。她是个黑眼睛、黑头发的高个女人，有一张坚毅的嘴巴。她以管教孩子严厉而闻名。

“你好，马瑞拉，”她热情地说，“进来。我想这就是你收养的小女孩吧？”

“是的，这是安妮·雪莉。”马瑞拉答道。

“拼写中带个E。”安妮急促地说。虽然此刻的她又紧张又兴奋，但还是下定决心不能在这个关键问题上出现任何误会。

巴里太太，不知是没听见还是没听懂，只是同她握了握手，亲切地说：

“你好吗？”

“我的身体挺好，虽说精神有些混乱，谢谢你，太太。”安妮很认真地回答道。然后她转过脸用大家都听得见的声音低低地对马瑞拉说：“这句话一点也不惊人，对吗，马瑞拉？”

戴安娜正坐在沙发上看书，客人一进屋，她立刻放下了手中的书。她是个非常漂亮的小姑娘，长着和母亲一样的黑眼睛和黑头发，红润的脸颊，脸上喜悦的神情则是父亲的遗传。

“这是我的女儿戴安娜。”巴里太太说，“戴安娜，你带安妮到花园去看看你的花。这可比老是看书弄坏了眼睛强。她书看得太多了。”这句话是孩子们出去后，她对马瑞拉说的。“我管不了她，因为她父亲支持她这么做。她总是在专心致志地看书。我真高兴，她就要有一个小伙伴了——或许这会让她多参加一些户外活动。”

外面一片柔和的落日余晖穿过幽暗古老的冷杉洒落在花园的西边。安妮和戴安娜站在那儿，她们隔着一丛绚烂的卷丹花羞怯地互相瞅着。

巴里家的花园到处都是盛开着的鲜花，如果安妮此刻不是在为自己的命运而担忧，她一定会心花怒放的。花园被巨大的老柳树和参天的冷杉所环抱，树下盛开着些喜阴的花儿。两条干净的小径交会成直角，像两条湿漉漉的红丝带一样横穿花园，小径边均匀地镶嵌着蛤壳，中间的苗圃里蔓生着许多老式的花。有玫瑰红的荷包牡丹，绚烂的深红色的芍药，洁白清香的水仙和香甜带刺的苏格兰玫瑰；有粉红、蓝色和白色的耧斗花，丁香紫的大贝花；丛丛簇簇的老人蒿、缎带草和留兰香；紫色的兰花，黄水仙，一丛丛被幽香轻软的小花枝染白了的三叶草；洁白的麝香花上伸出株株血红色的皱叶剪秋萝；到处是阳光和嗡嗡作响的蜜蜂，徘徊在这样令人陶醉的花园中的风儿发出沙沙的声音。

"哦，戴安娜，"安妮终于开口了，她紧握双手，低语道，"哦，你觉得你有一点儿喜欢我吗——可以做我的知心朋友吗？"

戴安娜笑了。戴安娜说话前总是会笑。

"当然，我想是的。"她坦率地说道，"你在绿山墙住下，我真是太高兴了。有人玩多快乐啊。可以在一块儿玩的其他女孩都不住在附近，我的妹妹们都太小了。"

"你愿意发誓永远做我的朋友吗？"安妮急切地问。

戴安娜震住了。

"发誓是很可怕、很恶毒的。"她略带责怪地说。

"哎呀，不，我这种发誓一点也不。你知道，有两种发誓。"

"我只听过一种。"戴安娜将信将疑地说。

"真的还有另外一种。噢，它一点也不恶毒。它的意思只不过是做出郑重的誓言和承诺。"

"嗯，这样做倒也没什么。"戴安娜松了一口气，同意了。"你怎么做呢？"

"我们必须手拉手，所以，"安妮严肃地说，"它应该越过流水。我们就把这条小路想象成流水吧。我先念誓词。我郑重地发誓，我会忠实于我的知心朋友，戴安娜，海枯石烂不变心。好了，现在该你说了，把我的名字放进去。"

戴安娜笑声未断地念了一遍“誓言”。然后,她说:

“安妮,你真是个奇怪的女孩。以前我就听说过,你很奇怪。但是,我相信我会非常喜欢你的。”

马瑞拉和安妮回家时,戴安娜一直把她们送到木桥边。两个小女孩儿手挽手走着。在小溪边分别时,她们反复约定,第二天下午一起玩。

“哎,你觉得戴安娜是知音吗?”当她们走进绿山墙的花园时,马瑞拉问道。

“噢,是的。”安妮叹了口气,因为太高兴了,她根本没意识到马瑞拉话中的讽刺意味。“噢,马瑞拉,这一刻我是爱德华岛上最幸福的女孩。我向你保证,今晚我一定会诚心诚意地做祷告。明天我和戴安娜要在威廉·贝尔先生的桦树林里搭一间游戏房。木料间外的那些碎瓷片可以给我吗?戴安娜的生日是二月,我是三月。你不觉得这是一个非常奇妙的巧合吗?戴安娜会借给我一本书看。她说那本书非常精彩,非常惊心动魄。她还要领我去树林后那片长着米百合的地方。你不觉得戴安娜的眼睛很深情吗?我希望自己也有深情的眼睛。戴安娜还要教我唱一首歌,名叫《榛树山谷中的内莉》。她会给我一幅画,挂到房间里;她说那是一幅完美、漂亮的画——画上有一个穿着浅蓝色真丝裙的优雅女郎。这幅画是一个缝纫机代理商给她的。我希望自己也能有东西给戴安娜。我比戴安娜高一英寸,但是她胖多了;她说她希望自己瘦一些,因为那样显得很优雅,可是我想她那么说只是为了安慰一下我。我们决定哪天去海边拾贝壳。我们都同意把木桥下的那条小溪叫做‘树神的水泡’。这名字很优美,是吧?我以前读过一篇关于小溪的故事,故事中的小溪就叫这个名字。我想,树神是长大了的仙女吧。”

“好了,我只希望你别老是说个不停,把戴安娜烦死。”马瑞拉说,“安妮,在你的计划中,你得记住一点。你不能把所有时间,或者说大部分时间花在玩上。你还有自己的事要做,你得首先把它们干完。”

安妮已是满心喜悦，而马修让她的喜悦几乎要溢了出来。他去了一趟卡莫迪的商店，刚到家。他扭扭捏捏地从口袋里掏出一个小纸包，递给安妮，同时用请求宽恕的目光向马瑞拉望去。

“我听说你喜欢吃巧克力糖，所以给你买了一些。”他说。

“哼。”马瑞拉哼了一声，“那会弄坏她的牙齿和胃的。好了，好了，孩子，别这么忧伤。既然马修给你买了回来，你就吃吧。他最好给你买些薄荷糖。那糖对健康有好处。不要一下子全吃下去，弄得胃里犯恶心。”

“哦，不，不会的。”安妮热切地说，“今晚我就吃一粒，马瑞拉。我能分一半给戴安娜吗？如果给她的话，那另一半吃起来我会觉得甜两倍。想到有东西给她，我真高兴。”

“关于这孩子，我还想说两句，”当安妮走进东山墙时，马瑞拉说，“她不吝啬，这点我很高兴。我最讨厌吝啬的小孩。天哪，她才来了三个星期，我已经觉得她好像一直是在这儿的了。真无法想象，如果这里没有她会是什么样。好了，马修，别这样看着我，我告诉过你别这样的。一个女人这样看就已经很糟了，一个男人再摆出这副样子真让人受不了。我完全愿意承认，我对自己答应留下她感到很高兴，而且我也喜欢上她了，可不许再老提过去的事了，马修·卡思伯特。”

第十三章

期待的喜悦

“安妮该回来干针线活了。”马瑞拉看着钟说道，接着走了出去，屋外的一切都沉睡在酷热的金色八月的下午中，“她一直在和戴安娜玩，过了我规定的半个多小时；现在又坐到木料堆上喋喋不休地和马修唠叨个没完——而她明明知道这会儿该干活了。当然，他像个十足的傻瓜似的听着。我从未见过像他这样痴迷的男人。她说得越多，说得越古怪，他就越高兴。安妮·雪莉，这就给我进来，听见没有！”

西边窗户上响起的一连串断断续续的敲击声让安妮从院子里飞奔了回来，她两眼发光，脸颊发红，发束散开，光亮地披在脑后。

“噢，马瑞拉，”她气喘吁吁地叫道，“下星期主日学校要去野餐——在哈蒙·安德鲁先生家的牧场，紧靠着‘闪光之湖’。主日学校校长贝尔先生的太太和雷切尔·林德太太将做冰淇淋——简直不能想象，马瑞拉，冰淇淋！噢，马瑞拉，我能去吗？”

“请你看看钟，安妮。我叫你几点回来的？”

“两点——但是，野餐太美妙了，是吗，马瑞拉？我可以去吗？噢，我从来没参加过野餐——我梦见过，但是从来没有参加过。”

“是的，我叫你两点钟回来。现在已经两点四十五了。我想知道你为什么没听我的话，安妮。”

“哎呀，马瑞拉，我打算尽早回来的。但是你不知道‘悠闲的旷野’有多迷人。而且，当然，我得把野餐的事告诉马修。马修真是个情投意合的听众。我可以去吗？”

“你得学会抵制住悠闲的什么——对你的诱惑。当我告诉你什么时间回来，我指的就是那个时间，而不是半个小时以后。而且你也不需要在路上停下来和你的那些情投意合的听众谈话。至于野餐，你当然可以去。你是主日学校的学生，别的女孩都去，我当然不会不让你去。”

“但是，但是，”安妮结结巴巴地说，“戴安娜说每个人都得带一篮子吃的东西。你知道，马瑞拉，我不会烹饪，虽然——虽然——我不怎么介意穿着没有泡泡袖的裙子去野餐，但是如果不带吃的东西去，我会感到非常的丢脸。戴安娜和我说了这事后，我心里一直惴惴不安的。”

“好了，用不着再惴惴不安了。我会给你烤一篮子吃的东西的。”

“噢，亲爱的好马瑞拉。噢，你对我太好了。噢，我太感谢你了。”

说完这一大堆的“噢”字后，安妮一下投入马瑞拉的怀抱，欣喜地亲吻着她灰黄的双颊。在马瑞拉的一生中，这是第一次一个孩子的嘴唇不由自主地吻上她的面颊。那种令人吃惊的甜蜜感觉再一次突然袭上心头。对于安妮冲动的亲吻，她暗自窃喜，而也许正是因为这个原因让她生硬地说道：

“好了，好了，不用亲啦。我希望尽快见到你严格地按照我吩咐的去做。至于烹饪，我打算这几天开始教你。但是，安妮，你太浮躁了，我一直在等你，看你是不是能静下心来，学会变得稳重一些，然后我才教你。烹饪的时候，你可得保持头脑清醒，不能做了一半就开小差，停下来胡思乱想。现在，去拿你的碎布片，下午喝茶之前得把方块缝好。”

“我不喜欢缝碎布片。”安妮苦恼地说着，找出她的针线篮，叹了一口气坐到了那堆红红白白的碎布片前，“我觉得有些针线活挺好的；但是缝碎布片一点儿想象的空间都没有。它一个接缝连着一个接缝，你好像永远也没个尽头。不过,当然,我宁愿做绿山墙缝碎布片的安妮,也不愿做其他地方什么都不干,只是玩耍的安妮。可我还是希望缝碎布的时间可以过得像和戴安娜一起玩的时候一样快。噢,马瑞拉,我们度过了那么多美妙的时光。大多数的想象都得由我来提供,但是我完全能做到。戴安娜在其他方面都特别好。你知道,我们农场和巴里先生家农场间的那条小溪后面有一小片土地。它属于威廉·贝尔先生,在拐角处被白桦树所环抱——是最浪漫的地方,马瑞拉。我和戴安娜在那儿盖了一间游戏房。我们把它叫做'悠闲的旷野'。这个名字很有诗意,是吗?告诉你,我花了好长时间才想出来。我差不多整夜都没睡,一直在想。接着,就在我要睡着的时候,突然有了这个灵感。戴安娜听到这个名字的时候欣喜若狂。我们的房子盖得特别精致。你一定得来看看,马瑞拉——好吗?我们用大石头当凳子,上面覆满了苔藓,用树和树之间的板子当橱架。我们把所有的碟子都放在上面。当然,它们都是破的,可是把它们想象成完整的真是世上最容易的事。有一只上面印了一串红色和黄色常春藤的特别漂亮。我们把它放在客厅里,那儿还放了块仙女的玻璃。彩色玻璃像梦一样可爱。戴安娜在她家鸡棚后的小树林里发现了它。上面全是彩虹——当然只是些还没长大的小彩虹,戴安娜的母亲告诉她那是他们家曾用过的一盏吊灯的碎片。可是,如果把它想象成是仙女们在一次舞会上丢失的会很美,所以我们就叫它'仙女的玻璃'。马修要给我们做张桌子。噢,我们把巴里先生家那块地里的小圆池塘叫做'垂柳池'。这个名字是我从戴安娜借给我的一本书上看到的。马瑞拉,那是一本很令人激动的书。书里的女主角有五个情人。我有一个就很满足了,你呢?她长得很美,却历尽磨难。她很容易晕倒。我希望自己也能晕倒,你呢,马瑞拉?那样太浪漫了。但是我其实很健康,虽说长得很瘦。不过,我相信我会变胖的。你不觉得我会变胖吗?每天早上起床的时候,我都会看看胳膊肘上是不是有肉窝出来了。戴安娜做了一件带中袖的新裙子。野餐的时候她会穿。噢,我希望下星期三天气是好的。如果发生什么事让我不能去野餐,我觉得我可真受不了这么大的失望。我猜自己可以渡过这个难关,但可以肯定,那将会成为我终生的遗憾。就算许多年以后我可以参加一百次野餐,也不能弥补这次不能参加的遗憾。他们会在'闪光之湖'上划船——而且还要吃冰淇淋,这我告诉你了。我从来没尝过冰淇淋。戴安娜努力向我解释那是什么样的味道,可我想冰淇淋是属于那种无法想象的东西。"

"安妮,你整整说了十分钟,"马瑞拉说,"现在,为了我的好奇心,看你是不是能闭上嘴十分钟。"

安妮按所要求的那样闭上了嘴。但是,在那个星期剩下来的几天里,她一直在说野餐,想野餐,梦野餐。星期六那天下雨了,她忧虑不安,心烦意乱,生怕这场雨会一直下到星期三,为了稳定她紧张的情绪,马瑞拉又让她缝了一片碎布块。

星期天在从教堂回家的路上,安妮向马瑞拉吐露了心声,她说当牧师在布道坛上宣布有关野餐的事情时,她兴奋得浑身发冷。

"马瑞拉,我浑身上下一阵颤抖!我觉得在那以前我根本就不相信真的会有野餐。我情不自禁地担心那只是我的想象而已。可是,当牧师在布道坛上说一件事的时候,你就必须相信那是真的了。"

"安妮,你对事情的期望太高了,"马瑞拉叹了一口气说,"我真担心这会给你的一生带来太多的失望。"

"噢,马瑞拉,期望也可以得到一半的快乐。"安妮大声说道,"你也许得不到那个东西;但是什么也阻止不了你期望它们时所产生的快乐。林德太太说:'一生无求的人是幸福的,因为他们不会失望。'可我觉得一生无求比失望更糟糕。"

像往常一样,马瑞拉那天去教堂时别上了她的紫水晶胸针。马瑞拉去教堂时总是别着她的紫水晶胸针。如果不别它的话,她会觉得亵渎了神灵——和她忘了带《圣经》或捐献的零钱一样糟。这枚紫水晶胸针是马瑞拉最珍贵的财产。它是做水手的叔叔送给她母亲的,后来她的母亲又传给了马瑞拉。这是一枚老式的椭圆形胸针,里面装了她母亲的一缕头发,头发周围镶嵌了一圈质地上乘的紫水晶。马瑞拉对宝石知之甚少,所以也意识不到这枚紫水晶的质地究竟有多好;但是她觉得它们很美丽,而且她总能愉快地感觉到,这枚胸针在她做工精细的棕色缎子裙的上方她的颈际闪闪发光,尽管她看不见它。

安妮第一次见到这枚胸针的时候,就被迷住了,羡慕不已。

“噢,马瑞拉,这真是一枚完美精致的胸针。我真不明白,当你戴着它的时候,怎么还能听得进布道和祷词。我就不行,这我知道。我觉得紫水晶真是可爱。我过去想象的钻石就是这样的。很久以前,在我还没见过钻石以前,我在书里读到过关于它的文章,我努力想象它们的样子。我想它们可能是闪闪发光的、可爱的紫色石头。有一天我在一位太太的戒指上见到了一枚真钻石,我失望地哭了。当然,它很漂亮,可不是我想的那种钻石。马瑞拉,你可以让我把胸针拿一分钟吗?你觉得紫水晶会不会是高贵的紫罗兰变成的精灵?”

第十四章

安妮的招供

野餐前的星期一晚上,马瑞拉神色忧虑地从她房间里走下来。

“安妮。”她对那个正坐在一尘不染的桌子旁剥豆子的小家伙说。小家伙边剥着豆子边激情澎湃地唱着那首《榛树山谷中的内莉》,这当然得归功于戴安娜的指导。“你看见我的紫水晶胸针了吗?我记得昨晚从教堂回来后,把它插在针垫上的,可现在怎么也找不到。”

“我——我在今天下午你从救助小组回来的时候见过它。”安妮慢吞吞地说,“我路过你房门的时候,看见它插在针垫上,就进去瞧了瞧。”

“你动它了吗?”马瑞拉严厉地说。

“是——是的,动了,”安妮承认道,“我把它拿起来,别在了胸前,只是想看看戴上去会是什么样子。”

“你没有权利那样做。一个小女孩这么擅自乱动别人的东西是非常错误的。首先,你不该跑进我的房间,其次,你不该动一枚不属于你的胸针。你把它放到哪儿去了?”

“哦,我把它放回到梳妆台上了。我一分钟都没戴到。真的,我没想乱动,马瑞拉。我当时没想到进去试戴一下是不对的;但是现在知道了,我再也不会那样做了。这就是我的一个优点。相同的错事,我从不会再做。”

“你没有放回去,”马瑞拉说,“胸针不在梳妆台上。你把它拿出去了,安妮。”

“我确实放回去了。”安妮飞快地说道——在马瑞拉看来这非常无礼，“我只是不记得是把它插到针垫上了，还是放到瓷盘里了。可是我百分之百地肯定我把它放回去了。”

“我再进去看看。”马瑞拉说，她决定公正地处理这事，“如果你把那枚胸针放回去了，它就会在那儿。如果它不在，我就会知道你没放回去，就是这样！”

马瑞拉回到房间，彻底地检查了一遍，不仅是梳妆台，还包括她认为的胸针可能在的每一个角落。可还是没有找到，她又回到厨房。

“安妮，胸针不见了。你自己承认，你是最后一个拿过它的人。好了，你把它怎么样了？立刻对我说实话。你是不是把它拿出去弄丢了？”

“没有，我没有拿出去。”安妮正视着马瑞拉愤怒的目光，神情严肃地说，“我绝对没有把胸针拿出你的房间，这是实话，就算把我送上断头台，也是这样的——虽然我不太清楚断头台是什么样的。事情就是这样，马瑞拉。”

安妮所说的“事情就是这样”只是为了强调一下自己肯定的语气，但是马瑞拉却把它看做是反抗的一种表现。

“我相信你在对我说谎，安妮，”她严厉地说，“我知道你在说谎。好了，从现在起什么也别说了，直到你准备说出全部真相。回你房间去，待在那儿直到你准备坦白为止。”

“要把豆子带进去吗？”安妮温顺地问。

“不，我自己会剥完的。按我吩咐的去做。”

安妮走了后，马瑞拉烦躁不安地做着晚上应该干的一些活。她很担心自己那枚珍贵的胸针。如果安妮把它弄丢了怎么办？任何人都看得出她一定是把胸针拿出去了，可她就是不承认，这样的孩子真令人讨厌！还摆出那么一副无辜的面孔！

“没想到这么快就发生了这种我不愿意发生的事。”马瑞拉一边烦心地剥着豆子，一边想，“当然，我想她不是存心去偷或是干其他什么的。她只不过是拿着玩玩，或者用它帮自己展开一下想象力。她一定拿了它，这一点很清楚，因为从她进去后直到今晚我上去，就再也没有其他人进过那房间，这是她自己说的。胸针不见了，这可是千真万确的事。我猜她是把它弄丢了怕受惩罚，所以不敢承认。想到她说谎，真让人担忧。这可比她的暴躁脾气糟多了。家里有个你不能信赖的孩子，这个责任可太大了。狡诈，爱说谎——这就是她的表现。我肯定这可比丢了胸针更令我感到难过。只要她说实话，我不会太介意的。”

整个晚上，马瑞拉不时地走进自己房间，去找那枚胸针，但是一无所获。上床前，她到东山墙去了一趟，也没有结果。安妮坚称自己不知道胸针的事，但是马瑞拉更加坚信就是她弄丢了胸针。

第二天早上，她把事情告诉了马修。马修不知所措，困惑不解；他无法这么快就对安妮失去信任，但是他不得不承认，情况对安妮不利。“你肯定它没掉到梳妆台后头？”这是他所能提出的唯一建议。

“我把梳妆台移出来过了，把抽屉也拿了出来，角角落落都找过了。”马瑞拉肯定地答道，“胸针不见了，那孩子拿走的，还说谎不承认。这是件不折不扣的丑事，马修·卡思伯特，我们得正视现实。”

“那么，你打算怎么处理这件事呢？”马修愁容满面地问道，暗自庆幸将由马瑞拉而不是他自己来应付这个局面。这次他可不想插手。

“她得一直待在房间里，直到坦白供认为止。”马瑞拉坚定地说，她还记得用这种方法在上一次的事件中取得的成功，“到时候我们就会明白了。只要她告诉我们她把胸针放到哪儿了，或许我们还能找到；可是不管怎么样，她都得受到严厉的惩罚，马修。”

“好吧，那得由你去惩罚她。”马修一边去取帽子，一边说，“记住，这事和我可没有关系。是你自己告诫我不要干涉的。”

马瑞拉觉得自己孤立无助。她甚至都不能去林德太太那儿征求意见。她表情严肃地走进了东山墙，出来时，脸上的表情变得更加严肃了。安妮顽固地拒绝交代。她坚称自己没有拿走胸针。很显然，这孩子一直在哭，马瑞拉突然感到一阵怜悯，但她毫不动摇地强抑住了。到了晚上，按她自己所说的，已经是“筋疲力尽”了。

“你得一直待在这屋子里，直到你坦白交代为止，安妮。你要接受这个事实。”她坚定地说。“可是明天就要野餐了，马瑞拉，”安妮叫着，“你不会不让我去的，是吗？你只要让我下午出去就行了，好吗？在那以后，我会高高兴兴地一直待在这儿，你想让我待多久，我就待多久。可是我必须去参加野餐。”

“在你坦白前，你不能去参加野餐或是到其他什么地方，安妮。”

“啊，马瑞拉。”安妮急促地喊道。

然而马瑞拉已经走了出去，关上了门。

星期三的黎明破晓而出，天气晴朗，好像是专门为野餐安排的。小鸟在绿山墙周围鸣唱；花园中的白百合散发出的阵阵清香随着无影无踪的风飘进每扇门窗，像祝福的精灵一样在客厅和房间中游荡。山谷间的白桦挥动着手臂，仿佛在等待安妮像往常一样，从绿山墙中发出清晨的问候。但是，安妮没在窗口。马瑞拉端着早餐进去的时候，发现这孩子正端端正正地坐在床上，脸色苍白，神情坚毅，嘴巴紧闭着，目光炯炯。

“马瑞拉，我准备坦白。”

“哈！”马瑞拉放下托盘。她的方法再一次取得了成功；但是这个成功对于她来说显得非常痛苦。“那么让我来听听你会说些什么，安妮。”

“我拿走了紫水晶胸针。”安妮说着，好像在复述她曾学过的一篇课文，

“正如你说的，是我拿走了胸针。我进去的时候没打算把它拿走。但是它看上去是那么的美丽，马瑞拉，我把它别在胸前时，一种难以抗拒的诱惑征服了我。我想象着，如果把它带到‘悠闲的旷野’，假装我就是科迪莉亚·菲茨杰拉德女士，那会是多么完美、多么令人激动的事啊。如果我戴着一枚真紫水晶胸针，那么把自己想象成是科迪莉亚女士就会容易多了。戴安娜和我用玫瑰果做成了项链，可是玫瑰果怎么能和紫水晶相比？所以，我就拿走了胸针。我想我可以在你回家前把它放回去。我沿着小路四处瞎转，想让时间变得长些。在走过‘闪光之湖’上的那座小桥时，我把它取了下来又看了看。噢，在阳光下，它简直是光彩夺目！接着，当我斜靠在桥上时，它从我的指尖滑落了下去——于是——就这么掉了下去——下去——下去，水面上出现一道紫光，然后它就永远地沉入了‘闪光之湖’。这是我能做的最好的坦白了，马瑞拉。”

一阵强烈的愤怒再一次涌上马瑞拉的心头。这孩子拿走了她珍贵的紫水晶胸针，还把它弄丢了，现在却坐在这儿，平静地叙述着所有的细节，看不出有一丝一毫的内疚和后悔。

“安妮，这太糟了。”她说道，努力使自己的语气变得平和，“你是我所听说过的行为最恶劣的女孩。”

“是的，我想我是，”安妮平静地肯定道，“而且我知道我必须受到惩罚。你有惩罚我的责任，马瑞拉。这事现在可以结束了吗？我可不想带着心事去参加野餐。”

“哼，野餐！今天你不能去野餐，安妮·雪莉。这就是对你的惩罚。对你所做的一切，这个惩罚可算不了什么！”

“不去野餐！”安妮一下子站了起来，抓住马瑞拉的手。“但是你答应过我可以去的！哦，马瑞拉，我一定要去野餐。所以我才坦白的。除了这个，用其他任何办法惩罚我都行。哦，马瑞拉，求求你，求求你，让我去野餐吧。

想想冰淇淋！说不准我以后再也没机会尝冰淇淋了。”

马瑞拉冷冷地松开了安妮紧抓着她的手。

“不必恳求了,安妮。你不能去野餐,就这么决定了。别啰唆了,不许再说一个字。”

安妮意识到她是无法动摇马瑞拉的决心的。她紧握双手,发出一声尖叫,接着脸朝下扑在了床上,一边号啕大哭一边扭动着身体,肆意发泄着绝望。

“我的天哪!”马瑞拉喘着粗气匆匆走出了房间。“我想这孩子是疯了。神志清醒的孩子绝不会像她这么做的。要不然她就是坏透了。噢,天哪,我想雷切尔当初是对的。可是,我已经惹上了身,我不会放弃的。”

那是一个沉闷的上午,马瑞拉拼命地干活,她擦洗了门廊的地板和放奶制品的橱架,因为她实在找不到其他事可做。橱架和门廊其实都用不着擦洗——但是马瑞拉还是做了。接着,她走了出去,开始清理院子。

午饭做好后,她到楼上去叫安妮。一张挂满泪珠的小脸出现在栏杆那儿,悲伤地望着她。

“下来吃饭,安妮。”

“我不想吃,马瑞拉,”安妮抽泣着说,“我什么也吃不下。我的心碎了。我想,总有一天你会为我的心碎而感到良心的自责,马瑞拉,但是我原谅你。记住,当那一天来临的时候,我会原谅你的。可是,请别叫我吃东西,特别是蔬菜烧肉。当一个人身处痛苦的时候,蔬菜烧肉显得太不浪漫了。”

马瑞拉怒气冲冲地回到了厨房,向马修倾诉着她遭遇的不幸事。在正义感与对安妮私下的同情之间,马修显得无所适从,可怜的男人。

“嗯,她不该拿走胸针,马瑞拉,也不该编出那样的故事。”他承认道,同时忧伤地审视着自己盘中的那些不浪漫的猪肉和蔬菜,仿佛他和安妮一样,也认为这样的食物不适合深处危机中的感情,“可是她是这么个小家伙——那么有趣的小家伙。她满心指望去野餐,你不觉得不让她去,是不是太残酷了?”

“马修·卡思伯特,你令我感到惊奇。我觉得对她的处罚已经是很轻的了。而她看来好像根本还没意识到自己的恶劣行为——这才是我最担心的。如果她真的感到后悔,那还不会这么糟。你好像也没意识到这一点;你总是在为她寻找借口——我看得出来。”

“哎,她是这么个小家伙。”马修软弱无力地重复道,“应该原谅她,马瑞拉。你知道她从来没受过什么教育。”

“好了,她现在正在接受教育。”马瑞拉反驳道。

这个反驳虽然没有说服马修,却让他沉默了下去。那是一顿非常沉闷的午饭。饭桌上唯一高兴的是帮工男童杰瑞·波特,马瑞拉对他的兴高采烈显得非常不满,觉得这是一种人身攻击。

洗完了碟子,做好了面团,给鸡喂完食后,马瑞拉想起来,星期一下午从妇女救助协会回来后脱下那条带蕾丝边的优质黑色披巾时,发现上面有了一个小裂口。

她得去把它补起来。披巾放在她大衣箱中的一个盒子里。当马瑞拉把披巾拎出来的时候,阳光透过聚集在窗户周围的丛丛葡萄藤洒落进来,照射在披巾上挂着的一个东西上——一件闪烁着耀眼紫光的东西。马瑞拉倒吸了口气,一把将它抓了过来。是紫水晶胸针,它的别针挂在了一段蕾丝花边上!

“我的天哪,”马瑞拉不知所措地说道,“这是什么意思?我的胸针安然无恙地在这儿,我还以为它躺在巴里池塘的水底呢。那女孩说是她拿走的,还弄丢了,到底是怎么回事?我相信绿山墙一定是中了邪。现在我想起来了,星期一下午我脱下披巾时,把它在梳妆台上放了一小会儿。我猜胸针就这么挂到了披巾上。唉!”

马瑞拉握着胸针向东山墙走去。安妮痛哭了一场,这会儿正垂头丧气地坐在窗边。

“安妮·雪莉,”马瑞拉严肃地说道,“我刚刚在我的黑色蕾丝披巾上找到了挂在上面的胸针。现在我想弄清楚,今天上午你对我说的那一通胡言乱语是什么意思。”

“唉,你说你会一直把我关在这里,直到我坦白为止,”安妮有气无力地答道,“所以我就决定坦白,因为我太想去野餐了。昨晚上床后,我想出了一段作为坦白的话,尽量把它说得生动有趣。我反复说了好多遍,这样就不会忘词了。可你还是不让我去野餐,我的努力全白费了。”

马瑞拉忍不住想笑。可是她的良心在隐隐作痛。

“安妮,你真不可思议!不过,是我错了——现在我知道了。我从没听你说过谎,我不该怀疑你的话。当然,去承认一件你没做过的事也是不对的——这么做是非常错误的,可是是我逼你做的。所以,如果你能原谅我的话,安妮,我也原谅你,我们重新开始。现在,准备去野餐吧。”

安妮像火箭似的跳了起来。

“哦,马瑞拉,不太迟了吗?”

“不迟,现在刚两点。他们还没集合好呢,还有一个小时,他们才开始喝下午茶。去洗脸,梳头,穿上你的花格裙。我会给你装一篮子吃的。家里有的是烤食。我让杰瑞把栗色马车套好,送你到野餐的地方去。”

“噢,马瑞拉,”安妮叫着奔向脸盆架,“五分钟前我还那么痛苦,甚至希望自己没来到这世上,而现在,就算让我当天使,我也不干!”

那天晚上,无比快乐的安妮带着无以言状的幸福感回到了绿山墙,此时的她已累得筋疲力尽。

“嘿,马瑞拉,我过得顶呱呱。顶呱呱是我今天学的一个新单词。我听见玛丽·爱丽丝·贝尔用的这个词。它是不是很富有表现力?一切都很美妙。我们吃了丰盛的茶点，随后哈蒙·安德鲁斯先生领着我们大家在‘闪光之湖’上划船——每趟坐六个人。简·安德鲁斯差点掉到水里。她探出身子想去摘睡莲，如果不是安德鲁先生在节骨眼上抓住了她的腰带，她可能就掉到水中了，说不准还淹死了呢。我真希望那是我。差点被淹死会是多么浪漫的一次经历啊。向别人讲起来会是多么心惊肉跳啊。我们吃了冰淇淋。我没法用语言来形容那个冰淇淋。马瑞拉，我敢断言，那真令人崇敬。”

那天晚上，马瑞拉坐在她那织袜子用的篮子边上，把事情的前前后后告诉了马修。“我愿意承认是我弄错了，”她最终坦言道，“不过我吸取了教训。当我一想到安妮的供认时，就忍不住要笑，虽然我知道自己不该笑，因为那实际是一篇谎言。不过，不知怎的，它好像没有其他谎言那么糟，而且，不管怎么说，我对此负有责任。那个孩子在一些方面真是难以理解。可是，我相信她会有出息的。有一点倒是可以肯定，只要她在，哪一家都不会乏味沉闷。”

第十五章

小学校中的大风波

“多美妙的一天啊!”安妮深吸了一口气说道,“生活在像这样的一天里,简直太好了,是吗? 我为那些还没出生的人感到遗憾,他们错过了这一天。当然,他们也会有别的好日子,可是他们永远不会有今天了。而且,沿着这么一条可爱的路去上学就更美妙了,是吗?”

“这比沿着大道走好多了;那条大路又脏又热。”戴安娜很实际地说道,同时瞅了一眼装午餐的篮子,默算着如果将篮子中装着的三块多汁可口的紫莓馅饼分给十个女孩,每个女孩能吃到几口。

亚芬里学校的小姑娘们总是把她们的午餐集中起来共用,而那个独享或只是同自己最要好的朋友分享那三块紫莓果酱馅饼的女孩,会被永远加上“极端吝啬的小气鬼”的臭名。可是,如果把馅饼分给十个女孩的话,那你得到的那份也只够开开胃了。

安妮和戴安娜上学走的路是一条美丽的路。安妮觉得,就算是凭想象力也无法想象出比她和戴安娜上学及放学走的这些路更美、更好的路了。如果要说有什么区别的话,那便是,沿着大路走不会有任何浪漫的色彩;而顺着“情人的小路”、“垂柳池”、“紫罗兰谷”和“白桦小径”走,就很浪漫。

“情人的小路”从绿山墙果园下开始,向上穿过树林,一直延伸至卡思伯特家农场的尽头。通过这条路,人们将母牛赶到后头的牧场,冬天将木材拖回家。安妮来到绿山墙住了不到一个月,就给这条路起名叫做"情人的小路"。

"并没有情人真的在那儿散步,"她对马瑞拉解释道,"不过因为戴安娜和我正在读一本极其感人的书,书中写到了一条情人的小路。所以我们也想拥有一条。而且,这是个非常美的名字,你说呢?那么浪漫!你知道,我们并不能想象有情人走进那条小路。我喜欢那条小路是因为在那里你可以大声地自言自语,而不会有人说你疯了。"

早晨,安妮独自出发,沿着"情人的小路"一直走到小溪边。戴安娜在那里与她会合,接着这两个小姑娘继续顺着这条小路向上一直走到一座土木桥。路旁茂盛的枫树在头顶形成了一道拱形。"枫树真是爱交际的树,"安妮说,"它们总是在和你窃窃私语。"接着她们离开小路,穿过巴里先生家后面的田地和"垂柳池"。越过"垂柳池"便是"紫罗兰谷"——安德鲁·贝尔先生家大树林中的一小块绿色洼地。"当然那儿现在还没有紫罗兰,"安妮告诉了马瑞拉,"但是戴安娜说春天的时候那儿有成千上万朵的紫罗兰。噢,马瑞拉,你能想象出吗?这实在让我激动得透不过气来。我把它叫做'紫罗兰谷'。戴安娜说她从没见过比我更能准确地给地方起名的人了。能在某方面有些专长真好,是吗?不过,'白桦小径'是戴安娜起的名。她想要给它起名,所以我就让她了;但是,我相信,我一定能找到比'白桦小径'这个普普通通的名字更富有诗意的名称。任何人都能想出像那样的一个名字。可是,'白桦小径'是世界上最漂亮的地方之一,马瑞拉。"

确实如此。除了安妮,当其他人偶尔路过这条小路时,他们也这么认为。这是一条狭窄曲折的小路,从一条狭长的山丘上蜿蜒而下,笔直地穿过贝尔先生家的树林,在那里,穿过层层叠叠的翠绿色幔帐而洒落下来的阳光,仿佛钻石般透亮无瑕。小路两旁栽满修长的小白桦,树干洁白,树枝柔软;沿途茂密地生长了蕨草、七瓣莲、山谷中特有的野百合及丛丛簇簇鲜红色的鸽子莓;空气中总是弥漫着令人心怡的清香,小鸟的鸣叫汇成音乐,阵阵轻风穿过头顶的树丛,发出声声低语与欢笑。如果你保持沉默,不时地,你还会看到一只野兔从路上穿行而过——安妮和戴安娜在一个蓝色的月夜中,就曾碰上过一回。下了山谷后小路与大道会合,接着它越过长满冷杉的小山丘一直通到学校。

亚芬里学校是栋被刷成白色的房子,低屋檐,大窗户,里面摆放着舒适而牢固的老式课桌,这些课桌可开可关,桌盖上被学校的三代学生刻满了名字的第一个字母和各式各样难以看懂的文字。校舍离大路有好一段距离,后面是一片昏暗的冷杉林和一条小溪,为了保持牛奶的清凉和香甜,孩子们在早上将牛奶瓶放在溪水边,到中午吃饭的时候再取出来。

九月的第一天,马瑞拉忧虑重重地目送安妮去上了学。安妮是个这么古怪的女孩。她会融洽地和其他孩子相处吗?上课的时候,她究竟能不能管住自己的嘴巴?

然而,事情进行得比马瑞拉担忧的顺利。那天晚上,安妮情绪高涨地回到了家。

“我想我会喜欢上这儿的学校的。”她宣称道,“我觉得那个老师不怎么样。他总是不停地卷着自己的小胡子,含情脉脉地看着普丽西·安德鲁斯。普丽西已经长大了,你知道。她今年十六岁,正在复习功课,准备参加明年夏洛特镇女王专科学院的入学考试。蒂莉·博尔特说老师在拼命追求她。她有很美的皮肤,拳曲的棕发被十分优雅地盘在头上。她坐在教室后面的长板凳上,而他大部分的时间也坐在那儿——他说他在给她讲解课文。可是鲁比·吉利斯说她看见他在她的石板上写了些什么东西,普丽西看了,脸立刻红得像糖萝卜似的,还咯咯地笑;鲁比·吉利斯说她不相信那些东西会和课文有关。”

“安妮·雪莉,别再让我听见你这样议论你的老师。”马瑞拉严厉地说,

"你可不是为了批评老师而去上学的。我想他能够教你一些东西,而学习才是你该做的事。我希望你这就明白,不该回来说他的闲话。我不会鼓励你这么做的。我希望你是个好孩子。"

"我确实是的,"安妮轻松地说,"它也不像你想象的那么难。我和戴安娜坐在一起。我们的座位就靠着窗户,可以看到'闪光之湖'。学校里有好多不错的女孩,吃午饭的时候,我们在一起玩得开心极了。和许多小姑娘在一起玩可真好。可是,当然我最喜欢戴安娜,而且永远都将如此。我崇拜戴安娜。我远远地落在别人后头了。他们都学到第五册了,而我只学到第四册。我觉得这真是一种耻辱。可是,他们谁也没有像我这样的想象力,这一点我很快就发现了。今天,我们上了阅读、地理、加拿大历史和听写课。菲利普斯先生说我的拼写很难看,他把我的石板高高举起,所以每个人都能看见,上面所有的字都被他批改过了。我觉得很没面子,马瑞拉;我认为,他应该对一个陌生人客气些。鲁比·吉利斯给了我一个苹果,索菲娅·斯隆给了我一张很可爱的粉红色卡片,上面写着:'我可以上你家看看吗?'我明天会还给她。蒂莉·博尔特让我整个下午都戴着她用珠子串成的戒指。我可以从阁楼的旧针垫上拿下几颗珍珠给自己做个戒指吗?噢,马瑞拉,简·安德鲁斯告诉我,明妮·麦克弗森对她说她听见普丽西·安德鲁斯告诉萨拉说,我有一个相当漂亮的鼻子。马瑞拉,这是我有生以来听到的第一句赞美的话,你想象不出,这给了我多么奇妙的一种感觉。马瑞拉,我的鼻子真的很漂亮吗?我知道你会说实话的。"

"你的鼻子长得还行。"马瑞拉简短地答道。私下里,她认为安妮的鼻子非常出众,很漂亮;可是她不打算这么对她说。

这已经是三个星期前的事了,一切都很顺利。而现在,在这个凉爽的九月早晨,安妮和戴安娜,这两个亚芬里最幸福的小女孩,正轻快地走在"白桦小径"上。

“我猜今天吉尔伯特该来上学了。”戴安娜说，“整个夏天，他都在新不伦瑞克省看望他的表兄弟，星期六晚上他刚到家。他长得非常英俊，安妮。他会很尖刻地嘲笑女孩子们。他就会捉弄我们。”

戴安娜的语气显示出她宁愿被捉弄捉弄。

“吉尔伯特·布莱思？”安妮问，“他的名字是不是和朱利娅·贝尔的名字一起被写在走廊的墙上，上面还标了个大大的‘注意’？”

“是的，”戴安娜点了点头说道，“可是我确信他并不怎么喜欢朱利娅·贝尔。我曾听他说，他一边数着朱利娅的雀斑一边背乘法表。”

“哎，别跟我提雀斑，”安妮恳求道，“我的雀斑这么多，真让人难受。不过，我觉得把男孩和女孩的名字标上‘注意’写在墙上愚蠢极了。我倒想看看谁敢把我的名字和一个男孩的名字一起写到墙上。当然，不，”她匆匆补上一句，“不会有人这么做的。”

安妮叹了口气。她不希望自己的名字被写在墙上。可是，知道没有这种风险毕竟也让人有些丢脸。

“胡说。”戴安娜说道。她那乌黑的眼睛和一头光亮的长发已经搅乱了亚芬里学校里男生们的心，在走廊墙上的注意栏中，她的名字已经出现过六七次了。“这不过只是个玩笑。你可不要这么肯定你的名字就不会被写上去。查理·斯隆喜欢你得不得了。他告诉他母亲——听清楚了，他母亲——说你是学校里最聪明的女孩。这可比长得漂亮强多了。”

“不，不是，”安妮女孩气十足地说道，“我宁愿长得漂亮。而且我讨厌查理·斯隆，我可受不了眼珠凸出的男孩。如果谁把我的名字和他的名字写在一起，我永远都不会原谅他，戴安娜·巴里。不过，在班上保持领先倒是挺好的。”

“从今以后，在班上你就会遇上吉尔伯特了。”戴安娜说，“我可以说，他一向在班上保持领先地位。他快十四岁了，可只学到第四册。四年前，他父亲生了病，为了恢复健康，他不得不去阿尔伯塔省，吉尔伯特就和他一起去了。他们在那里待了三年，在回来之前，吉尔几乎就没怎么上学。从今天开始，你就会发现要保持领先地位没那么容易了，安妮。”

“我很高兴，”安妮急忙说道，“在一群九岁、十岁的小男生、小女生中间保持领先一点都不令我感到自豪。昨天我上去拼写了‘爆发’。乔西·派伊得了第一，请注意，她偷看书的。菲利普斯先生没看见——他正瞅着普丽西·安德鲁斯，可是，我看见了。我只是用鄙视的目光冷冷地扫视了她一眼，她的脸红得像糖萝卜似的，接着还是把它拼错了。”

“派伊家的那些女孩在所有方面都作弊。”当她们爬过大路的栅栏时，戴安娜愤愤不平地说，“昨天，格蒂·派伊居然走去把她的牛奶瓶放在了小溪中我放奶瓶的地方。你做过这种事吗？我现在不理她了。”

当菲利普斯先生在教室后面听普丽西·安德鲁斯念拉丁文的时候，戴安娜悄声对安妮说：

“坐在你走廊正对面的就是吉尔伯特·布莱思，安妮。看看他，你不觉得他很英俊吗？”

于是安妮往吉尔伯特看去。她刚好有了一个这么做的好机会，因为所提到的吉尔伯特·布莱思正全神贯注地用大头针将坐在他前面的鲁比·吉利斯长长的黄辫子悄悄钉在她座位的靠背上。他是个高个儿男孩，长着棕色的鬈发，淡褐色的眼睛中露出淘气的神情，嘴角挂着想捉弄人的微笑。不一会儿，鲁比·吉利斯突然站起来想去问老师一道算术题；随着一声尖叫，她跌回到座位上，以为自己的头发被连根拔掉了呢。每个人都看着她，菲利普斯先生严厉地盯着她，弄得鲁比哭了起来。吉尔伯特已经迅速地把大头针藏起来了，这会儿正装出全世界最严肃的表情在读历史课本呢；可是，当这场骚动平息下来后，他看着安妮，眨了眨眼睛，一副恶作剧的表情。

“我认为你的吉尔伯特确实很英俊，”安妮对戴安娜坦言道，“可是，我觉得他太放肆了。朝一个陌生女孩眨眼睛太不礼貌了。”

不过，到了下午，事情可真的就发生了。

菲利普斯先生正坐在屋角向普丽西·安德鲁斯讲解一道代数题，而其余的学生便随心所欲地做着自己喜欢做的事，吃着青苹果，小声说话，在石板上画画，在过道上把拴着绳子的蟋蟀牵来牵去。吉尔伯特·布莱思努力想使安妮看他，结果彻底失败了，因为在那一刻安妮不仅完全忘记了吉尔伯特的存在，也忘记了亚芬里学校中的其他每一个学生。她双手托着下巴，眼睛凝视着从西边窗户可以望见的“闪光之湖”上的粼粼蓝色波光，她已经飞到了远方绚烂的幻想世界，除了自己奇妙的幻觉，她什么也听不见，什么也看不见。

煞费苦心地使一个女孩看自己，却遭遇了失败，吉尔伯特对这种结果很不习惯。她应该看他，那个长着尖下巴、满头红发的姓雪莉的女孩，她的大眼睛截然不同于亚芬里学校中的任何一个女生。

吉尔伯特走过过道，抓起安妮红色长辫子的辫梢，伸直手臂将它举了起来，然后逼尖了嗓子低声说：“红毛！红毛！”

安妮忿忿地向他看去！

她不仅看了他，还采取了行动。她一跃而起，原先斑斓的幻想被彻底打碎，无可挽回。她愤怒地仇视着吉尔伯特，目光中的怒火很快被同样愤怒的泪水所扑灭。

“你说什么，讨厌的家伙！”她激动地叫道，“你怎么敢！”

接着——啪的一声！安妮拿起石板朝吉尔伯特的头上敲去，而且砸裂了它——是石板，而不是脑袋，一道裂缝贯穿其间。

亚芬里学校的孩子们对这种精彩的吵闹场面总是乐此不疲。这场戏更是特别有趣。所有的人都既惊又恐地“哦哦”乱叫。戴安娜吓得几乎喘不过气来。向来容易情绪激动的鲁比·吉利斯哭了起来。汤米·斯隆目瞪口呆地盯着这一场面，而他的那群蟋蟀也趁机溜得精光。

菲利普斯先生顺着走道阔步走来，将手重重地放在了安妮的肩上。

“安妮·雪莉，这是怎么回事?”他生气地说。安妮没有回答。指望她在全校同学面前说出自己被人喊做“红毛”是根本不可能的事。倒是吉尔伯特勇敢地大声说：

“是我的错，菲利普斯先生。我取笑她来着。”

菲利普斯先生根本不听吉尔伯特说的。

“看到我的学生表现出这种坏脾气和报复心理，我真感到遗憾。”他以一种严肃的口吻说道，仿佛只要做了他的学生，这些并非十全十美的小家伙就应该将心中所有邪念根除，“安妮，站到黑板前的讲台上去，下午剩下来的时间你得一直站在那儿。”

安妮宁愿被鞭子抽一顿，也不愿受这种惩罚。在此种惩罚下，她敏感的心像被鞭打一样在颤抖。她板着苍白的小脸遵从了老师的命令。菲利普斯先生拿出一支彩色粉笔，在她头顶上的黑板上写道：

“安妮·雪莉的脾气非常坏。安妮·雪莉必须学会克制自己的脾气。”然后他大声地念了一遍，这样就连看不懂字的低年级学生也能明白它的意思了。

在下午剩下来的时间里，安妮头顶着那段文字，一直站在那儿。她没有哭，也没有垂下头。她心中仍在燃烧着熊熊怒火，这给了她力量，使她在承受了种种屈辱的痛苦后仍能支撑下来。她用忿恨的目光和气得通红的面颊，迎接了戴安娜同情的注视，查理·斯隆愤愤不平的点头和乔西·派伊不怀好意的微笑。至于吉尔伯特·布莱思，她看都不看他。她永远都不会再看他一眼！她也再不会和他说话！

放学的时候，安妮高昂着她那一头红发的脑袋，快步走出了教室。在走廊门口，吉尔伯特·布莱思试图拦住她。

“实在对不起，我拿你的红头发开玩笑，安妮。”他后悔地低声说道，“我真的很诚心，别再为此生气了。”

安妮轻蔑地向前走去，没看他一眼，也没有做出任何听见他说话的表示。“哎，你怎么能做到这点，安妮？”当她们沿着大路向前走的时候，戴安娜半责怪半钦佩地低声说。戴安娜觉得她自己绝对抵挡不住吉尔伯特的请求。

“我永远也不会原谅吉尔伯特，”安妮坚定地说道，“而且菲利普斯先生拼我的名字时没有加 E。这让我心如刀割，戴安娜。”

戴安娜一点也不明白安妮说的是什么意思，但是她知道那一定是种很糟糕的东西。

“你千万别把吉尔伯特嘲笑你头发的事情放在心上。”她安慰着说道，“唉，他取笑所有的女孩。他嘲笑我的头发，因为它太黑了。他叫我乌鸦叫了十几次；而且，以前我从来没听过他为什么事向别人道歉。”

“被叫做乌鸦和被叫做红毛有太大的差别，”安妮态度庄重地说道，“吉尔伯特极其残酷地伤害了我的感情，戴安娜。”

如果没有别的事情发生的话，那么这件事可能也就这么过去了。但是，事情一旦发生，就会不断地接踵而至。

亚芬里学校的学生经常利用中午时间去贝尔先生家的云杉林捡胶树果，林子就在他家牧场后的小山上。从那儿，他们可以密切地注视着埃本·赖特先生家的房子，他们的老师就在那里搭伙。当他们一看见菲利普斯先生从那儿出现，就立刻往学校跑；可是到学校的路程要比赖特先生家的小路长三倍多，所以等他们气喘吁吁地赶到学校的时候，总是会迟到三分钟。

第二天，菲利普斯先生忽然心血来潮地想实行改革，他在回家吃午饭前向大家宣布，他希望回来时能看到所有学生都在自己位子上坐着。任何迟到的人都将受到惩罚。

所有男孩和女孩还是像往常一样去了贝尔先生家的云杉林，满心打算只在那儿待一会儿，“捡一个胶树果”就回去。可是云杉林太富有魅力了，而那种黄色的坚果实在使人着迷；他们一边捡着，一边闲逛，渐渐走失了方向；于是，像往常一样，首先让他们想起时间飞逝的，是传自一棵古老云杉树顶的吉米·格洛弗“老师来了”的喊声。

站在地上的女孩子们立刻出发往回赶，终于及时到达了学校，差一秒就会迟了。男孩子们得匆匆从树上扭着爬下来，所以也就迟了一步；而安妮尽管根本没去捡胶树果，只是快乐地倘佯在云杉林的尽头，却成了所有人中最迟的一个。她漫步在齐腰深的蕨丛间，轻哼着小曲，头发上还戴了一个用米百合编成的花环，仿佛是幽暗树林中的一位游神。虽然安妮可以跑得像小鹿那么快；而且她也这么跑了，结果可真有趣，她在门口赶上了男孩子们，夹在他们中间溜进了教室，而此刻菲利普斯正在挂他的帽子。

菲利普斯先生短暂的改革热情结束了；他可不想自找麻烦，去惩罚十几个学生；可是采取些行动来维护自己的威严还是有必要的，所以他环顾四周，想找只替罪羊，结果发现了安妮。安妮已经倒在了椅子上，喘着粗气，忘记了百合花环还歪戴在一只耳朵上，让她看起来显得特别浪荡散漫。

“安妮·雪莉，既然你好像很喜欢和男孩子们在一起，那么今天下午我们就让你的这种爱好得到满足。”他挖苦道，“把头上的花拿下来，和吉尔伯特·布莱思坐到一起去。”

别的男孩子窃窃笑着。戴安娜因为同情，脸色变得煞白，她将花环从安妮头发上取了下来，然后紧紧握了一下她的手。安妮仿佛变成了石头人似的，愣愣地盯着老师。

“你听见我说的话了吗，安妮？”菲利普斯先生厉声问道。

“是的，先生，”安妮慢吞吞地答道，“可是，我想你不是认真的吧。”

“老实告诉你，我是认真的。”依旧是那副为所有孩子特别是安妮所憎恨的嘲讽腔调。它很伤人。“立刻按我说的去做。”

片刻间，安妮看上去好像要反抗。可是，接着当她意识到这事已无可挽回时，她倨傲不逊地站了起来，大步走过过道，在吉尔伯特·布莱思身边坐了下来，然后将脸埋在臂弯中趴在了桌上。当她伏下脸的时候，鲁比·吉利斯瞥见了她的脸。放学回家的时候，她告诉别的同学说，她“从来没有见过那样的面孔——脸色煞白，上面还有好多难看的小红点”。

对于安妮来说，一切都完了。从十几个同样犯错的同学中被挑出来接受惩罚，已经够糟的了；还要让她和一个男孩坐到一起，这就更惨了，而那个男孩偏偏又是吉尔伯特·布莱思，这简直就是雪上加霜，让她难以忍受。安妮觉得自己无法忍受这种屈辱，而各种努力也将无济于事。羞耻、愤怒和屈辱浸透了她的全身。

起初的时候，其他学生还看着她，小声议论，咯咯笑着，还互相用胳膊肘推着对方以引起注意。可是，安妮再也没有抬起她的头，而吉尔伯特专心致志地做着分数题，好像他的心中就只有分数题，其他学生也就很快地去做自己的作业了，忘记了安妮。当菲利普斯先生叫上历史课的同学出去时，安妮本应该去的，可是她没有动弹，而菲利普斯先生刚才一直在写《致普丽西拉》的诗，这会儿还在考虑着一个难配的韵脚，所以根本没发现少了安妮。当没人注意时，吉尔伯特立刻从课桌里拿出了一块小小的粉红色心形糖，上面印了一句金色的题词“你很甜美”，他把它偷偷塞在了安妮的胳膊底下。随之，安妮起身用手指尖小心翼翼地捏起那块粉红色的心形糖，将它扔到了地上，用脚跟踩得粉碎，然后又恢复了原来的姿势，根本不屑于看吉尔伯特一眼。

当其他同学出去时，安妮大步走向自己的课桌，惹眼地将里面所有的东西都拿了出来，书、写字板、笔、墨水、《圣经》和算术课本，然后把它们整齐地堆在她那块裂了缝的石板上。

“你把所有东西都带回家干什么,安妮?”戴安娜很想知道为什么,所以她们刚出来上了大路,她便问道。而在此之前,她不敢问这个问题。

“我再也不回学校了。”安妮说道。戴安娜倒抽了一口气,盯住安妮,想知道她说的话是否当真。

“马瑞拉会让你待在家里吗?”她问。

“她会不得不同意的,”安妮说,“我再也不会去学校见那个人了。”

“哎,安妮!”戴安娜看上去好像要哭了。“我想你现在情绪一定很低落。那我怎么办?菲利普斯先生会让我和那个讨厌的格蒂·派伊坐在一起的——我知道他会那样做的,因为她现在一个人坐。回来吧,安妮。”

“在这世上,我愿意为你做任何事,戴安娜。”安妮悲伤地说,“我愿意让我的身体四分五裂,如果这能对你有好处的话。但是我不能来上学,请你就不要再求我了。你让我很苦恼。”

“想想你将要失去多少欢乐呀。”戴安娜哀伤地说道,“我们要在小溪边搭一座最漂亮的新房子;下周我们就要赛球了,你还从来没玩过球呢,安妮。那是非常令人激动的事。我们还要学一首新歌——简·安德鲁斯现在已经开始练习了。下个星期,爱丽丝·安德鲁斯会带一本新的潘西丛书到学校,我们准备在小溪边一章一章地轮流朗读。你知道你自己是非常喜欢朗读的,安妮。”

什么事也无法使安妮有丝毫的动摇。她的决心已定。她不会再去学校见菲利普斯先生了。当她回到家的时候,她把这决定告诉了马瑞拉。

“胡说。”马瑞拉说。

“这绝不是胡说,”安妮一边用严肃的、责备的目光盯着马瑞拉,一边说,“你难道不明白吗,马瑞拉?我受到了侮辱。”

“侮辱?胡说!明天你得照旧去上学。”

“哦,不。”安妮轻轻地摇了摇头。“我不会回去了,马瑞拉。我在家自学,我会尽量地做出好的表现,如果有可能的话,我会一直闭上嘴。但是,我明确地告诉你,我不会回学校去了。"

从安妮那张小脸上,马瑞拉看到了某种不屈不挠的执拗神情。她明白自己想要战胜它,将会面临很多麻烦;不过她明智地做出决定,那会儿不再多说些什么。"今晚我下去见雷切尔,看看她有什么意见。"她心想,"现在和安妮讲道理一点用也没有。她太激动了,我知道如果她一旦有了自己的打算,就会固执得不得了。从她的叙述来看,菲利普斯先生一直在用非常专横的态度来处理问题。不过,绝不能和她这么说。我和雷切尔谈谈这事。她送过十个孩子去学校念书,她应该知道些学校里的事。到了这个时候,她一定也已经听说了整件事。"

马瑞拉发现林德太太像往常一样,正在勤快地、高兴地绗缝着被子。

"我猜你知道我为什么来。"她略微感到有些不好意思地说道。

雷切尔太太点了点头。

"我想,是为了安妮在学校里的小题大做吧。"她说,"蒂莉·博尔特放学回家路过时进来和我说了那件事。"

"我不知道该拿她怎么办,"马瑞拉说,"她宣称她不回学校了。我从来没有见过情绪这么激动的孩子。从她开始上学起,我就一直在担心会出事。我知道,事情进行得太顺利就不会维持得久。她太敏感了。你有什么建议,雷切尔?"

"好的,既然你征求我的意见,马瑞拉。"林德太太亲切地说道——林德太太特别喜欢别人向她征求意见,"首先,我会迁就她一些,那就是我要做的。我相信是菲利普斯先生错了。当然,不能对孩子们这么说,你知道。不过,当然,他昨天对安妮发了大脾气进行惩罚是对的。可是,今天情况就不一样了。所有其他迟到的人应该像安妮一样受到惩罚才对。而且我认为,为了惩罚,让女孩和男孩坐在一起不会有什么好处。这实在很过分。蒂莉·博尔特感到愤愤不平。她始终站在安妮的一边,她说其他学生也是这样的。不知怎的,安妮好像在他们中间很受欢迎。我从没想到她会和他们处得那么好。”

“那么,你确实认为我最好还是让她待在家里喽?”马瑞拉惊讶地问。

“是的。那就是说,我不会再对她提起学校,除非她自己提起来。请放心,马瑞拉,不到一个星期她就会冷静下来,主动要求回学校的,就是这样。反之,如果你现在逼她回学校,天知道她会做出什么反常举动或是要什么大脾气,这样事情会更麻烦。依我看,事情闹得越小越好。就那件事来说,她不去上学,不会落下多少课的。菲利普斯先生根本不是一个好老师。他所维持的秩序是很令人反感的,他对小家伙们不闻不问,却把所有时间都花在了那些他准备送去女王学院的高年级学生身上。如果不是他舅舅做了理事,他绝不会又在学校待上一年的——就是那个理事,他牵着其他两个理事的鼻子走,事实如此。老实说,我不知道这小岛上的教育会变成什么样子。”

雷切尔太太摇了摇头,就好像是在说,如果她是省里教育部门的头头,情况会有很大改观。

马瑞拉采纳了雷切尔太太的建议,关于重回学校的事,她没有再对安妮提一个字。她在家里学习课文,做功课,还在凉爽的紫色秋日黄昏中,与戴安娜一同玩耍;但是,当她在路上碰到吉尔伯特·布莱思,或是在主日学校里偶遇他的时候,她都是带着一种冷冷的鄙夷的神情从他身边走过。他虽然努力想平息她的怒气,但是她却没有丝毫想化解的意思,就连戴安娜做出的调解努力也无济于事。很显然,安妮已下定决心要恨吉尔伯特·布莱思一辈子了。

然而,她却用她那颗小小的心灵中全部的爱眷恋着戴安娜,这种爱与对吉尔伯特的恨同样强烈。有一天晚上,马瑞拉提着一篮子的苹果从果园中走进来,她发现安妮正独自坐在昏暗的东边窗户旁,伤心地哭着。

“怎么啦,安妮?”她问。

“是为了戴安娜。”安妮悲切地啜泣着,“我非常爱戴安娜,马瑞拉。没有她,我活不了。可是,我知道,等我们长大后,戴安娜会结婚,去别处,然后离开我。唉,那个时候我该怎么办呢?我恨她的丈夫——恨之入骨。我一直在想象着这一切——婚礼和其他所有的事情。戴安娜穿着雪白的衣裙,戴着面纱,看上去就像女王一样美丽和庄严;而我是伴娘,也穿着漂亮的裙子和泡泡袖,但是在我微笑的面容下却深藏着一颗破碎的心。后来就要向戴安娜道别——别……”说到这儿,安妮再也控制不住了,一声悲似一声地痛哭起来。

马瑞拉迅速地转过身去,试图掩藏住自己抽搐的脸;但是没有用;她瘫倒在最近的一把椅子上,尽情地放声大笑起来,如此反常的响亮而持久的笑声让经过外面院子的马修惊异地停了下来。以前什么时候他听过马瑞拉像现在这样笑过?

“哎呀,安妮·雪莉,”马瑞拉刚恢复了说话的能力,便说道,“如果你一定要自寻烦恼,那么看在上帝的分上,还是就近在家里找吧。我想,你的想象力确实很丰富。”

第十六章

戴安娜应邀参加茶会，却遭遇不幸

绿山墙的十月是非常美丽的季节，山谷中的白桦变成了阳光般的金黄色，果园后的枫树是高贵的深红色，小路两旁的洋樱桃树披上了暗红和青铜色的美丽罩衣，而长满再生草的田野也沐浴在阳光中。

安妮陶醉在身边五彩斑斓的世界中。

"噢，马瑞拉，"一个星期六的早上，她抱着满满一大束漂亮的树枝，雀跃着跑进了屋大叫道，"我太高兴了，我生活在一个有十月的世界中。如果我们从九月一下子跳进十一月，就太糟了，不是吗？看看这些枫树枝。难道它们不能给你带来一阵激动吗——好几阵激动？我要用它们装饰我的房间。"

"乱糟糟的东西。"马瑞拉说道，她的审美观还没有得到显著提高，"你用这些户外的杂物把房间塞得太满了，安妮。卧室是睡觉的地方。"

"噢，也是做梦的地方，马瑞拉。你知道，一个人如果睡在摆满漂亮东西的房间里，她的梦都会变得美得多。我要把这些树枝插进那个蓝色的旧壶里，然后放到我桌上。"

"你得注意别把叶子撒得满楼梯都是。今天下午我要去卡莫迪参加救助协会的一个会议，安妮，天黑前我可能回不来。你得给马修和杰瑞准备好晚饭。我想提醒你，可别像上次那样，直到坐到桌子前，才想起来泡茶。"

“上次我忘了真是不应该，”安妮抱歉地说道，“不过那是一个下午，我正努力地为‘紫罗兰谷’起名字呢，它把所有其他的事情都挤跑了。马修真好。他没有骂我一句。他自己把茶包放了进去，还说我们等上片刻也没关系。在等的时候，我给他讲了一个很好听的神话故事，所以他一点都没觉得时间长。那真是一个美丽的神话故事，马瑞拉。我忘了故事的结尾，所以就自个儿编了结尾，马修说他听不出来有什么脱节的地方。”

“安妮，如果你打算半夜起来吃午饭，马修都会觉得挺不错的。不过，这次你得保持头脑清醒。你可以请戴安娜过来——我真的不知道这样做是否正确，这会让你比以前头脑更加糊涂——下午和你在一起，在这儿喝茶。”

“啊，马瑞拉！”安妮紧握双手。“太好了！你终于可以想象了，否则的话，你永远不会知道我对这件事有多么向往。那样多好呀，会显得很像大人。如果我有伴儿的话，就不必担心我会忘记泡茶了。哦，马瑞拉，我可以用那套印着玫瑰花苞的茶具吗？”

“不行，绝对不行！玫瑰花苞茶具！好啊，接下来是什么？你知道，除了牧师或救助协会的人来，我从来不用它。你用那套棕色的旧茶具。不过，你可以打开那个装樱桃酱的小黄瓦罐。不管怎么说，它早就该被吃掉了——我相信它已经开始发酵了。你还可以切一点水果蛋糕，弄一些饼干和脆饼。”

“我可以想象得出自己坐在桌子的主人位子上倒茶，”安妮说着便心醉神迷地闭上了眼睛，“然后问戴安娜她是否要加糖！我知道她不会要加的，但是我还得问她，装成好像不知道似的。接下来竭力劝她再吃一块水果蛋糕和一份果酱。哦，马瑞拉，光想想这件事就已经让我非常激动了。她来的时候，我可以带她去客房脱帽子吗？然后再领她到客厅入座？”

“不行。你和你的伙伴只能用起居室。不过，倒是有半瓶紫莓酒，是那天晚上教堂联欢会上剩下来的。它放在起居室壁橱的第二层上，如果愿意的话，下午时你和戴安娜都可以喝，还可以吃一块小甜饼，我想马修可能会晚一点回来喝茶，因为他正把土豆往船上装呢。”

安妮飞快地奔下了山谷，跑过“树神的水泡”，沿着云杉小路向果园坡跑去，她去请戴安娜来喝茶。于是，在马瑞拉刚刚驾车离开前往卡莫迪，戴安娜便来了。她穿的裙子仅次于她最好的那套，而脸上的神情俨然就是一副受邀赴茶会应有的表情。平时，她一般不敲门就直接跑进厨房；而现在她一本正经地敲了敲前门。而安妮也穿着仅次于她最好的那套裙子，同样一本正经地打开了门。两个小女孩严肃地握了握手，就好像她们以前从来没见过面似的。直到戴安娜被领进东山墙脱下帽子，然后在起居室端端正正坐了十分钟后，这种不自然的严肃态度才结束。

“你母亲身体如何？”安妮礼貌地询问道，就好像她早上并没有看见巴里太太精神矍铄地在摘苹果。

“她很好，谢谢。我想卡思伯特先生今天下午要将土豆运上‘百合沙滩’号吧，是吗？”戴安娜问道，其实那天上午她就是坐马修的运货马车到哈蒙·安德鲁斯先生家去的。

“是的。今年我们的土豆收成很好。我希望你父亲的土豆也有很好的收成。”

“非常好，谢谢。你们的苹果已摘下很多了吗？”

“哦，非常多。”安妮说着便跳了起来，这时她已经将自己应表现出的高贵、尊严忘得一干二净，“我们出去到果园摘些红扑扑的甜苹果吧，戴安娜。马瑞拉说我们可以把树上剩下的都摘下来吃。马瑞拉是个非常慷慨的人。她说我们喝茶的时候可以吃水果蛋糕和樱桃果酱。不过，告诉客人你准备给他们吃些什么，是很没礼貌的，所以我就不告诉你她说我们可以喝些什么了。不过，它是以 R 和 C 开头的，而且它是鲜红色的。我喜欢鲜红色的饮料，你呢？它们的味道要比其他颜色的饮料好上两倍。”

果园显得那么可爱，弯弯的大树枝被累累果实压得弯下腰垂到地面，两个小女孩把下午大部分的时间都消磨在了这里。她们坐在一个长满青草的角落里，一边吃着苹果，一边尽情地交谈着，青草并未因为霜冻而失去它的绿色，秋天柔和的阳光暖洋洋地在身边徘徊。戴安娜有一大堆关于学校里的事要告诉安妮。她不得不和格蒂·派伊坐在了一起，对此她气愤极了；格蒂总是把铅笔弄得吱吱乱响，这让她——戴安娜——感到不寒而栗；鲁比·吉利斯用一块有魔力的鹅卵石驱走了身上全部的疣子，这绝对是真的，那块有魔力的鹅卵石是来自小溪的老玛丽·乔给她的。你只要用那块鹅卵石搓擦疣子，然后在一个新月之夜，把它从你的左肩上扔出去，疣子就会全部消失。查理·斯隆的名字和埃姆·怀特的名字被人写到了走廊的墙上，埃姆·怀特对此非常恼火；萨姆·博尔特在课上"顶撞"了菲利普斯先生，菲利普斯先生抽了他一顿，萨姆的父亲赶到了学校，想看看他还敢不敢再动手打他的孩子；马蒂·安德鲁斯戴了一条新的红头巾，上面绣着带穗子的蓝色十字桃花，她戴着那头巾的样子真让人恶心；莉齐·赖特和玛米·威尔逊不说话了，因为玛米·威尔逊的大姐抢走了莉齐·赖特大姐的情人；每个人都非常想念安妮，希望她能再回到学校去；而吉尔伯特·布莱思……

但是安妮不想听关于吉尔伯特·布莱思的事。她匆匆跳了起来，说她们该进屋去喝些紫莓甜酒了。

安妮往房间食品柜的第二层看去，上面并没有紫莓甜酒的瓶子。她找了半天才发现它被放在最上面那层。安妮把它放到托盘上，接着将它和一只高脚杯一同放到桌上。

"现在，请随便吃吧，戴安娜，"她礼貌地说，"我觉得自己现在什么也不想吃。吃了那么多苹果，我觉得自己好像什么也不想吃了。"

戴安娜给自己倒了一杯酒，赞赏地看着它那鲜红的颜色，然后文雅地抿了一小口。

"这是非常好喝的紫莓甜酒,安妮,"她说,"我以前从不知道紫莓甜酒是这么好喝。"

"你喜欢喝,我真高兴。想喝多少,就喝多少吧。我要出去生火了。一个人当家,脑子里就会有好多责任,是不是?"

当安妮从厨房回来时,戴安娜正在喝第二杯甜酒;接着,在安妮的再三恳求下,她没有特别反对地又喝下了第三杯。几杯酒都是斟得满满的,紫莓甜酒确实很好喝。

"这是我喝过的最好的酒,"戴安娜说,"它比林德太太家的好喝多了,尽管她自己吹得天花乱坠。这个喝上去和她家的一点都不同。"

"我想马瑞拉的紫莓甜酒可能比林德太太的好喝多了。"安妮诚恳地说道,"马瑞拉的烹饪手艺是出了名的。她正在教我烧菜,不过老实和你说,戴安娜,这真是一项艰巨的工作。烹饪中一点想象的空间都没有。你只能按章行事。上次我做蛋糕的时候,就忘了把面粉加进去。那时我正在想一个关于你和我的美丽故事,戴安娜。我想象你得了天花,病得很重,每个人都抛弃了你,但是我勇敢地来到你身边,照料你,让你恢复了健康;然而我却染上天花死了,我被葬在墓地中的那些白杨树下,你在我墓前种了一株玫瑰树,用你的泪水浇灌它;而你永远永远都不会忘记这个年轻时为你献出生命的朋友。哦,那真是个伤感的故事,戴安娜。我做蛋糕的时候,泪如泉涌,顺着我的面颊涟涟而下。可是我忘了加面粉,蛋糕做得失败透顶。你知道,面粉是做蛋糕的基本原料。马瑞拉很恼火,对此,我一点都不感到奇怪。我给她添了好多麻烦。上个星期,她为我做的布丁酱汁伤透了脑筋。星期二午饭我们吃的是梅子布丁,结果剩下了半块布丁和一罐酱。马瑞拉说那够另一顿午饭吃的了,她叫我把它盖起来放进食品柜里。我是尽力想把它盖起来的,戴安娜,可是在我把它端进去的时候,我正想象着自己成为一位修女——当然是基督徒,不过我可以想象自己是天主教徒——生活在与世隔绝的修道院里,正在用面纱蒙住一颗破碎的心;所以我就把盖布丁酱的事忘得一干二净。第二天早晨我想起来了,然后赶快跑到食品室。戴安娜,你想象一下,我在布丁酱里发现了一只淹死的老鼠,我吓得魂不附体!我用汤勺把老鼠捞起来扔到了院子里,然后用水把汤勺洗了三遍。马瑞拉那时正在外面挤奶,而我满心打算等她进来的时候,问她是不是把酱倒给猪吃;可是当她进来的时候,我正想象着自己变成了一位霜神,越过森林,将棵棵大树染成红色和黄色,或是它们想变成的那种颜色,结果我就再也没能想起布丁酱的事,接着马瑞拉叫我出去摘苹果。唉,那天上午切斯特·罗斯先生和太太从斯潘塞维尔到这儿来了。你知道他们是很时髦的人,特别是切斯特·罗斯太太。当马瑞拉叫我进来的时候,午饭已经准备好了,每个人都坐在桌前。我尽量使自己表现得庄重而有礼貌,因为我想给切斯特·罗斯太太留下这样一个印象,尽管我长得不怎么漂亮,但还是一个有贵族小姐气质的女孩。一切进行得都很顺利,直到我看见马瑞拉一手端着梅子布丁,另一只手拿着重新热过的那罐布丁酱走进来。戴安娜,那一瞬间真可怕。我想起了一切,从位子上站了起来,尖声叫道:'马瑞拉,你不能用那罐布丁酱。那里面淹死了一只老鼠。之前我忘记告诉你了。'噢,戴安娜,就算我能活到一百岁,都不会忘掉那可怕的一刻。切斯特·罗斯太太只是看着我,我羞愧得恨不能钻到地底下去。她是个非常能干的家庭主妇,想想看,她会把我们想成什么样的人了。马瑞拉气得满脸通红,但是她自始至终没有说一句话——我是指当时。她只是把那酱和布丁端了出去,换了些草莓酱端进来。她还给我盛了一些,而我一口也咽不下。我脑袋上好像堆满了熊熊燃烧的木炭。切斯特·罗斯太太走了以后,马瑞拉狠狠地训了我一顿。哎呀,戴安娜,怎么啦?"

戴安娜摇摇晃晃地站了起来;接着又坐了下来,双手捂住脑袋。

"我——我难受极了,"她有些口齿不清地说道,"我——我得马上回家。”

“噢，你不该还没喝茶就想着回家。”安妮苦恼地叫道，“我这就给你端过来——我现在就去放茶叶。”

“我必须回家。”戴安娜重复道，语气虽然昏昏沉沉但是却很肯定。

“无论如何也得让我给你弄顿午饭吃吧。”安妮恳求道，“让我给你切一小块水果蛋糕，再加些樱桃酱。在沙发上躺一会儿，你就会好些了。你哪儿感觉不舒服？”

“我一定得回家。”戴安娜说道，而这是她所能说的一切。安妮再三恳求也无济于事。

“我从来没听说过客人不喝茶就回家的。”她悲伤地说，“噢，戴安娜，你觉得自己真的会染上天花吗？如果的确是那样，我会去照料你的，你完全可以放心。我永远不会抛弃你。不过，我真的希望你能留下来喝完茶再走。你哪儿感觉不舒服？”

“我头晕极了。”戴安娜说。

实际上，她走起路来也是晕晕乎乎的。安妮含着失望的泪水，取来戴安娜的帽子，一直和她走到巴里家院子的栅栏处。然后她一路哭着跑回了绿山墙。她伤心地把吃剩下的紫莓甜酒放回了食品室，接着又为马修和杰瑞准备好下午茶，而做这一切时，她已是兴致索然。

第二天是星期天，倾盆大雨从黎明一直下到黄昏，安妮待在绿山墙没有出门。星期一下午，马瑞拉叫她去林德太太家办件事。没过一会儿，安妮便泪流满面地沿着小路飞奔了回来。她冲进厨房，痛苦地将脸朝下扑倒在沙发上。

“发生了什么事，安妮？”马瑞拉既惊又疑地询问道，“我可不希望你又去顶撞了林德太太。”

安妮一声不吭，只是流下了更多的泪水，发出了更响亮的痛哭声！

“安妮·雪莉,当我问你问题的时候,我希望得到回答。立刻坐起来,告诉我你为什么哭。”

安妮站了起来,完全是一副遭遇灾难的模样。

“今天林德太太去看望了巴里太太,巴里太太非常生气。”她呜咽着,“她说星期六我把戴安娜灌醉了,然后很不光彩地送她回了家。她说我一定是个糟糕透顶的坏女孩,而她永远永远也不会让戴安娜和我一起玩了。唉,马瑞拉,我伤心得不得了。”

马瑞拉惊讶而又茫然地盯着安妮。

“把戴安娜灌醉了!”她终于开口说道,“安妮,是你疯了,还是巴里太太疯了? 你到底给她喝了什么?”

“除了紫莓甜酒,其他什么也没有。”安妮啜泣道,“我从来没想到紫莓甜酒也能让人喝醉,马瑞拉——就算他们像戴安娜一样喝三杯,也不会醉倒。噢,这听上去那么——那么——像托马斯太太的丈夫! 不过,我不是有意把她灌醉的。”

“喝醉,胡扯!”马瑞拉说着,便向起居室的食品柜大步走去。她一眼认出放在架子上的那个瓶子里装的是她自己酿造的、已存放了三年的葡萄酒,在亚芬里,她因这酒而远近驰名,虽然那些比较刻板的人对此极力反对,而巴里太太便是他们中的一员。就在这时,马瑞拉想起来,她已经把那瓶紫莓甜酒放到地窖里去了,而不是像她所告诉安妮的那样放在食品柜中。

她手里拿着葡萄酒瓶回到了厨房。她的脸不由自主地抽搐着。

“安妮,你真是个容易招惹麻烦的天才。你给戴安娜喝的是葡萄酒而不是紫莓甜酒。你自己不知道它们的区别吗?”

“我从没喝过,”安妮说,“我想它就是甜酒。我打算非常——非常热情的。戴安娜难受极了,不得不回家去。巴里太太告诉林德太太说,她烂醉如泥。她母亲问她是怎么回事,她只是傻傻地笑,接着倒头就睡,睡了好几个小时。她母亲从她的呼吸中闻出她是喝醉了。昨天一整天她头痛得很厉害,巴里太太气极了。她一口认定我是故意那么做的。”

“我认为她最好还是惩罚戴安娜,她太贪嘴了,竟然不看看是什么酒,就喝了三大杯。”马瑞拉立刻说道,“天哪,即使是甜酒,那么大的三杯酒也够她难受的了。三年前我发现牧师不赞成我酿酒后,就再也没酿造了,不过这件事对于那些反对我酿造葡萄酒的家伙来说,将成为一个好把柄了。我留着那瓶酒只是为了治病用的。好了,好了,孩子,别哭了。我对发生了这种事感到很遗憾,但是我觉得这不该怪你。”

“我一定要哭,”安妮说,“我的心碎了。命运总是在和我作对,马瑞拉。戴安娜和我被永远地分开了。哦,马瑞拉,当初我们发誓要保持我们的友谊时,根本没想到会发生这样的事。”

“别傻了,安妮。当巴里太太发现这件事并不能怪你时,她会好好考虑的。我想她认为你那么做只是闹着玩的或者诸如此类的玩笑。今天晚上,你最好过去和她讲清楚究竟是怎么回事。”

“一想到要面对戴安娜生气的母亲,我的勇气就全没了。”安妮叹了口气说,“我希望你能去,马瑞拉。你比我有面子多了。你说的话她可能会比较容易接受。”

“好吧,我去。”马瑞拉说,她认识到这么做或许会比较明智些,“别再哭了,安妮。情况会好起来的。”

马瑞拉从果园坡回来时,她那原先情况会好转的想法全变了。安妮一直在等她回来,所以看到了她立刻飞奔至走廊门口。

“哦,马瑞拉,从你的脸上我看得出来,你这次去没有用。”她悲伤地说道,“巴里太太不原谅我,是吗?”

“巴里太太,见鬼!”马瑞拉怒声说道,“在我所见过的最不讲理的女人中,她是最糟的。我告诉她那完全是一个误会,不是你的错,可她就是不相信我。她反复指责我的葡萄酒,说我总是讲它不会对任何人产生任何作用。我明确地告诉她,葡萄酒可不该一下子喝三杯的,而且如果我管教的孩子那么贪嘴,我会好好地揍她一顿屁股的,让她清醒清醒。”

马瑞拉烦躁不安地疾步走进厨房,把身后这个心烦意乱的小家伙留在了走廊里。过了一会儿,安妮没戴帽子便走进了寒意飕飕的秋日黄昏;她迈着坚定而又沉稳的步伐穿过木桥边已经干枯的三叶草坡地,越过那片被低低悬挂在西边树林上的黯淡月亮照着的云杉林。听见了一阵怯怯的敲门声,巴里太太来到门口,她发现门前的台阶上站着一个嘴唇苍白、目光急切的哀求者。

她板起了面孔。巴里太太是一位有着强烈偏见和好恶感的女人,她生起气来总是冷冷的、阴沉沉的,这种怨气总是最难消除。说实在的,她真的认为安妮是蓄意预谋将戴安娜灌醉的。所以她真的很急切地想阻止自己的小女儿和这样的孩子发展过分密切的关系,以免受到她的不良影响。

“你想做什么?”她傲慢地问。

安妮握住双手。

“哦,巴里太太,请原谅我。我不是故意——想——想灌醉戴安娜的。我怎么会呢?请你想想吧,如果你是个孤苦伶仃的小女孩,善良的人收养了你,而你在这个世上就只有一个知心朋友。你觉得你会故意把她灌醉吗?我以为那只是紫莓甜酒。我确信无疑那就是紫莓甜酒。哦,请别说你再也不让戴安娜和我一起玩了。如果你这么说的话,你会给我的生命蒙上一层愁苦的阴影。”

这段可以在瞬息间将好心的林德太太软化的言辞,对巴里太太却丝毫不起作用,反而使她更加恼火。她对安妮的大话和戏剧性的夸张动作深表怀疑,觉得这孩子是在捉弄她。于是,她无情地冷冷说道:

“我觉得你这个女孩不适合与戴安娜交往。你最好还是回家好好管管自己的行为吧。”

安妮的嘴唇在颤抖。

“你能让我再看一眼戴安娜，和她告别吗？”她恳求道。

“戴安娜和她父亲去卡莫迪了。”巴里太太说着便进去关上了门。

安妮绝望而又平静地回到了绿山墙。

“我的最后一个希望破灭了。”她对马瑞拉说，“我亲自去见了巴里太太，她对我非常无礼。马瑞拉，我认为她不是一个有教养的女人。除了祈祷，就没有别的办法了，而我对祈祷也不抱多大希望，马瑞拉，因为我相信上帝他自己对巴里太太这样顽固的人也不会有多少办法的。”

“安妮，你不该说这些。”马瑞拉一边训斥道，一边竭力克制住大笑的欲望，她惊奇地发现这种不适宜的欲望在她身上与日俱增。其实，那天晚上当她将整个故事告诉马修的时候，她禁不住对安妮的忧伤开怀大笑起来。

不过，在睡觉前她悄悄走进了东山墙，发现安妮已经哭着睡着了，脸上浮现出一副异乎寻常的柔情。

“可怜的小人儿。”她低语道，将一缕散乱的鬈发从孩子沾满泪痕的小脸上移开。接着，她弯下腰吻了吻枕上那张红扑扑的脸庞。

第十七章

生活中的新乐趣

第二天下午，安妮坐在厨房的窗前专心致志地缝碎布片，她偶然朝窗外瞥去，发现戴安娜正站在“树神的水泡”旁朝她神秘地招手。一眨眼的工夫，安妮便出了门向山谷飞奔过去，她那富于表现力的目光中交织着惊讶与希望。不过当她看到戴安娜一脸沮丧的神情时，她的希望也随之消失了。

“你母亲还没消气吗?”她急切地问。

戴安娜伤心地摇了摇头。

“没有;唉，安妮，她说我再也不能和你一起玩了。我拼命地哭，我告诉她那不是你的错，但是一点用也没有。我和她磨了好长时间，才说服她让我过来和你道别。她说我只能待十分钟，她会看着钟算时间。”

“用十分钟的时间来互道永别不算很长。”安妮眼泪涟涟地说，“噢，戴安娜，你能诚心保证永远不忘记我这个你年轻时的朋友吗，不管将来会有多么亲密的朋友关心你?”

“我绝对可以保证，”戴安娜抽泣着，“而我也不会再有另一个知心朋友了——我不想要。我不能像爱你这样再爱任何一个人了。”

“噢，戴安娜，”安妮紧握双手喊道，“你**爱**我吗?”

“哦，当然了。你不知道吗?”

“不知道。”安妮深深地喘了口气。“我当然知道你是**喜欢**我的，但是从来没奢望过你爱我。哦,戴安娜,我以为谁都不会爱我。从我能记事开始,就没有人爱过我。哦,这简直太棒了!它就像一道照亮黑暗道路的阳光,戴安娜。哦,再说一遍吧。”

“我深爱着你,安妮,”戴安娜坚定地说道,“而且我将永远爱你,这一点非常确定。”

“我也将永远爱您,戴安娜,”安妮伸开手严肃地说道,“在今后的岁月里,这些回忆将照亮我孤独的生命,就像我们读过的最后一篇故事所说的。戴安娜,您可以给我一缕你乌黑发亮的长发作为永远的珍藏吗?”

“你有剪刀吗?”安妮的话语深深地感染了戴安娜,并以实际行动回答安妮,她擦去眼泪询问道。

“有,我的围裙口袋里刚好有拼布用的剪刀。”安妮说。她神情严肃地剪下了戴安娜的一缕鬈发。“祝您一切都好,我挚爱的朋友。从此往后我们就得像陌生人一样各自生活。但是我的心将永远忠诚于您。”

安妮站在原地目送戴安娜,戴安娜不时地回头望她,而安妮则悲伤地向她挥手,直至戴安娜消失在视线中。接着,她返回家中,这浪漫的离别一点儿也没能使她感到宽慰。

“一切都结束了,”她告诉马瑞拉说,“我再也不会有另一个朋友了。现在的我真的比从前任何时候都要糟,因为我既没有卡蒂·莫里斯,也没有维奥莉塔了。而且,就算有,也和从前不同了。不知怎的,有了真实的朋友后,梦中的小姑娘就不能令人满足了。戴安娜和我在小溪边伤感地互道珍重。这将永远成为我记忆中神圣的一幕。我用了我所能想到的最伤感的语言,还用了‘您’。‘您’和比‘你’显得浪漫多了。戴安娜给了我一缕她的头发,我要把它缝进一只小口袋里,终生都挂在我的脖子上。请你务必把它和我葬在一起,因为我相信自己活不了多久了。或许当巴里太太看到我死时冷冰冰地躺在她面前时,她就会为自己曾经做过的事感到悔恨了,然后就会让戴安娜来参加我的葬礼。”

“只要你还能说话，我想你就不用太担心自己会死于悲伤，安妮。”马瑞拉一点也不同情她。

接下来的星期一，安妮挎着她装书的篮子从自己房间走了下来，嘴角露出坚定的神情，这让马瑞拉感到非常惊奇。

“我打算回学校去，”她宣布道，“现在，我的朋友被人无情地从身边夺走了，那么这是我生活中唯一能做的事了。在学校里，我可以看着她重温往昔的岁月。”

“你最好还是重温一下你的课文和算术题吧。”马瑞拉一边说道，一边掩藏起自己对事情有了这样的进展而感到的喜悦，“如果你准备回学校的话，我希望可别再听到用石板砸别人脑袋之类的蠢事了。放规矩些，老师叫你做什么，你就做什么。”

“我会争取做个模范学生，”安妮忧郁地表示了同意，“我猜那不会有多大乐趣的。菲利普斯先生说，明妮·安德鲁斯是个模范学生，而她没有丝毫想象力或是活力。她呆板迟钝，沉闷无生气，而且好像从来就没快乐过似的。不过我这会儿心情抑郁，说不定现在让我去当个模范学生会很容易。我要从大路绕着走。我可受不了独自一人从‘白桦小径’上走过。如果那么做的话，我会流下悲苦的泪水的。”

安妮回到学校受到了热烈的欢迎。大家无比怀念游戏时她的想象，歌唱时她的声音，还有午饭时间朗读课本时她的表演才能。读《圣经》时，鲁比·吉利斯悄悄地塞给她三只蓝梅子。埃拉·梅·麦克弗森送给她一朵从花卉目录书的封面上剪下来的黄色大三色堇——这是在亚芬里学校中深受赞誉的课桌装饰品。索菲娅·斯隆主动提出要教她一种新的蕾丝编织法，它镶在围裙上特别漂亮。卡蒂·博尔特给了她一只香水瓶，让她装擦石板的水，而朱利娅·贝尔在一张有扇形饰边的淡粉红色纸上，认认真真地抄了以下这段热情洋溢的诗句：

当黄昏垂下她的幕帘
并用一颗星星将它钉住
请记住你有一位朋友
虽然她也许正在远方徘徊

"受到别人的欣赏真是件美事。"那天晚上，安妮如痴如醉地舒了一口气。

"欣赏"她的不仅仅是女生。午饭后，安妮回到了她的座位上——菲利普斯先生叫她和模范学生明妮·安德鲁斯坐在一起，这时她发现自己的课桌上摆了一只香甜的大"草莓苹果"。当安妮拿起来正准备咬时，她想起来在亚芬里唯一可以生长出草莓苹果的地方，就是"闪光之湖"对岸的老布莱思家的果园。安妮立刻放下了苹果，还夸张地用手帕擦了擦手指，好像那是一块红得发烫的煤。苹果躺在桌上，一直没人动它，直到第二天早上，到学校扫地生火的小蒂莫西·安德鲁斯才把它当做外快拿走了。午饭后安妮较为爽快地收下了查理·斯隆送的一支石板笔，上面花哨地贴着红色和黄色的花纹纸，一般的石板笔只要一分钱，而这支石板笔要两分钱。安妮很有礼貌地、愉快地接受了它，并给了赠送者甜甜的一笑，这让那迷恋着她的年轻人欣喜若狂，一下子飞入了七重天，结果在听写时，他错误百出，放学后被菲利普斯先生留了下来重写。

不过，正如，

恺撒的庆典上布鲁斯的半身塑像被夺去
罗马更加想念她最优秀的儿子

坐在格蒂·派伊身边的戴安娜·巴里显然没有给她送来任何礼物或向她致意，这让安妮小小的喜悦中增添了些许苦味。

“我觉得，戴安娜至少应该对我笑一下。”那天晚上她悲哀地对马瑞拉说。不过，第二天上午，一张折叠得非常仔细精致的小纸条和一个小包一起被传到了安妮的手中。

亲爱的安妮：

妈妈说即使在学校我也不能和你一起玩，不能和你说话。这不是我的错，别生我的气，因为我还像以前一样爱你。我非常非常想念你，想告诉你我所有的心事。我一点也不喜欢格蒂·派伊。我用红色的手巾纸给你做了一枚新书签。这种书签现在特别时兴，学校里只有三个女生知道怎么做。当你看着它的时候，请记住你忠实的朋友。

戴安娜·巴里

安妮读完纸条，吻了吻书签，然后迅速向教室的另一边发去了回复。

我亲爱的戴安娜：

我当然不会生你的气，因为你得听母亲的话。我们的心灵可以交流。我会永远保存你送的漂亮礼物。明妮·安德鲁斯是个很好的小姑娘——虽然她缺少想象力。不过，在成了戴安娜的知心朋友后，我再不可能做明妮的知心朋友了。请原谅我的错别字，因为尽管我的拼写已有了很大进步，但还不是很好。

你至死不渝的安妮或科迪莉亚·雪莉

另:今晚我会把你的信放在枕头下陪我入睡。

安或科·雪

自安妮重新开始上学,马瑞拉就一直很悲观,担心她又惹出什么麻烦,可是什么也没有发生。或许安妮从明妮·安德鲁斯身上汲取了一些"模范"精神吧;至少,从那以后,她和菲利普斯先生相处得很好。她全身心地投入到学习中,下定决心不让吉尔伯特·布莱思在任何一门功课上超过自己。他们之间的竞争很快就变得明显起来;吉尔伯特完全一副敦厚、和善的样子;而安妮恐怕就不能这样了,她一直对他怀恨在心,而这种固执显然不值得称道。她的恨与爱同样强烈。她可不愿降低身份去承认自己打算在功课上同吉尔伯特竞争,因为那样的话,就等于承认了他的存在,而安妮一直是对他的存在置之不理的;不过,竞争确实存在,荣誉在他们之间来回波动。一会儿吉尔伯特取得了拼写的第一名;而一会儿后,安妮甩甩自己长长的红辫子,又把他比了下去。一天上午,吉尔伯特做对了所有的算术题,所以名字被写到了黑板的光荣榜上;而第二天上午,通宵猛攻十进位小数的安妮又名列榜首。在一个可怕的日子里,他们俩取得了相同的分数,名字被一起写在了黑板上。这几乎就和走廊墙上的一则"注意"一样糟,而安妮的受辱感同吉尔伯特的满足感都是显而易见的。当每个月月底举行书写考试时,就更加难以决胜负。第一个月,吉尔伯特领先三分。第二个月安妮以五分的优势击败了他。可是,吉尔伯特当着全班同学的面诚心地向她表示了祝贺,这使她的胜利显得美中不足。如果他因为失败而感到痛苦的话,这才会让安妮觉得更加喜悦。

菲利普斯先生也许不是一个很好的老师;但是像安妮这样执着、努力学习的学生,不管在什么样的老师手下,都不可能不取得进步。学期结束的时候,安妮和吉尔伯特都升入了五年级,并被准许开始"分科"学习——这是指拉丁语、几何、法语和代数。在几何这门功课上,安妮遭遇了惨败。

“这东西简直可怕极了,马瑞拉,”她抱怨道,“我相信我永远也弄不明白。这里面根本没有想象的空间。菲利普斯先生说我是他在几何方面见过的最蠢的笨蛋。而吉……我是说其他一些学生在这方面很聪明。这真让我丢面子,马瑞拉。就连戴安娜都比我学得好。不过我可不介意被戴安娜超过。尽管我们现在形同陌路人,我还是无法控制地深爱着她。有时候想起她来,总让我感觉很悲伤。可是,马瑞拉,生活在这样一个有趣的世界里,一个人是不会长时间地感觉悲伤的,是吗?”

第十八章

安妮赶去营救

所有的大事和所有的小事都是息息相关的。乍看上去，那个加拿大总理将爱德华王子岛纳入其政治访问范围的决定，好像和绿山墙的小姑娘安妮·雪莉的命运并没有多大关系。可是事实却恰恰相反。

总理来的时候是一月份。在夏洛特镇举行的大型群众集会上，他将向忠实的支持者及那些被挑选出来参加会议的反对者发表演说。亚芬里大多数人在政治上拥护总理，因此，开会的那天晚上，几乎所有的男人和女人都去了三十英里外的小镇。雷切尔·林德太太也去了。雷切尔·林德太太是位激进的政治家，尽管她在政治上是站在反对派一边的，但是她相信，这种政治大会缺了她就无法进行。所以她去了镇上，还把她丈夫——托马斯或许可以帮着看看马——和马瑞拉·卡思伯特一起带了去。马瑞拉私下里对政治有些兴趣，而且她觉得这可能是她见到一位真正活着的总理的唯一机会，所以她爽快地答应一起去，留下了安妮和马修看家，等她第二天回来。

因此，当马瑞拉和雷切尔太太愉快地参加群众大会时，安妮和马修完全拥有了绿山墙令人愉快的厨房。老式的滑铁卢火炉中熊熊烈火在燃烧，窗玻璃上的蓝白色霜晶在熠熠发光。马修坐在沙发上，一边读着《乡村律师》，一边打着瞌睡。安妮坐在桌前，意志坚定地在温习着功课，虽然她不断地向钟架上投去渴望的一瞥，那儿躺着简·安德鲁斯那天借给她的一本新书。简向她保证，说那本书肯定会让人产生无数次的激动震颤，或者和它意思差不多的其他字眼。安妮的手指颤动着，想伸手将它拿下来。不过，这么做的话，将意味着吉尔伯特明天会取得胜利。安妮转过身去，背对着钟架，努力想象着书不在那儿。

“马修，你上学的时候，学过几何吗？”

“嗯，没有，我没学过。”马修从瞌睡中惊醒过来说道。

“我希望你学过，”安妮叹了一口气说道，“因为那样的话，你就会同情我了。如果你从没学过几何的话，严格说来，你就没法同情我了。它正在给我的生活蒙上阴影。我在这方面真是个笨蛋，马修。”

“嗯，我不知道，”马修安慰地说道，“我想你在任何方面都不错。上个星期，在卡莫迪布莱尔的商店里，菲利普斯先生告诉我，说你是学校里最聪明的学生，而且进步很快。‘进步很快’是他的原话。有些人说特迪·菲利普斯的坏话，说他不是个好老师，不过我倒觉得他挺好。”

不论是谁夸奖了安妮，马修都会觉得这个人“挺不错”的。

“如果他不调换字母的话，我确信我会把几何学得好一些的。”安妮抱怨道，“我背下了定律，可是接着他在黑板上画图时标上了与书上不同的字母，我就彻底糊涂了。我觉得一个老师不该这么卑鄙地捉弄人，你说呢？我们现在开始学习农艺了，我终于发现那些道路变成红色的秘密了。这是个极大的安慰。我很想知道马瑞拉和林德太太是不是过得很愉快。林德太太说加拿大就要像渥太华一样走向衰落，这对选民来说是个很严重的警告。她说如果准许妇女参加选举的话，情况就会发生喜人的改变。你投哪一派的票，马修？”

“保守党。”马修迅速答道。投保守党的票是马修宗教信仰中的一部分。

“那么我也是保守党，”安妮坚定地说道，“我很高兴，因为吉……因为学校里的一些男生是自由党。我猜菲利普斯先生也是自由党，因为普丽西·安德鲁斯的父亲是自由党。鲁比·吉利斯说当一个男人求婚时，他总是得在宗教上与女孩的母亲一致，而政治上与女孩的父亲一致。那是真的吗，马修？”

“嗯，我不知道。”马修说。

“你求过婚吗，马修？”

“嗯，没有，我不知道有没有。”马修说，很显然，他这一生中从来没考虑过这件事。

安妮双手托着下巴，陷入了沉思。

“那一定非常有意思，你觉得呢，马修？鲁比·吉利斯说等她长大了以后，她要搞上一大堆情人，牵着他们的鼻子走，让他们为她而痴狂。不过我觉得那样也太惊心动魄了。我宁愿只要一个真心实意的。但是，鲁比·吉利斯对这些事懂得很多，因为她有那么多姐姐，而且林德太太说吉利斯家的女孩特别抢手。菲利普斯先生几乎每天晚上都去看普丽西·安德鲁斯。他说是去辅导她的功课，但是米兰达·斯隆也在准备女王专科学院的考试，我觉得她比普丽西更需要辅导，因为她比普丽西笨多了，可是菲利普斯先生从来没有在晚上去辅导过她。这世界上有好多事情我都弄不太明白，马修。”

“嗯，我不知道自己是不是都能弄明白。”马修承认道。

“哎呀，我想我得完成作业了。在做完功课之前，我是不会允许自己翻开简借给我的那本新书的。不过它的诱惑力真是太强了，马修。就算我背对着它，我都能够清清楚楚地看到它就在那儿。简说她看这本书的时候哭得伤心极了。我喜欢能够让我落泪的书。不过，我想我得把那本书拿到起居室去，锁进果酱橱，然后把钥匙交给你。在我做完作业前，你一定不要把它给我，马修，就算我跪下来求你也不行。抵挡住诱惑，这说起来倒是挺轻松的，可是如果拿到了钥匙，就不会那么容易了。现在我可以进地窖去拿些粗皮苹果吗，马修？你想吃吗？”

“嗯，我不知道。”马修说道，他从来不吃粗皮苹果，不过他知道安妮特别喜欢吃。

正当安妮拿着一盘粗皮苹果从地窖里兴高采烈地钻出来的时候，屋外结了冰的木板路上传来一阵飞奔的脚步声。随即，厨房门被猛地推开，戴安娜冲了进来，她脸色煞白，上气不接下气，头上胡乱地扎了一条围巾。安妮吃了一惊，手中的蜡烛、盘子和苹果一起磕磕碰碰地应声滚下了地窖的梯子，第二天马瑞拉发现它们被埋在了地窖底下已熔化的牛油中，就将它们拾了起来，她暗自庆幸房子没有失火。

“出了什么事，戴安娜？”安妮大声问道，“你母亲终于大发慈悲了吗？”

“哦，安妮，快来。”戴安娜焦虑地恳求道，“明妮·梅病得很重——她得了喉头炎，扬·玛丽·乔说。爸爸妈妈都去镇上了，没人去请医生。明妮·梅病得太重了，扬·玛丽·乔不知该怎么做——哦，安妮，我害怕极了！”

马修一言未发地取了帽子和大衣，侧身从戴安娜身边走过，消失在院子外一片漆黑的夜色中。

“他去套栗色马了，准备到卡莫迪请医生。”安妮一边说着，一边匆匆忙忙地戴上头巾，穿上外套，“我很清楚，就好像他是这么说的。马修和我是灵魂上的知音，不需要任何语言，我就能读懂他的心思。”

“我不相信他在卡莫迪会找到医生。”戴安娜抽泣道，“我知道布莱尔医生到镇上去了，而且我猜斯潘塞医生也去了。扬·玛丽·乔从没见过谁得过喉头炎，林德太太又不在。噢，安妮！”

“别哭了，戴，”安妮乐观地说道，“我非常清楚该怎么对付喉头炎。你忘了哈蒙德太太曾生过三对双胞胎吗？当你照料三对双胞胎的时候，你自然会得到很多经验。他们都经常害喉头炎。等一下，我去拿瓶土根制剂——你们家可能没有。现在走吧。”

这两个小女孩手牵着手匆匆忙忙地出了屋子，她们飞也似的穿过“情人的小路”，越过后面那片冻住了的田地，因为雪太深了，她们无法从树林中抄近路。安妮尽管诚心诚意地为明妮·梅感到难过，她还是深切地感到了眼前的浪漫氛围，而且也为自己再次能够与一位心心相印的知音共享这份浪漫而感到甜蜜。

夜晚明净而多霜，到处是漆黑的阴影和银白色的雪坡；大星星在寂静的田野上空闪闪发亮；幽暗的尖顶冷杉零散地矗立着，树枝上覆盖着白雪，风从它们之间呼啸而过。安妮觉得，能够同自己的这位已经离别很久的知心朋友一起，从这片神秘而可爱的田地间走过，真是件令人兴奋的事。

明妮·梅只有三岁，真的病得很厉害。她躺在厨房的沙发上，发着高烧，情绪焦躁不安，而她那嘶哑的呼吸声传到了屋子的每个角落。扬·玛丽·乔是来自小湾的一个大脸盘的法国姑娘，是巴里太太雇来的，在她不在家的时候帮助照料孩子。这时的玛丽束手无策，满脸困惑，根本想不出什么办法，就算想到了办法也不知该从何入手。

安妮熟练地迅速开始工作。

“明妮·梅是得了喉头炎；她病得很重，不过我见过比这更糟的。首先，我们必须有很多热水。我说，戴安娜，壶里的水最多只有一杯了！看，我已经把它灌满了。玛丽·乔，你可以在炉子里放些木柴。我可不想伤害你的情感，可是如果你有想象力的话，之前你就该想到了。现在，我要把明妮·梅的衣服脱掉，把她放到床上，你去找些柔软的绒布来，戴安娜。首先我得给她吃一服土根制剂。”

明妮·梅不喜欢土根制剂，可是安妮也没有白白带大三对双胞胎。土根制剂被吃下去了，而且不止一次，在那个漫长、令人焦虑的夜晚，被吃了好几次。在此期间，两个小女孩耐心地服侍着患病的明妮·梅，而扬·玛丽·乔诚心诚意地想做些力所能及的事，于是一直把火烧得很旺，而她烧的热水就算供一家医院里所有害喉头炎的孩子用,也绰绰有余了。

马修带医生回来时,已经三点了,这是因为他被迫跑到斯潘塞维尔才请到医生。可是,已经对病人采取了急救措施,明妮·梅的病情好多了,正酣睡着呢。

“我绝望得几乎想放弃,”安妮解释说,“她病得越来越重,最后甚至超过了哈蒙德家的那最后一对双胞胎。我着实担心她会因窒息而死掉。我把瓶里的土根制剂全给她吃了。她服下最后一剂时,我心中暗想——没有对戴安娜或者扬·玛丽·乔说,因为我不想再加重她们当时已经够焦虑的心情了,可是我必须对自己说,以此来缓解一下我的紧张情绪:‘这是最后一线希望了,我真担心这仍然是白费工夫。’可是,大约三分钟后,她咳出了痰,而且立刻开始好转。你得想想,我当时有多么宽慰,医生,因为我无法用语言来表达。你知道,有很多事情是不能用语言表达的。”

“是的,我知道。”医生点了点头。他看着安妮,仿佛在思考着关于她的那些无法用语言表达的事情。不过,后来他还是对巴里先生和太太把事情说清楚了。

“卡思伯特家的那个红头发的小女孩真是聪明极了。我得告诉你们,是她救了那孩子的命,因为如果等我赶到这儿再抢救的话,就太迟了。她熟练的技能和冷静沉着的头脑,对于像她这个年纪的孩子来说,简直不可思议,令人惊叹。当她向我解释当时的情况时,她眼中闪烁的光是我从未见过的。”

在冬日结满白霜的美丽清晨,安妮走在回家的路上。虽然因缺少睡眠,她的眼睛发肿,但是当他们穿过白茫茫的漫长田野,走在覆盖着枫树的闪闪发光的“情人的小路”上时,她还是不知疲倦地和马修说个没完。

“哦,马修,这真是个美丽的清晨!世界看上去就像是上帝为了自个儿消遣而想象出来的东西,是吗?那些树,仿佛我吹一口气就能把它们吹跑——噗！活在一个遍地都是白霜的世界里真让我高兴，你呢？而且，最让我高兴的是，哈蒙德太太生了三对双胞胎。如果她没生那么多孩子的话，我也许就不会知道该怎么对付明妮·梅。过去我总是为哈蒙德太太生了那么多双胞胎而发脾气，现在真的很后悔。不过，哦，马修，我困极了。我去不了学校了。我只知道我没法睁开眼睛，头脑昏沉沉的。但是我讨厌待在家里，因为吉……其他一些同学会在班上领先的，而到那时再想赶上就很难了。不过，当然啦，难度越大，当你赶上的时候，心里就会越满足，你说呢？"

"嗯，我想你会做得很好的。"马修望着安妮苍白的小脸和眼睛下的黑眼圈说，"你马上回去好好睡一觉。我会处理所有家务活的。"

于是，安妮上床睡觉去了。她睡了很久，睡得很香，当她醒来的时候，已是明媚的冬日下午了，大地一片银白。她下楼来到厨房，马瑞拉正坐在里面织毛线，她是在安妮酣睡的时候到家的。

"嗨，你见到总理了吗？"安妮立刻叫道，"他长得怎么样，马瑞拉？"

"嗯，他可绝不是因为他的容貌才当上总理的。"马瑞拉说，"他的鼻子可真难看！不过他很会说话。我为自己是保守党而感到骄傲。雷切尔·林德是自由党，她当然不喜欢他。你的饭在炉子上，安妮，你可以从食品柜里拿些蓝莓果酱吃。我想你该饿了。马修刚才一直在和我说昨天夜里发生的事。我得说，你知道如何对付喉头炎，真是太幸运了。我可一点都不知道，因为我从来没见过患喉头炎的人。好了，快把饭吃了再说话吧。从你的脸上，我看得出来你有满肚子的话要说，不过还是先留在肚子里吧。"

马瑞拉有些事情要告诉安妮，但是当时她没有同她说，因为她知道，如果这么做的话，安妮的兴奋会让她将食欲或吃饭这类物质上的问题抛到九霄云外去的。在安妮吃完了那盘蓝莓果酱后，马瑞拉才说：

"巴里太太今天下午到这里来过，安妮。她想见你，但是我不愿叫醒你。她说是你救了明妮·梅的命，而且她对自己在葡萄酒事件中的表现感到非常后悔。她说她现在明白了，你并不是故意想把戴安娜灌醉的，她希望你能原谅她，重新和戴安娜成为好朋友。如果你愿意的话，今天晚上你就可以上她那儿去，因为戴安娜昨晚得了重感冒，现在不能到户外活动。哎，安妮，看在上帝的分上，请你不要这么激动。”

这个警告看起来是非常有必要的，立刻，安妮的表情和姿态就变得异常振奋，有些飘飘欲仙起来。她一下子跳了起来，脸庞被心灵的火光照得容光焕发。

“哦，马瑞拉，现在我可以去吗——不洗碟子了？我回来后再洗，可是在这一令人激动的时刻，我可没法把自己束缚在洗碟子这类毫不浪漫的事情上。”

“好吧，好吧，去吧，”马瑞拉宽容地说，“安妮·雪莉——你疯了吗？快回来，穿点衣服。我说了也白搭。既没戴帽子又没披头巾，她就走了。瞧她奔过果园时头发披散的那副样子。要是她不患上那要命的感冒，才真是走运呢。”

当紫红的冬日暮色笼罩着白雪皑皑的大地时，安妮欢快地回到了家。在闪着微光的白色旷野和幽暗的云杉峡谷上面，是淡黄色的缥缈天空，遥远的西南角上，一颗珍珠般晶莹透亮的晚星在熠熠发光。阵阵清脆的雪橇铃声穿过凛冽的寒风，从白雪覆盖着的小山中传出来，仿佛是精灵们敲出的钟声，但是回荡在安妮心中、嘴边的歌声远比它们的音乐甜美而动听。

“你看，站在你面前的是个非常幸福的人，马瑞拉。”她宣布道，“我幸福极了——是的，暂不考虑我的红发。就目前来说，我的心思已不在红发上了。巴里太太吻了我，她哭了，她说她非常后悔，还说她永远也无法报答我。我特别不好意思，马瑞拉，不过我还是尽量彬彬有礼地说：‘我对你没有成见，巴里太太。我最后一次再向你保证，我不是故意把戴安娜灌醉的，而且从今以后，我要把这件事忘得一干二净。’这么说显得非常有身份，是吗，马瑞拉？我觉得我给巴里太太头上放了几块燃烧着的煤。戴安娜和我下午过得很愉快。戴安娜教给了我一种新的钩针编织法，那是她在卡莫迪的阿姨教给她的。除了我们，亚芬里的其他任何人都不知道，我们庄严地发誓，绝不把它泄露给任何人。戴安娜送了我一张漂亮的卡片，上面有一个玫瑰花环和一行诗：

如果你爱我，正如我爱你一样
除了死亡，什么也无法使我俩分开。

“这倒是真的，马瑞拉。我们打算请求菲利普斯先生让我们俩再坐到一起，格蒂·派伊可以和明妮·安德鲁斯坐。我们吃了顿很精致的茶点。巴里太太摆放了最好的瓷具，就好像我是个真正的客人一样。我没法告诉你那让我有多激动。在此之前，没有谁专门为了我而用他们最好的瓷具。我们吃了水果蛋糕、重糖蛋糕、炸面圈和两种果酱，马瑞拉。巴里太太问我要不要喝茶，还说：‘她爸，你为什么不把饼干递给安妮？’长大成人的感觉一定非常好，马瑞拉，因为别人把自己当做大人看待的感觉已经非常好了。”

“这事我可搞不懂。”马瑞拉短短地叹了口气。

“嗨，不管怎么说，等我长大了，”安妮坚决地说道，“我和小女孩说话的时候，一定也总把她们当做大人看，当她们使用大字眼说话的时候，我永远也不会嘲笑她们。我从自己悲惨的经历中已经体会到，那将会极大地伤害一个人的感情。吃过下午茶后，戴安娜和我做了太妃糖。太妃糖做得不太好，我猜那是因为戴安娜和我以前都没做过。戴安娜往盘子里涂黄油的时候，让我搅一会儿，可是我忘了，结果糖烧煳了；后来当我们把它放在平台上冷却的时候，有只猫从盘子上走过，那只盘子只好被扔掉了。不过，做太妃糖真的非常有趣。回家的时候，巴里太太请我常去她家玩，戴安娜站在窗户边，一直朝我抛飞吻，直到我走上‘情人的小路’。我向你保证，马瑞拉，今晚我要做祈祷，而且我要想出一段特别的、全新的祷告词来纪念这个日子。”

第十九章

一场音乐会，一场灾难，一次坦白

“马瑞拉,我可以去看一下戴安娜吗,就一会儿?”二月的一天晚上,安妮气喘吁吁地从东山墙的屋子跑下楼,问道。

“我不明白,你干吗天黑了还要出去瞎逛?”马瑞拉简洁地说,“你和戴安娜一起放学回的家,然后又在那边的雪地里站了半个多小时,在那么长的时间里,你的嘴巴一直叽里呱啦地说个没完。所以我觉得你没有必要这么急着又去见她。”

“但是她想见我,”安妮恳求道,“她有非常重要的事情要告诉我。”

“你怎么知道的呢?”

“因为她刚刚从窗口向我发出了信号。我们商定了一种用蜡烛和纸板发信号的办法。我们把蜡烛放在窗户台上,然后来回移动纸板,发出闪烁的光。多次的闪光表示有事发生。这是我的主意,马瑞拉。”

“我就知道这是你的主意。”马瑞拉强调道,“下一步你就会在干发信号这种蠢事的时候,把窗帘给烧了。”

“哦,我们非常小心,马瑞拉,而这事有意思极了。两次闪光表示‘你在那儿吗?’三次表示‘我在’,四次表示‘我不在’,五次表示‘尽快赶过来,因为我有重要的事要向你透露’。戴安娜刚才闪了五次光,我实在急于知道那是什么事。”

“好了,你不需要再着急了,”马瑞拉嘲讽地说,“你可以去,但是必须在十分钟之内赶回来,记住了。”

安妮的确记住了,她在规定的时间内赶了回来,尽管也许没有人会知道,她是怎么费尽心机将与戴安娜的重要讨论压缩在十分钟的限度之内的。不过,至少她充分利用了这十分钟。

“噢,马瑞拉,你知道是怎么回事吗?明天是戴安娜的生日。嗨,她妈妈跟她说,可以邀请我放学后和她一起回家,整晚都和她待在一起。她的表兄妹们要乘一架大箱形雪橇从新不里奇过来,参加明天晚上在礼堂举行的‘辩论俱乐部’的音乐会。他们会带戴安娜和我一起去音乐会——如果你让我去的话,就是这样。你会让我去的,是吗,马瑞拉?噢,我太兴奋了。”

“现在你可以冷静下来了,因为你不能去。你最好还是待在家里你自己的床上,至于那个俱乐部的音乐会,都是些乱糟糟的东西,根本不该允许小姑娘上那种地方去。”

“我确信‘辩论俱乐部’是个非常正派的组织。”安妮央求道。

“我没有说它不是。但是你不能就这么开始到音乐会去游荡,然后整晚都泡在外面。让小孩参加这种活动太不合适了。巴里太太让戴安娜去,真让我感到吃惊。”

“但那是个非常特殊的机会。”安妮悲伤地说道,眼泪差不多都要掉下来了,“戴安娜一年只有一个生日。生日可不是件普普通通的事,马瑞拉。普丽西·安德鲁斯要背诵《今夜晚钟不能被敲响》。那是首很好的道德诗,马瑞拉。我相信听了后,会受益匪浅的。唱诗班要唱四首充满激情的歌,它们几乎和圣歌一样动听。噢,马瑞拉,牧师也要参加;是的,他确实要参加;他会发表一段演说。那和布道差不多就是一回事。求求你了,我可以去吗,马瑞拉?”

“你听见我刚才说的话了吗,安妮?赶快脱掉靴子上床去。现在已经过八点了。”

“还有一件事，马瑞拉，”安妮带着一种孤注一掷的神情说道，“巴里太太告诉戴安娜，说我们可以睡客房的床。想想看，你的小安妮就要被安排到客房的床上了，这多么光荣啊。”

“没有这份光荣，你也活得下去。上床，安妮，别再让我听见你说一个字。”

泪水顺着她的脸颊滑落下来，安妮伤心地上了楼。这时，在整场对话中一直躺在沙发上酣睡的马修张开了眼睛，坚定地说道：

“嗯，马瑞拉，我觉得你应该让安妮去。”

“我不同意。”马瑞拉反驳道，“是谁在教养这孩子，马修，是你还是我？”

“嗯，是你。”马修承认道。

“那你就不要干涉。”

“嗯，我不打算干涉。有自己的看法并不就是干涉。我的看法是，你应该让安妮去。”

“如果她突然想到上月球，毫无疑问，你也会认为我应该让她去的。”马瑞拉和颜悦色地反驳道，“我可以让她和戴安娜晚上待在一起，如果事情只是这样的话，但是我不同意那个关于音乐会的计划。她去那儿多半会着凉感冒，而且那也会让她的脑袋装满乱七八糟的东西，兴奋异常。她一个星期都不会平静下来。我比你更了解这孩子的性格，也比你更了解什么是对她有好处的，马修。”

“我觉得你应该让安妮去。”马修坚决地重复道。争吵不是他的强项，但是很显然他善于固执己见。马瑞拉无助地叹了口气，以沉默来摆脱他的固执。第二天早上，当安妮在餐具室洗早餐用的碟子时，马修在去牲口棚的路上停下来，再一次对马瑞拉说道：

“我觉得你应该让安妮去，马瑞拉。”

有一刻,马瑞拉几乎要吐出一些不合逻辑的话。接着,她还是向眼前不可避免的事态屈服了,讥讽地说道:

“好了,让她去,既然没有其他任何事能让你高兴,就让她去。”

安妮从餐具室里飞奔出来,手中还拿着正在滴水的洗碗布。

“噢,马瑞拉,马瑞拉,请你把那些幸福的话语再说一遍。”

“我想说一遍已经足够了。这是马修干的事,我已经洗手不干了。如果你因为睡在陌生的床上或是因为深更半夜从热烘烘的礼堂里出来而患上肺炎,可别怪我,去怪马修吧。安妮·雪莉,你把油腻腻的水滴得满地都是。我从没见过这么粗心大意的小孩。”

“噢,我知道自己给你添了很多麻烦,马瑞拉,”安妮懊恼地说,“我犯了这么多错。不过,你就想想那些我可能要犯但是没有犯的错吧。上学前我会弄点沙子来把这些水渍擦掉。噢,马瑞拉,我的心思全都放到音乐会上了。我这一辈子还从来没参加过音乐会呢。别的女生在学校里谈论它们的时候,我觉得自己就像个局外人。你不知道我为此有多难过,不过你看,马修就知道。马修理解我,被人理解的感觉真好,马瑞拉。”

那天早上在学校里,安妮因为太兴奋了,没能充分认真地对待所学的课。吉尔伯特在拼写时超过了她,又在心算课上将她远远地抛在了后面。然而,安妮随之而产生的屈辱感并没有原先应有的那么严重,因为她在想着音乐会和客房里的床。那一整天,她和戴安娜滔滔不绝地谈论着这件事,如果换了一位比菲利普斯先生严厉些的老师,她们一定会不可避免地遭到一顿训斥。

安妮觉得,如果她不能去参加音乐会的话,她一定会受不了的,因为那天在学校,大家谈论的就只有这个话题。亚芬里的辩论俱乐部整个冬天每两周活动一次,也曾举办过几次小型的自由演出;但是这次是为资助图书馆而举行的很盛大的聚会,每张入场券要十分钱呢。亚芬里的年轻人已经练习了好几个星期,所有的学生对音乐会都特别感兴趣,因为他们的哥哥和姐姐将要参加演出。学校里每个九岁以上的孩子都希望参加,除了卡丽·斯隆,她爸爸对小女孩外出参加晚间音乐会抱有同马瑞拉一样的观点。整个下午,卡丽·斯隆都趴在语法书上哭,她觉得活着失去了意义。

对于安妮来说,真正的兴奋从她放学时开始滋长,并逐渐达到高潮,而等到她来到音乐会的时候,她变得欣喜若狂起来。她们用了一顿“非常考究的茶点”,接着又到楼上戴安娜的小房间里做了一番精心打扮。戴安娜把安妮前面的头发做成了一种高卷式的新发型,安妮根据自己掌握的一种特殊花型为戴安娜打了蝴蝶结。她们试用了至少六种不同的方法来安排脑后的头发。最后她们终于准备好了,兴奋得脸颊通红,两眼闪闪发光。

老实说,当安妮将自己普普通通的黑圆帽和样式陈旧、袖口紧巴巴的家制灰布外套,同戴安娜时髦的皮帽及漂亮的小夹克衫做比较时,心中情不自禁地感到一阵刺痛。但是,她及时地想起自己还有想象力可以利用。

接着,戴安娜的表兄妹们——来自新不里奇的默里一家子——到了;他们全都挤在一架大大的箱形雪橇中,里面铺了很多稻草和毛皮车毯。安妮坐着雪橇滑过缎子般光滑的道路,向礼堂驶去,看着积雪在车轮下泛起波纹,她深深陶醉了。壮美的斜阳中,积雪的小山和圣劳伦斯海峡中深蓝色的海水,仿佛是沉积在深红色和火红色水中的一大碗珍珠和蓝宝石,无比光辉壮丽。叮当的雪橇铃声和远处的笑声从四面八方传来,仿佛森林中的精灵们在欢快地笑着。

“噢,戴安娜,”安妮紧紧握着皮车毯下戴安娜戴着手套的手,喘着气说道,“这难道不像是一场美丽的梦吗?我看上去真的和平常一样吗?现在我的感觉和过去完全不同,我想我的脸上一定表现出来了。”

“你看上去美极了。”戴安娜刚从她的一位表兄那儿得到了一句赞美,觉得自己应该将它传下去。“你容光焕发。”

那天晚上的节目是一连串“令人激动的心跳”，至少对于观众席中的一位聆听者来说是这样的，而且，正如安妮向戴安娜保证的那样，接下来的每一个激动都比上一个更令人振奋。当普丽西·安德鲁斯穿着崭新的粉红色丝制上衣，光洁雪白的脖子上戴着一串珍珠，头上插着几朵康乃馨，“在一片漆黑中爬上泥泞的楼梯时”，谣言流传开来，人们小声议论着，说为了她，老师打发人一路跑到镇上给她买回了这身装扮，安妮因为强烈的同情而颤抖起来；当唱诗班唱起《远方娇嫩的雏菊上》，安妮凝视着天花板，好像那上面绘有天使的壁画；当萨姆·斯隆开始用动作演示“塞克里如何使母鸡孵蛋”时，安妮大笑起来，使得坐在她旁边的人也笑了起来，但他们是因为受了她的感染，而并非是觉得有趣，因为这个选段即使在亚芬里也算是老掉牙的了；当菲利普斯先生以最激动人心的声调朗诵那首马克·安东尼在恺撒遗体前的演说时——在每一句的句末，他都要看看普丽西·安德鲁斯——安妮感到，只要有一位罗马公民领头，她就会当场站起来参加叛乱。

只有一个节目让她不感兴趣。当吉尔伯特·布莱思背诵那首《莱茵河上的狂欢》时，安妮拿起罗达·默里从图书馆借的书读了起来，一直读到他的背诵结束，当她一动不动僵硬地坐在那儿时，戴安娜却把手都拍痛了。

她们快乐而又满足地回到家的时候，已是十一点了，可是她们仍旧带着甜蜜的喜悦想把这事好好地讨论一番。每个人似乎都睡着了，屋子里一片漆黑，寂静无声。安妮和戴安娜踮着脚轻轻走进客厅，那是间狭长的屋子，里面是敞开着门的客房。屋子里温暖而舒适，壁炉中的余火将屋子照得朦胧模糊。

“我们就在这儿脱掉衣服吧，”戴安娜说，“这里很舒服、很暖和。”

“这真是段令人高兴的时光！”安妮欣喜若狂地叹了口气说，“在那儿登台朗诵一定很美妙。你觉得他们会让我们上去朗诵吗，戴安娜？”

“是的，当然，总有一天会的。他们总要叫年纪大一点的学生去朗诵的。

吉尔伯特·布莱思经常去朗诵,而他就比我们大两岁。哦,安妮,你怎么能假装听不见他说话呢?当他朗诵这一句的时候,

‘有另一位,不是姐妹’,

他直直地望着台下的你。”

“戴安娜,”安妮庄严地说道,“你是我的知心朋友,但是我也不能允许你对我说起那个人。你准备好上床了吗?让我们比赛看谁先跑上床。”

这个建议对戴安娜很有吸引力。这两个穿着白睡袍的小家伙沿着长长的屋子冲了出去,穿过客房的门,然后同时跳上了床。接着——有什么东西——在她们身下蠕动,一阵喘气,一声尖叫——有人低沉着声音说道:

“仁慈的上帝啊!”

安妮和戴安娜永远也无法说清她们是怎么从那张床上下来,离开房间的。她们只知道在一阵狂奔之后,她们发现自己正战战栗栗地踮着脚往楼上走。

“哦,那是谁——那是什么?”安妮悄声问,因为寒冷和惊吓,她的牙齿在打战。

“那是约瑟芬姑奶奶。”戴安娜说道,她笑得都喘不过气来了,“噢,安妮,那是约瑟芬姑奶奶。她怎么会在那儿的呢?哦,我知道她会勃然大怒的。太可怕了——真的太可怕了,不过你见过这么有趣的事吗,安妮?”

“你的约瑟芬姑奶奶是谁?”

“她是爸爸的姑妈,住在夏洛特镇。她老极了——至少七十岁了,而且我觉得她不曾是个小女孩。我们希望她能出来走动走动,可是没指望她会来得这么快。她特一本正经,循规蹈矩,她会为这事狠狠责骂一番的,我知道。唉,我们得和明妮·梅一块儿睡了——你想不出来她踢人有多厉害。”

第二天早上，约瑟芬·巴里小姐没有出现在这顿进行得比较早的早餐桌上。巴里太太和蔼地对两个小姑娘笑着。

“昨晚你们睡得好吗？我本想等你们回家后再睡觉的，因为我想告诉你们，约瑟芬姑奶奶来了，你们得到楼上去睡觉了，但是我太困了，就睡着了。我希望你没有打扰你的姑奶奶，戴安娜。”

戴安娜审慎地保持了沉默，但是隔着饭桌，她和安妮鬼鬼祟祟地互换了内疚却又忍俊不禁的微笑。吃过早饭后，安妮匆匆赶回了家，所以对巴里家随后发生的骚乱一无所知，也就乐得自在。直到傍晚时分，她到林德太太家为马瑞拉办事的时候，才知道了发生的事情。

“这么说，昨晚你和戴安娜差点儿把可怜的老巴里小姐吓死？”林德太太严肃地问，不过一丝愉快的神情却从她的眼中闪过，“几分钟前，巴里太太去卡莫迪时上我这儿来过。她真的非常担心这件事。老巴里小姐早上起床时，大发脾气——约瑟芬·巴里的脾气可不是闹着玩的，这一点我可以告诉你。她根本不愿意和戴安娜说话。”

“这不是戴安娜的错，”安妮愧疚地说道，“是我的错。是我提议赛跑，看谁先跑上床的。”

“我就知道是你！”林德太太说道，对于自己的正确猜测她感到非常得意，“我就知道那个主意是从你脑袋里冒出来的。唉，它可惹大麻烦了，就是这样。老巴里小姐原本准备在这儿住上一个月的，但是她现在宣称一天也不会再待下去了，明天就回镇上去，不管是不是星期天。如果他们来接她的话，她今天就走了。她原先答应为戴安娜支付一个季度的音乐课学费的，但是现在她决定什么也不为这么个疯丫头做了。哦，我猜今天早上他们一定度过了一段紧张的时光。巴里家一定感到很沮丧。老巴里小姐非常有钱，他们总想讨她欢心的。当然，巴里太太没对我这么说，不过我很善于识别人的本性，就是这样。”

“我是这么不幸的一个女孩。”安妮悲伤地说，“我总是陷入困境，还把我的好朋友们——我愿意为之流血的人们——也卷了进去。你能告诉我这是为什么吗，林德太太？”

“这是因为你总是冒冒失失，容易冲动，孩子，就是这样。你从来不停下来考虑一下——脑袋里想起什么就说什么，想做什么就做什么，从不经片刻的思考。”

“噢，可那才是最精彩的啊。”安妮抗辩道，“有些东西突然在你脑子里闪现，让你激动，你就必须把它说出来。如果你停下来仔细考虑的话，就会完全弄糟了它。你自己从来没有过那样的感受吗，林德太太？”

没有，林德太太从来没有过。她严肃地摇了摇头。

“你必须学会一些思考，安妮，就是这样。你需要记住这句老话：‘三思而后行。’——特别是在往客房的床上跳的时候。”

对于自己开的这个小玩笑，林德太太笑得很开心，而安妮却仍是忧心忡忡。在她眼中，情况是很严重的，她可看不出这里面有什么值得开心的地方。离开林德太太家后，她穿过硬邦邦的田地，向果园坡走去。戴安娜在厨房门口迎接了她。

“你的约瑟芬姑奶奶对那件事非常生气，是吗？”安妮低声问道。

“是的，”戴安娜答道，她一边强忍住笑，一边转过脸朝关着门的起居室投去忧虑的一瞥，“她暴跳如雷，安妮。哦，她骂得可厉害了。她说我是她所见过的行为最恶劣的女孩，还说我父母应该为他们教育我的方式而感到害臊。她说她不愿再待下去了，我当然一点都不在乎。不过爸爸和妈妈挺在乎的。”

“你为什么不告诉他们这是我的错呢？”安妮问道。

“看上去我会做出这种事，是吗？”戴安娜轻蔑地说道，“我绝不是告密的那种人，安妮·雪莉，而且不管怎么说，我应该和你一样受到责备。”

“那么,我亲自去告诉她吧。”安妮坚决地说道。

戴安娜惊愕地盯着她。

“安妮·雪莉,你绝不能这么做!哎呀——她会把你活吞掉的!”

“别再吓我了,我已经够害怕的了,”安妮恳求道,“我宁愿走进火炮口。但是,我必须这么做,戴安娜。那是我的错,我必须去承认。幸好在坦白交待方面我做过一些练习。”

“好吧,她在房间里,”戴安娜说,“如果你想去的话,你就进去吧。我可不敢。而且我相信,你这么做可不会有什么好处。”

有了这番鼓励,安妮便到太岁头上去动土了——那就是说,她坚定地走到起居室门口,轻轻地敲了敲门。随后里面传来一声严厉的“进来”。

瘦削、严厉而又古板的约瑟芬·巴里小姐正坐在火炉旁怒气冲冲地织着毛线,她的怒火没有丝毫平息,目光透过金丝边眼镜直射出来。她坐在椅子上转过身来,本以为会看到戴安娜,没想到却见到了一个脸色苍白的女孩。她那双大眼睛中充满了孤注一掷的勇气与胆战心惊的恐惧神情。

“你是谁?”约瑟芬·巴里小姐毫不客气地问道。

“我是绿山墙的安妮。”这个小到访者一边战战兢兢地说,一边以她那独特的姿势紧紧地握住双手,“请听我说,我是来坦白交待问题的。”

“交待什么?”

“昨晚上我们跳上床压在你身上,那全是我的错。是我提议那么做的。戴安娜绝不会想出那种事情的,这一点我很肯定。戴安娜是个很有大家闺秀风度的女孩,巴里小姐。所以你必须知道,责备她是不公平的。”

“哦,我必须,嘿?我宁愿相信至少戴安娜也参加跳的。在这么一个体面的家里,竟然发生这种愚蠢的丑事!”

“可我们只是闹着玩的。”安妮坚持说,“我认为你应该原谅我们,巴里小姐,我们已经道歉了。而且不管怎么说,请原谅戴安娜,让她去上音乐课吧。戴安娜一心一意地想上音乐课,巴里小姐,一心想得到一样东西,结果却落了空,这种感受我太清楚了。如果你一定要生谁的气,那就生我的气吧。小时候,经常有人对我发火,我已经习惯了,所以我比戴安娜更能忍受。”

这时,老妇人眼中的怒火已消退了许多,取而代之的是一丝饶有兴趣的目光。不过,她还是严厉地说道:

“我认为,你所说的你们只是闹着玩的可不是什么借口。在我年轻的时候,小女孩可从来不会放纵自己那样闹着玩。你不知道,经过长途跋涉后,睡得正香,突然有两个大女孩蹦到了你身上,把你惊醒,这是什么滋味。”

“我不知道,但是我可以想象,”安妮急切地说道,“我相信那一定非常令人不安而恐慌。可是,这事也把我们吓坏了。你有想象力吗,巴里小姐?如果你有的话,就请你设身处地地为我们想想吧。我们不知道那张床上有人,你差点把我们吓死。我们简直是魂飞魄散。而且,我们不能睡在原先答应我们睡的客房里了。我猜你是经常睡在客房里的。但是请你想象一下,如果你是个无父无母的小女孩,过去从来没受到过这种睡在客房里的待遇,你会有什么感想?”

这时,所有的怒气已烟消云散了。巴里小姐竟然大笑起来——笑声使得无比焦急地等在外面厨房间的戴安娜如释重负地松了一口气。

“我想我的想象力已经有些生锈了——我已经有很长时间不用它了。”她说,“我敢说你希望得到同情的请求和我一样强烈。这完全取决于我们看待这个问题的角度。坐过来,跟我谈谈你自己吧。”

“对不起,我不能谈,”安妮坚决地说道,“我很愿意谈,因为看上去你像是位挺有意思的女士,而且说不准你还会成为我精神上的知音,尽管你的模样看上去不太像。可是我得回家了,回到马瑞拉·卡思伯特小姐身边,这可是我的责任。马瑞拉·卡思伯特小姐是位非常善良的女士,她收留了我,给我适当的教育。她尽了最大的努力，但这是项非常令人灰心丧气的工作。你千万别因为我往床上蹦而责备她。在我走之前，我真的希望你能告诉我你会不会原谅戴安娜，会不会按你所计划的，在亚芬里一直待下去。”

“如果你能时不时地过来和我说说话，我想或许我会在这儿待下去。”巴里小姐说。

那天晚上，巴里小姐给了戴安娜一只银手镯，她又告诉家里的大人说，她已经把旅行包里的东西都拿出来了。

“我已经决定留下来，只是为了更好地了解一下那个叫安妮的女孩。”她坦率地说道，“我对她很感兴趣，在我这一生中，让我感兴趣的人真是少之又少。”

马瑞拉听说了这件事后，只评论了一句：“我早就这么和你说了。”这是说给马修听的。

巴里小姐一直住了下去，超出了原定的一个月。她这个客人，比过去容易相处多了，因为安妮让她的心情一直很好。她们成了亲密忠实的朋友。

当巴里小姐要离开时，她说：

“记住，安妮姑娘，如果你到镇上来的话，一定要来看我，我会安排你在我最不常用的客房里睡觉。”

“不管怎么说，巴里小姐是我的知音。”安妮向马瑞拉透露说，“光看她的长相，你不会这么认为，但是她确实是知音。和马修一样，刚开始你不会发现，可过了一段时间后，你就会看出来了。灵魂上的知音并不像我过去想的那么少。发现世界上有这么多知音，真是件美妙的事。”

第二十章

误入歧途的出色想象力

春天又来到了绿山墙——加拿大的春天总是这样美丽而又变幻莫测，姗姗来迟，直到四五月间，它还停留在这里，甜蜜、清新、略带寒意的日子一天接着一天，伴着瑰丽的落日余晖，大地复苏，万物生长。"情人的小路"上，棵棵枫树抽出了红色的嫩芽，"树神的水泡"旁，卷曲的蕨草蹿得很高。远处赛拉斯·斯隆家后面的沙土地里，在五月花棕色的叶子下，绽放着朵朵芳香的粉色与白色的星形花儿。在一个金色的下午，学校里所有的女生和男生都跑了出去采集这些花儿，当明净的暮色渐渐降临时，他们回家了，怀里和篮子里都装满了花卉珍品。

"我真为那些生活在没有五月花的地方的人感到遗憾。"安妮说，"戴安娜说也许他们有更好的东西，可是再也没有什么东西能比五月花更好了，是不是，马瑞拉？戴安娜还说，如果他们不知道五月花是什么样的，他们就不会感到遗憾了。但是我认为这才是最令人伤心的事。如果不知道五月花是什么样的，而且不为此感到遗憾，我觉得那会很悲惨，马瑞拉。你知道我把五月花想象成什么吗，马瑞拉？我觉得它们一定是去年夏天枯萎的花朵的灵魂，这里就是它们的天堂。我们今天过得愉快极了，马瑞拉。我们在布满苔藓的山谷中的一口古井旁吃了午饭——那真是个浪漫的地方。查理·斯隆问阿蒂·吉利斯敢不敢从井上跳过去。阿蒂跳过去了，因为他不愿意让查理的挑战得逞。学校里没一个人愿意。向别人挑战现在特别时髦。菲利普斯先生把他找到的五月花全部送给了普丽西·安德鲁斯,而且我还听到他说:‘可爱的花送给可爱的人。’这话是他从一本书里摘取的,我知道;不过这说明他还有些想象力。也有人送了我一些五月花,不过被我轻蔑地拒绝了。我不能告诉你这个人的名字,因为我发过誓再也不让这个名字从我嘴里说出。我们用五月花做了花环套在帽子上;回家的时候,我们排成两行,手捧花束,头戴花环,一边唱着《我的家在山上》,一边大踏步地走在路上。噢,那太令人激动了,马瑞拉。赛拉斯·斯隆家的人全都冲了出来看我们,我们在路上遇到的每个人都停下脚步看着我们离去。我们引起了很大的轰动。”

“毫不奇怪！这种蠢事!”马瑞拉答道。

五月花凋谢后,紫罗兰开了,“紫罗兰谷”被它们染成了紫色。安妮带着崇敬的眼神,迈着虔诚的步子走过它去上学,就好像正走在圣洁的土地上一样。

“不知怎么的,”她对戴安娜说,“当我走过这里的时候,我并不怎么在乎吉……不在乎班上的其他人是不是超过我。可是当我来到学校的时候,情况就不同了,我还是像以前一样在乎。我的内心里存在许多不同的安妮。有时候我想,这就是我为什么令人厌烦的原因吧。如果我仅仅是一个安妮,我就会轻松得多,但是那样的话,又会失去一半的乐趣。”

六月的一天晚上,正当果园里再次开满粉红色的花朵,正当青蛙清脆悦耳的歌声响起在“闪光之湖”源头的沼泽地里,正当整个空气中再次洋溢着从三叶草田地里和香脂杉树林中散发出的芬芳,安妮端坐在东山墙房间的窗户旁。她刚才一直在温习功课,可是天色渐渐暗了下来,看不清书上的字了,于是她张着大眼睛,越过“白雪皇后”上再次缀满簇簇花朵的大树枝向远处望去,陷入了深深的遐想。

从所有基本方面来看，这间山墙小屋没有发生什么变化。墙壁还是那样洁白，针垫还是那样密实，泛黄的椅子还是像从前那样僵硬地挺立着。然而屋子的整个气氛都变了。它充满了一种生机勃勃、富于激情的全新个性，这种个性似乎弥漫在整间屋子里，丝毫未受女生的课本、衣裙、丝带，甚至桌上那只插满了苹果花、裂了口子的蓝色花瓶的影响。仿佛这位精力充沛的房间主人醒时和睡时的所有梦幻，尽管无形无状，在这里却都清晰可见，它们以彩虹和月光般缤纷艳丽的薄纱装扮着这间朴素的小屋。这时，马瑞拉拿着几件刚刚烫好的裙子，轻快地走了进来，这些裙子是安妮上学穿的。她把裙子搭在椅子上，然后叹了一小口气坐了下来。那天下午，她刚刚犯了头痛病，虽然这会儿已经不疼了，但她仍感觉很虚弱，就像她自己所说的，"筋疲力尽"。安妮望着她，清澈的眼睛中充满了同情的目光。

"真希望我能替你犯头痛病，马瑞拉。为了你，我会非常愉快地忍受它的。"

"我想你好好干活，让我休息，已经算是尽到你的责任了。"马瑞拉说，"你好像表现得挺好，错误也比以前犯得少了。当然，给马修的手帕上浆可没什么必要！而且，大多数人在炉子上热馅饼，准备当午饭吃的时候，总是在它热了以后就拿出来吃掉，而不是把它放在那儿烤焦。不过，很显然，这似乎是你的习惯。"头疼病总是让马瑞拉的口气带上些挖苦的味道。

"哦，对不起，"安妮后悔地说，"从我把那块馅饼放到炉子上的那刻起，一直到现在，我就再也没想到它，虽然我下意识地觉得餐桌上好像少了些什么东西。今天早上你把我留下看家的时候，我就下定了决心，不去想象任何东西，只把思想集中在现实的工作上面。在我把馅饼放到炉子上之前，我做得都挺好，接着一种难以抵抗的诱惑力控制了我，我开始把自己想象成一位中了妖法、被关在一座孤独的城堡中的公主，一位英俊的骑士骑着一匹漆黑的战马赶来救我。就这样我渐渐把馅饼给忘了。我不知道自己给手帕上了浆。我烫衣服的时候,一直在绞尽脑汁地为我和戴安娜发现的一座新岛起名字。那是个非常令人陶醉的地方,马瑞拉。岛上有两棵枫树,小溪从岛周围流过。最后,我突然想到,叫它维多利亚岛该多美啊,因为这座岛是我们在女王生日那天发现的。戴安娜和我对女王都很忠诚。不过,我为馅饼和手帕的事感到很难过。我原本打算今天要表现得特别好的,因为今天是一个周年纪念日。你还记得去年的今天发生了什么事吗,马瑞拉?"

"不,我想不起来有什么特别的事情。"

"哎呀,马瑞拉,就是在去年的今天我来到绿山墙的。我永远都不会忘记这一天。它是我生命的转折点。当然,这一天对你来说也许不那么重要。我在这儿已经有一年了,我过得很幸福。当然,我也有烦恼,可是每个人都可以用行动让大家原谅她的过错的。你为收留了我感到后悔吗,马瑞拉?"

"不,不能说我感到后悔。"马瑞拉说。有时候她感到纳闷,在安妮来到绿山墙之前,自己是怎么活下来的。"不,一点也不后悔。如果你功课已经做完了,安妮,我想让你到巴里太太家跑一趟,问她是不是能把戴安娜的围裙纸样借给我。"

"哎呀!天——天太黑了。"安妮叫道。

"太黑?嘿,刚刚是黄昏。谁不知道你经常天黑后还总往那儿跑呢?"

"我明天一大早去,"安妮急切地说,"太阳一出来我就起床过去,马瑞拉。"

"究竟是什么钻进了你的脑子里,安妮·雪莉?今天晚上我就要那个裙样,裁你的新围裙。现在就去,快点!"

"那我得绕着从大路走。"安妮说着,极不情愿地拿起了她的帽子。

"从大路走会浪费半个小时!我都能追上你了!"

"我不能穿过'闹鬼的森林',马瑞拉。"安妮绝望地叫道。

马瑞拉瞪着她。

“闹鬼的森林！你疯了吗？哪儿来的闹鬼的森林？”

“就是小溪那边的云杉林。”安妮低声说。

“胡扯！哪里都没有像闹鬼的森林这类的东西。是谁告诉你这些烂话的？”

“没人，”安妮坦白地说道，“只不过戴安娜和我把那片森林想象成是闹鬼的。这周围所有的地方都那么——那么——普普通通。我们这么想只不过是自娱自乐。我们是从四月份开始这么叫它的。‘闹鬼的森林’显得太浪漫了，马瑞拉。我们之所以选中了云杉林，是因为那里非常幽暗。噢，我们想象了最令人伤心的事。大约就在晚上的这个时候，有个白衣女人一边沿小溪走着，一边紧握双手发出声声悲恸的哀号。要是哪家死了人，她就会出现在那里。另外，一个被谋杀了的小孩的幽灵会出没在‘悠闲的旷野’中的拐角；它蹑手蹑脚地从你身后走上来，将它冰冷的手指放在你手上……所以，哦，马瑞拉，想到它我就浑身发抖。另外，还有一个无头男人在小路上鬼鬼祟祟地走来走去，树枝间的骷髅头虎视眈眈地盯着你。哦，马瑞拉，无论如何我都不愿在天黑后从‘闹鬼的森林’中穿过。我敢肯定，那些躲在树后的白色怪物会蹿上来捉住我的。”

“有谁听过这些鬼话！”马瑞拉激动地喊道，她刚才听得惊讶得都说不出话了，“安妮·雪莉，你是不是打算告诉我，你相信所有这些你自己想象出的鬼话？”

“并不完全相信，”安妮结结巴巴地说，“至少，在白天我不相信。但是天黑了以后，马瑞拉，情况就不同了。那是幽灵出没的时候。”

“绝没有幽灵这类的东西，安妮。”

“哦，有的，马瑞拉，”安妮急切地叫着，“我认识一些见过幽灵的人。而且，他们都是些正派人。查理·斯隆说，在他爷爷被安葬了一年后的一天夜里，他奶奶看见他正把牛往家里赶。你知道查理·斯隆的奶奶绝不会瞎编乱造的。她是个非常虔诚的女教徒。还有,一天夜里,托马斯先生的父亲在回家的路上,有一只发着火光的绵羊在他身后穷追不舍,这只羊被砍去了头,只剩下一点皮挂在脖子上。他说他知道那是他弟弟的鬼魂,那预示着他会在九天内死去。尽管九天内他没死,可是两年后他就死了,所以你看,那确实是真的。还有,鲁比·吉利斯说……"

"安妮·雪莉,"马瑞拉厉声打断了她,"我再也不想听你这么说话了。我一直对你的想象力有所怀疑,如果这就是你的想象力的产物,那么我再也不会支持你的那些想象了。现在你就上巴里家去,而且必须从那片云杉林走,这只是给你一个教训和警告。关于你脑子里的闹鬼的森林,别再让我听见一个字了。"

安妮想要哀求,想要哭——事实上她也那么做了,因为她真的感到很害怕。她忍不住想入非非,对黄昏后的那片云杉林,她心中充满了极度的恐惧。但是马瑞拉无动于衷。她把这个畏畏缩缩的小鬼一路推向小溪边,然后命令她一直向前,越过小桥,进入那片藏着哭嚎的女鬼和无头鬼怪的幽暗林子。

"唉,马瑞拉,你怎么能这么残忍呢?"安妮哭着说,"如果真的有个白东西一把抓住我,将我带走,你会有什么感觉?"

"我愿意冒这个风险,"马瑞拉毫不同情地说,"你知道我向来说一不二。我会治好你这个疑神疑鬼的毛病的。快走吧。"

安妮向前走了。那实际的情形是,她跌跌撞撞地越过小桥,战栗着进入了远处那条幽暗可怕的小路。安妮永远都不会忘记那次步行。她为自己的肆意想象确实感到了后悔。那些她想象出来的小妖精潜伏在周围每一个阴暗的角落,伸出它们冰冷、瘦骨嶙峋的手,来抓这个被吓破了胆的小女孩,是她使它们得以存在的。从山谷中吹过来的一条白色的桦树皮落在树林里褐色的土地上,这几乎让她的心脏停止了跳动。两根老树枝因为互相摩擦而发出拉长了的哀鸣声,让她的前额渗出一粒粒冷汗。黑暗中不时袭击她的蝙蝠仿佛是妖怪们的翅膀。当她走到威廉·贝尔先生家的田地时,她飞也似的奔逃而过,仿佛后面有一大群白妖精在追赶她。当她来到巴里家厨房门口的时候,她已经是上气不接下气,喘了半天才说出要借围裙的纸样。戴安娜不在家,所以她没有理由逗留,还必须面对可怕的归途。安妮紧闭双眼一路狂奔,她宁可被树枝撞得头破血流,也不想看见白色的妖怪。当她终于跌跌撞撞地越过小木桥时,她颤抖着如释重负地长叹了一口气。

"嘿,这么说没有东西把你抓走?"马瑞拉毫不同情地说。

"噢,马——马瑞拉,"安妮的牙齿还在打战,"从此以后我要——要——要满足于平——平——平平常常的地方了。"

第二十一章

另类调味品

“唉，正如林德太太所说的，这世上除了聚散离合，就再也没有别的了。”六月的最后一天，安妮一边将石板和书放到厨房的桌子上，一边用一块湿湿的手帕擦了擦她那红红的眼睛，悲伤地说道，“幸亏今天我多带了一条手帕去学校，马瑞拉，是不是？我就隐隐约约地预感到会用上它的。”

“我从没想到你竟会这么喜欢菲利普斯先生，就因为他要走了，你居然要用两块手帕来擦眼泪。”马瑞拉说。

“我觉得我并不是因为真的很喜欢他才哭的，”安妮沉思着说道，“我哭只是因为所有其他同学都哭了。是鲁比·吉利斯起的头。鲁比·吉利斯一直宣称她恨菲利普斯先生，但是当他刚站起来准备说告别词时，她突然哭了起来。接着所有女生都开始哭了，一个接着一个。我竭力想控制住，马瑞拉。我试图回想起菲利普斯先生让我和吉……和一个男孩坐在一起的日子；还有他在黑板上写我名字时没有加 E 的日子；还有他是怎么说我是他所见过的在几何方面最笨的蠢蛋，是怎么嘲笑我的拼写；他一直是那么不友善，对人冷嘲热讽；但是，不知怎么的，我就是控制不住，马瑞拉，竟也哭了起来。从一个月前，简·安德鲁斯就开始说，如果菲利普斯先生走的话，她会多么开心，她还宣称绝不会掉一滴眼泪。咳，结果呢，她哭得比我们中的任何一个人都要伤心，不得不从她弟弟那儿借了块手帕——当然，男孩子们没有哭。因为她觉得不会用得上的,所以就没带手帕。哦,马瑞拉,这太令人心碎了。菲利普斯先生把告别词的开头说得很美:‘我们分别的时刻到了。’非常令人感动。他的眼中也充满了泪水,马瑞拉。哦,以前我上课时说话,在石板上画他的漫画,取笑他和普丽西,我真为这一切感到无比后悔和愧疚。告诉你,我真希望自己是明妮·安德鲁斯那样的模范学生。她就不会为了这些事而感到内疚。女生们一路哭着回了家。卡丽·斯隆每隔几分钟就说‘我们分别的时刻到了’,这让我们刚刚想欢跃起来的心情重新又跌入伤心的谷底。我确实感到很悲伤,马瑞拉。不过,一个面对两个月假期的人是不会完全陷入绝望的深渊的,是不是,马瑞拉?另外,我们还遇见了从车站来的新牧师和他的妻子。虽然我为菲利普斯先生的离去感到很难过,但是对一位新来的牧师,我还是会不由自主地产生一些兴趣的,你说呢?他妻子长得很漂亮。当然啦,也不是绝对的奢华艳丽——我想,对于牧师来说,拥有一位奢华艳丽的妻子是绝不可以的,因为这会树立起一个坏榜样。林德太太说新不里奇那边的牧师妻子就树立了一个坏榜样,因为她打扮得太时髦了。我们这位新牧师的妻子穿了一身带着可爱的泡泡袖的蓝色薄纱衣服,戴了一顶缀满玫瑰花的帽子。简·安德鲁斯说,她认为牧师的妻子穿泡泡袖显得太俗不可耐,不过我可没有发表那样刻薄的评论,马瑞拉,因为我了解对泡泡袖的渴望是一种什么样的感觉。而且,她也只是刚做了一段时间的牧师妻子,所以大家应该体谅她,是不是?在牧师的住宅弄好之前,他们会在林德太太家寄宿。”

如果说马瑞拉那天晚上到林德太太家去,除了像她自己所宣称的那样,是去归还去年冬天借来的一个被褥框,还有别的什么动机的话,那就是亚芬里大多数人共同具有的一个可爱的缺点。林德太太曾借出去了很多东西,有些她根本就不指望再收回来了,可是那天晚上却都被借用者给送回来了。一位新牧师,而且还带着妻子,在这样一个平静的、很少发生什么轰动事件的小村庄里,理所当然地成了人们好奇的对象。

老本特利先生,就是安妮发现缺少想象力的那位牧师,已经在亚芬里当了十八年的牧师。他来的时候是个鳏夫,后来也一直如此,尽管在他逗留的每一年里,总是有小道消息传出,不是说他要娶这个了,就是说他要娶那个了。去年二月他辞去了牧师的职务,在人们的一片惋惜声中离去。尽管他有喜欢夸夸其谈的缺点,但是大多数人在长期的交往过程中还是对他产生了感情。从那以后,形形色色的候选者和“代理牧师”便一个接一个地在星期天来到亚芬里做实习性的布道,而亚芬里的这座教堂也就经历了种种繁多、无意义的宗教消遣。这些人的成功或失败取决于作为上帝选民的爸爸妈妈们的判断;但是,那个温顺地坐在老卡思伯特凳角边的红头发小女孩对他们也总有自己的看法,她充分地与马修进行了讨论,而马瑞拉原则上总是拒绝以任何方式来评论牧师。

“我觉得史密斯先生做不了这儿的牧师,马修,”安妮最后总结道,“林德太太说他的演讲太差了,不过我认为他最大的问题和本特利先生的一样——他没有想象力。而特里先生的想象力太丰富了;他会想入非非,和我在‘闹鬼的森林’那件事上犯的错误一样。而且,林德太太说他的宗教理论知识不扎实。格雷沙姆先生人很好,也非常虔诚,但是他说了那么多滑稽的故事,惹得大家在教堂里哈哈大笑;他太不庄重了,作为牧师,必须庄重些,你说呢,马修?我认为马歇尔先生显然很有吸引力;但是林德太太专门做了调查,她说他还没结婚,甚至还没订婚,她说为亚芬里找一位尚未结婚的年轻牧师是绝对不行的,因为他有可能会在教区里结婚,而那会引起麻烦的。林德太太真是位有远见的女人,是不是,马修?我真高兴他们召来了艾伦先生。我喜欢他,因为他的布道很有趣,而且他的祈祷是出自真心的,而绝非因为出于习惯才做祈祷的。林德太太说他也不是十全十美,不过她说我们可不能指望一年用七百五十块钱请来一位十全十美的牧师,而且不管怎么说，他的宗教理论知识很扎实，因为她已经很详细地问了他对于每一条教义的观点。她认识他妻子家里的人，他们都是些体面正派的人，而且所有的女人都是出色的家庭主妇。林德太太说一个宗教知识扎实的男人和一个治家有方的女人可以组成一个理想的牧师家庭。"

年轻的牧师和他的妻子是一对年轻夫妻，长着讨人喜欢的面孔。他们还处在蜜月期，对自己所选择的终身职业充满了美好的热情。从一开始，亚芬里就对他们敞开了心扉。男女老少都很喜欢这位坦诚、充满活力、具有远大理想的年轻人，还有他的那位担任牧师住宅主妇的聪明、温柔、娇小的太太。她又发现了另一位灵魂上的知音。

"艾伦太太可爱极了，"一个星期天的下午，她宣布道，"她教我们这个班，她真是个出色的老师。她一来就说，她觉得全由老师提问不公平，你知道，马瑞拉，我一直是那么想的啊。她说我们可以向她提任何问题，于是我就问了好多问题。我很擅长提问，马瑞拉。"

"就知道你会这么做。"马瑞拉强调着说道。

"除了鲁比·吉利斯，其他人没有提问，而她问的是今年夏天主日学校还会不会举行野餐。我认为这个问题问得不合适，因为它和课文没有一点关系——课文说的是丹尼尔在狮子洞里的事，不过艾伦太太还是微笑着说她觉得会举行野餐的。艾伦太太笑起来真迷人；她的面颊上有两个很精致的酒窝。真希望我的脸颊上也有酒窝，马瑞拉。我比来的时候胖多了，但是还没有酒窝。如果我有的话，那我就可以永远地去感化别人了。艾伦太太说我们应该始终竭力去感化别人。她把每件事都说得那么动听。我以前从不知道宗教是这么一件令人振奋的东西。我总以为它有点儿令人忧郁，但是艾伦太太讲的宗教就不是这样，如果我能像她一样的话，我希望做个基督徒。我可不愿意成为像主日学校校长贝尔先生那样的教徒。"

"你这么谈论贝尔先生是非常恶劣的，"马瑞拉严厉地说，"贝尔先生是个真正的好人。”

“噢，他当然很好，”安妮表示同意，“不过他好像没有从中得到任何安慰。如果我成为好人的话，我会从早到晚地又唱又跳，因为我为此感到高兴。我猜艾伦太太的年纪大了，已经不适合唱歌跳舞了，而且，作为一个牧师的妻子，这么做当然也是非常不庄重的。但是，我可以感觉到她为自己是一个基督徒而感到高兴，而且就算她不是基督徒，进了天堂，她仍然会愿意做一个好人的。”

“我想，最近哪一天我们得请艾伦先生和他太太过来喝茶了。”马瑞拉若有所思地说道，“大部分人家他们都去过了。让我想想。下周三请他们来应该不错。不过，千万别对马修提起这件事，如果他知道他们要来的话，那一天他一定会找借口溜之大吉的。他和本特利先生已经很熟了，所以对他倒不会太害怕。可是要和一位新牧师混熟，对于他来说就太难了，而一位新牧师的妻子更会把他吓得半死。”

“我一定保守秘密，绝不泄露。”安妮保证道，“不过，哦，马瑞拉，你会让我为这个聚会做块蛋糕吗？我非常想为艾伦太太做些事，而且你知道，现在我已经可以把蛋糕做得很好了。”

“你可以做块夹心蛋糕。”马瑞拉答应了。

星期一和星期二，绿山墙进行了大量的准备工作。请牧师和他的太太来喝茶是项严肃、重要的任务，而且马瑞拉决心要做得比亚芬里所有的家庭主妇都要好。安妮欣喜若狂，无比兴奋。星期二傍晚，安妮和戴安娜坐在“树神的水泡”旁的大红石头上，一边用香脂杉树上斜垂下的嫩枝在水中划出道道彩虹，一边在黄昏的暮色中把事情全都告诉了戴安娜，说了一晚上。

“一切都准备好了，戴安娜，就差我的蛋糕和马瑞拉的发粉饼干了。我明天早上做蛋糕，而饼干马瑞拉会在喝茶前做好。老实说，戴安娜，为了这事，马瑞拉和我这两天可忙坏了。请牧师一家人来喝茶是件责任重大的事。

我以前从未有过这方面的经验。你应该来看看我们的食品室。场面可壮观了。我们准备了冻鸡和冻牛舌。我们会备好两种果冻,一种红色,一种黄色,还有搅过的奶油、柠檬馅饼、樱桃馅饼、三种小甜饼、水果蛋糕,还有马瑞拉专门为牧师们留着的黄梅酱,这可是她拿手的果酱,还有重油蛋糕和夹心蛋糕,还有前面提到的饼干;面包有嫩的和老的两种,因为牧师消化不良,不能吃嫩面包。林德太太说牧师们都消化不良,可我觉得艾伦先生才当牧师没多久,还不会受到这方面的影响。我一想到夹心蛋糕就浑身发冷。噢,戴安娜,如果蛋糕做得不好该怎么办呢?昨晚我梦见自己被一个可怕的小妖精追逐,它长着一个夹心蛋糕头。"

"肯定会做好的,没事的。"戴安娜安慰道,她是那种非常会安慰人的朋友,"我认为,两个星期前在'悠闲的旷野'中,被我们当做午饭吃下的、你做的那块蛋糕精致极了。"

"是的,不过蛋糕有个坏习惯,每当你特别想把它们做好的时候,它们总会变得不像样儿。"安妮叹了一口气,将一根特别好的香脂杉枝放入水中,让它漂浮起来。"不过,我想我得相信天意,而且还得小心把它和入面粉。噢,瞧,戴安娜,多么可爱的一轮彩虹!你觉得我们走了之后,树神会出来把它拿走做围巾吗?"

"你知道,没有树神这类的东西。"戴安娜说。她母亲已经发现了关于"闹鬼的森林"那件事,而且对此非常生气。结果,戴安娜就不再做任何类似的想象了,而且她认为,就算是这种没有任何恶意的树神,在思想上相信它都是非常不慎重的。

"可是很容易会想到这里有树神。"安妮说,"每天晚上我睡觉前,都会朝窗外看看,想知道树神是不是真的坐在这里,用泉水当镜子,梳理她的头发。有时候,我会在清晨的露水间寻觅她的足迹。噢,戴安娜,别放弃你对树神的信心!"

星期三早上来了。拂晓时分,安妮便起了床,因为她兴奋得再也睡不着了。由于前一天晚上在小溪边戏水的缘故,她得了很重的感冒;不过除了真的患上了肺炎,其他什么事也抑制不住那天早上她对烹饪的兴致。吃过早饭后,她开始做蛋糕。当最后将烤箱门关上时,她长长地舒了一口气。

“我确信这次什么东西也没忘记,马瑞拉。可是,你认为它会膨起来吗?如果发粉不好怎么办?我取了新罐子里的发粉。林德太太说,现如今什么东西都掺假,能不能买到好发粉可不敢确定。林德太太说政府应该着手解决这个问题,不过她又说我们可指望不了保守党政府会有采取措施的那一天。马瑞拉,如果蛋糕膨不起来怎么办?”

“没它,我们的食物也已经够多的了。”马瑞拉以她平静的方式对待了这个问题。

然而,蛋糕还是发起来了,它被从烤箱里取出来的时候,像金色的泡沫那样松软、轻柔。安妮兴奋的小脸涨得通红,她一层层地抹上红宝石般的果冻,然后再将蛋糕黏合起来,她仿佛看到了艾伦太太在吃着,说不准还会再要一块!

“你会用最好的茶具,这是当然的,马瑞拉。”她说,“我可以用一些蕨草和野玫瑰来装饰桌子吗?”

“我认为那都是些没用的东西,”马瑞拉嗤之以鼻,“在我看来,要紧的是食物,而不是那些荒唐的装饰品。”

“巴里太太装饰了她的桌子,”安妮说道,说她在耍弄狡猾的小聪明方面,完全没有经验,倒也不尽然,“牧师很优雅地赞扬了她。他说他们既饱了口福,又饱了眼福。”

“好吧,照你说的做吧。”马瑞拉说,她已经下定决心不让巴里太太或是其他什么人超过,“不过提醒你,要留下足够的地方摆碟子和食物。”

安妮竭尽全力地开始装饰桌子,她的方式和风格都远远超过了巴里太太。她运用了大量的玫瑰和蕨草，还有她独特的艺术情趣，将茶桌装扮得异常美丽，当牧师和他太太在它旁边坐下时，他们齐声称赞起它的美丽。

“这全是安妮布置的。”马瑞拉尽管不情愿，但还是公正地做了回答。安妮感觉到艾伦太太赞许的微笑为这个世界增添了几乎是太多的幸福。

马修也坐在那儿，只有上帝和安妮知道他是怎么被诱骗到这个茶会上来的。他一直是那么害羞拘谨，马瑞拉对他已经绝望，不指望他参加了，不过安妮却非常成功地承担起了照管他的责任。这会儿，马修穿着他最好的衣服，戴着白色的衣领，坐在桌边同牧师饶有兴趣地说着话。他始终没和艾伦太太说一句话，不过这也许就是不该指望的。

就像婚礼的钟声一样，一切进行得都很愉快，直到递过来了安妮做的夹心蛋糕。艾伦太太已经吃了各式各样眼花缭乱的食物，所以就婉拒了。不过，马瑞拉看到了安妮脸上失望的神情，便笑着说：

“噢，你一定得尝一块，艾伦太太。这是安妮特意为你做的。”

“既然是这样，那我一定要尝一块了。”艾伦太太笑着说道，同时给自己切了一大块，牧师和马瑞拉也各自切下了一块。

艾伦太太咬了一口，接着一种非常古怪的神色掠过她的脸，然而她一句话也没说，坚持着把它吃下去了。马瑞拉看到了她脸上的表情，急忙尝了一口蛋糕。

“安妮·雪莉！”她叫道，“你到底往蛋糕里放了些什么东西？”

“除了食谱上说的，其他什么也没有，马瑞拉。”安妮悲伤地说，“哦，它不好吃吗？”

“好吃！简直难吃死了。艾伦先生，别吃了。安妮，你自己尝尝。你用了什么调料？”

“香草精。”安妮说，尝过蛋糕后，她羞愧得满脸通红，“只放了香草精。噢，马瑞拉，一定是发粉。我早就怀疑那个发……”

“发粉,胡扯！去把那瓶你用的香草精拿过来。”

安妮向食品间飞奔过去,回来时拿了一个装着半瓶褐色液体的小瓶子,发黄的标签上写着“高级香草精”。

马瑞拉接过去,拔去瓶塞闻了闻。

“我的天哪,安妮,你给那块蛋糕加的调料是止痛药。上个星期我把装止痛药的瓶子打碎了,就把剩下的药给倒进了一只旧的、原本装香草精的空瓶子。我想我也有错——我应该提醒你的,可是,哎呀,你为什么就不闻一闻呢?”

在这双重打击下,安妮禁不住泪流满面。

“我没法闻——我患了重感冒!”说着她便飞奔进了山墙小屋,一头扑倒在床上,放声大哭起来,那架势仿佛是拒绝接受任何安慰。

不一会儿,楼梯上传来轻轻的脚步声,接着有人走进了房间。

“噢,马瑞拉,”安妮头也没抬地呜咽着说,“我一辈子也抬不起头了。我永远也不能使人忘记这事了。它会传出去的——在亚芬里,什么事都会传出去的。戴安娜会问我蛋糕做得怎么样,而我将不得不告诉她真相。我会永远被人们指指戳戳,说我就是那个往蛋糕里加止痛药的女孩。吉……学校里的男生会无休止地嘲笑这件事。噢,马瑞拉,如果你还有一点儿基督徒的同情心的话,别告诉我,在发生了这事后,我还得下楼去洗碟子。等牧师和他太太走了后,我会去洗的,可是我再也不敢正视艾伦太太了。或许她会认为我是想毒死她的。林德太太说她就认识一个想毒死她恩人的孤女。可是止痛药并没有毒。它是用来内服的——尽管不能用在蛋糕里。你可以这么告诉艾伦太太吗,马瑞拉?”

“你还是起来亲自去告诉她吧。”一个轻快的声音说道。

安妮一下子蹦了起来,她发现艾伦太太正站在她床边,两只眼睛含笑地注视着她。

“我亲爱的小姑娘，你不该哭成这样。”她说道，看到安妮悲哀的面孔，她打心眼里感到不安，“嘿，这只是个谁都会犯的有趣的错误。”

“噢，不，是我犯了这个错。”安妮悲伤地说，“我本想为你把那块蛋糕做得很好的，艾伦太太。”

“是的，我知道，亲爱的。我向你保证，我非常欣赏你的善意和体贴，就像它已经做得很好了。现在，你可不准再哭了，和我一块儿下楼，带我去看看你的花园。卡思伯特小姐告诉我，说你有一小块属于自己的土地。我想去看看，因为我对花非常感兴趣。”

安妮破例随她下了楼，接受了她的安慰。她心里暗暗思量，这真是天意，让艾伦太太成为她灵魂上的知音。谁也没再提起加了止痛药的蛋糕，当客人们都散去时，安妮发现，尽管出现了那个糟糕的插曲，那天晚上过得却比预料的还要愉快。不过她还是深深地叹了口气。

“马瑞拉，想到明天将是一个没有错误的崭新日子，真令人高兴，是不是？”

“我敢说，明天你还会犯上一堆错误。”马瑞拉说，“我还从来没见过像你这么会犯错的人，安妮。”

“是的，这一点我也知道，”安妮伤心地承认道，“不过，你有没有在我身上发现一件令人鼓舞的事，马瑞拉？同样的错误，我从来不犯第二次。”

“可是你总是在不断地犯新错误，所以我也不知道这会有多大的帮助。”

“哎呀，你难道不知道吗，马瑞拉？一个人能犯的错一定是有极限的，而当我达到这个限度的时候，我的错也就犯完了。这个想法很令人宽慰。”

“好了，你还是去把那块蛋糕喂猪吧。”马瑞拉说，“这东西给什么人吃都不合适，就算杰瑞·波特也不行。”

第二十二章

安妮应邀参加茶会

“喂，你眼睛瞪这么大干什么？”安妮刚从邮局跑回来，马瑞拉问道，“你是不是又发现了一位灵魂上的知音？”兴奋之情犹如一件衣裳笼罩着她，照亮了她的双眼，燃起她面部每一部分的激情。她像一个被风吹来的精灵，穿过八月黄昏中柔和的阳光和姗姗而来的暮色，沿着小路轻快地跑回来。

“不，马瑞拉，哦，你猜怎么着？他们邀请我明天下午去牧师家喝茶！艾伦太太在邮局给我留下了这封信。看一看吧，马瑞拉。‘绿山墙，安妮·雪莉小姐’。这是我第一次被人家称做‘小姐’。它让我感到无比的激动！我要永远把它当做最珍贵的宝物珍藏。”

“艾伦太太告诉我，她想轮流请主日学校中她班上的同学去家里用茶。”马瑞拉说，对于这件大事，她态度很冷淡，“你用不着为这事而如此激动。要学会冷静地看待问题，孩子。”

对安妮来说，让她冷静地看待问题，就等于是要改变她的天性。她就是所有的“精灵、激情与朝气”，人生的所有欢乐与痛苦于她而言，要比于别人强烈得多至两倍。马瑞拉已感觉到了这一点并隐隐约约地为此担忧，她意识到人生中的坎坷或许会给这个容易冲动的小家伙造成难以承受的巨大负担，但是她没有充分认识到小家伙身上感受快乐的能力却也是同样强烈，足以弥补那一点。因此，马瑞拉觉得，她应负起训练安妮的责任，让她的性情变得平静安宁下来，然而这种改变对安妮来说几乎就是不可能的，而且与她格格不入，就好像无法改变溪流浅水中的一丝跳跃的阳光一样。她自己也很遗憾地承认，她没有取得多大的进展。如果某一般切的希望或计划落了空，安妮就会陷入“痛苦的深渊”。而当希望或计划一旦达成，她又会一下子升入令人眼花缭乱的快乐王国。对于把这个流浪儿塑造成她理想中的那种具有娴静气质和端庄行为的模范小女孩，马瑞拉差不多已经开始绝望了。而且，她也不相信，比起现在的安妮来说，自己会真的喜欢那个经过改造的安妮。

那天晚上，安妮非常难过，她一声不吭地上了床，因为马修说刮起了东北风，他担心明天会下雨。房子周围杨树叶的飒飒声，听起来仿佛就是噼啪噼啪的雨点声，让安妮忧虑不已；而远方海湾里强烈的海啸，安妮平时总是愉悦地聆听它的声音，她喜欢它那奇特、圆润、洪亮、萦绕于耳际的旋律，而现在，听起来就像是暴风的前兆，对于这个特别期望能有一个好天气的小姑娘来说，这简直就是一场灾难。安妮觉得黎明再也不会来临了。

但是所有的事情都会结束，就连被邀请去牧师家用茶的前几天晚上也不例外。尽管马修做了预言，那天早晨的天气却很晴朗，而安妮的情绪也一下高涨到了极点。“噢，马瑞拉，今天我心里有一股激情，它让我倾心于每一个我见到的人。”她一边洗着早餐碟子，一边宣布道，“你不知道我有多高兴！如果这种感觉能够持续下去该有多好啊！我相信，如果我能每天被邀请去用茶的话，我一定会成为一个模范生的。不过，哦，马瑞拉，那也是一个很严肃的场合。我感觉很紧张。万一我的行为有失体面怎么办？你知道我以前从来没有到牧师家喝过茶，而且我也不太确定自己了解所有的礼仪规矩，虽然打我来这儿后，一直在学习《家庭先驱报》上礼仪专栏中的规定。我特别担心自己会做出些蠢事，或是忘了做那些我应该做的事。如果你非常喜欢吃某种食品，再去吃第二份的话，算不算有失体统呢？”

“你的问题是，安妮，你为自己考虑得太多。你应该想一想艾伦太太，想一想什么事情最能够令她感到愉快和满意。”马瑞拉说道。这是她这一生中第一次想到了一条非常简练、正确的忠告。安妮立刻就意识到了这点。

“你说得对，马瑞拉。我根本就不该为自己考虑，我要努力做到。”

很显然，安妮没有做出任何严重违反“礼节”的事，她顺利地完成了拜访。黄昏时，两道橘黄与玫瑰红色的云彩将辽阔宽广的天空映衬得无比艳丽夺目，安妮愉快地踏着暮色归来了。她坐在厨房门口的大红沙岩石板上，疲倦的脑袋依在马瑞拉穿着方格布衣服的膝盖上，兴奋地向她叙述了事情的经过。

一阵凉风从西面长满冷杉的山丘边吹来，穿过处于收获期的漫漫田野，然后呼啸着越过杨树林。果园上方的天空中悬挂着一颗透亮的星星，蕨草丛中和沙沙作响的树枝间忽隐忽现的萤火虫，不时地轻快掠过“情人的小路”。安妮一边说着，一边凝望着它们。不知怎么的，她感觉这风，这星星，这萤火虫全都融在一起，变成了一种难以描述的甜蜜与迷人的东西。

“哦，马瑞拉，我度过了一段极其令人心醉的时光。我觉得自己没有白活，就算我再也不被邀请去牧师家用茶，我都一直会有这样的感觉。当我到那儿的时候，艾伦太太在门口迎接我。她穿着一条最最漂亮的浅蓝色薄纱中袖裙，上面打了许多褶子，她看上去真像是天使。我真的想长大后嫁给牧师做妻子，马瑞拉。牧师不会介意我的红发的，因为他不会过多地考虑这些世俗的事情。不过，当然，作为牧师的妻子，这个人应该生性善良，而我永远也做不到，所以我猜，去想这种事一点用也没有。有些人生性就善良，你知道，而另外一些人则不是这样。我就是那另外一些人中的一个。林德太太说我满是原罪①。不管我多努力想成为善良的人都无济于事，我永远也获得不了天性善良的人所能得到的那种成功。我想，这很像几何。不过，你不觉得这种辛苦的努力应该有所回报吗？艾伦太太就是天性善良的人。我深爱着她。你知道，有些人，比如说马修和艾伦太太，你会毫不费力地立刻爱上他们。而其他人，像林德太太，你就得花点工夫去爱他们。你知道你应该爱他们，因为他们见多识广，而且是教堂活动中的积极分子，但是你得不断地提醒自己，否则的话，你就忘了。还有另外一个女孩去牧师家用了茶，她来自白沙主日学校，叫劳蕾特·布拉德利，她是个非常不错的小女孩，但不属于灵魂的知音。你知道，但还是不错。我们用了一顿非常优雅的下午茶。我认为我非常好地遵守了所有的礼仪规范。用过茶后，艾伦太太唱了歌，进行了表演，她也让我和劳蕾特唱了歌。艾伦太太说我的嗓音很好，还说以后我一定要去主日学校的唱诗班里唱歌。你想象不出，光是想一想这个建议，就让我有多激动。我一直如此渴望去主日学校的唱诗班唱歌，就像戴安娜一样，但是我担心那是一种我永远也无法得到的荣誉。劳蕾特不得不提前回家，因为今天晚上在白沙旅馆有一场盛大的音乐会，她的姐姐将上台朗诵。劳蕾特说旅馆里的美国人为了资助夏洛特镇医院，每两个星期就要举办一场音乐会，他们邀请白沙的许多人上台朗诵。劳蕾特说她希望有朝一日自己也能被请上台朗诵。我只是非常敬畏地盯着她。她走后，艾伦太太和我进行了一次推心置腹的交谈。我把所有事情都跟她说了——关于托马斯太太、双胞胎、卡蒂·莫里斯和维奥莉塔，还有我是怎么来到绿山墙的，以及我在几何上遇到的烦恼。你相信吗，马瑞拉？艾伦太太对我说，她在几何学习方面也是个笨蛋。你不知道这话给了我多么大的鼓励。就在我要离开

① 基督教认为人类始祖亚当和夏娃违背上帝命令，偷吃禁果所犯之罪，传给后世子孙，成为人类与生俱来的原始罪过，并是人类一切罪恶和灾祸的根由。

时,林德太太来到了牧师家,你猜怎么了,马瑞拉?理事会聘用了一位新教师,是个女的。她是缪丽尔·斯泰西小姐。她的名字很浪漫,是吗?林德太太说亚芬里以前还从来没有过女教师,她认为这是个非常危险的改革。不过,我觉得有个女老师是件很美好的事。离开学还有两个星期,真不知道我怎么才能熬过这段时间。我迫不及待地想见她。”

第二十三章

安妮在打拼中惨遭失败

碰巧,安妮还得熬过两周多。自发生药剂蛋糕的小插曲后,差不多已经过去了快一个月。对安妮来说,这是一段很关键的时期,她又遭遇了一些新的麻烦,犯了一些小错误,比如说,她心不在焉地将一盆本应倒进猪食桶的脱脂牛奶倒进了食品储藏室里的一篮子线团中,在白日梦的包围下,她越过木桥的边缘,直接走进了小溪中,这类小事真不值得考虑。

在牧师家用过茶后的第二周,戴安娜·巴里家举办了一个茶会。

“是一个小型茶会,参加的人都是经过挑选的,”安妮向马瑞拉保证,“都是我们班上的女生。”

她们度过了一段很美妙的时光,事情进行得非常顺利。用过茶后,她们来到了巴里家的花园内,所有的游戏她们都已经玩腻了,这时进行一种有吸引力的恶作剧自然而然地就变得时机成熟起来。这一恶作剧立刻变成了“冒险”的形式。

那个时候,冒险行动在亚芬里的小孩子中间是一项非常流行的娱乐活动。它最初产生于男孩子们中间,但是后来很快就传到了女生中。那年夏天孩子们由于受别人蛊惑而敢做出的蠢事足可以写满一本书。

首先,卡丽·斯隆向鲁比·吉利斯挑战,问她敢不敢爬到前门那棵巨大的老柳树的某一点上;鲁比·吉利斯非常害怕那棵树上寄生着的肥肥的绿色毛毛虫，她还担心会不会在母亲眼皮底下扯坏她的新薄纱裙，尽管如此，她还是非常敏捷地爬了上去，挫败了前面提到的卡丽·斯隆。接着，乔西·派伊问简·安德鲁斯敢不敢单立左脚，沿花园跳一圈，中途不能停顿，右脚也不能沾地；简·安德鲁斯勇敢地努力想做到，但是在第三个拐角处就停了下来，只能自认失败。

乔西无比兴奋，得意忘形，简直有些不可一世，于是安妮·雪莉就问她敢不敢在东边花园周围的木栅栏顶上走一圈。嘿，在木栅栏上走一圈所需要的头与脚的技能和稳定性，远比那些从未尝试过的人所想象的要多得多。乔西·派伊虽然缺少某些受人欢迎的品质，但至少在走栅栏上还具有一些与生俱来的天赋，而这种天赋又得到过适当的培训。乔西带着一种傲慢的神情走过了巴里家的栅栏，那漫不经心的神情似乎在说像这类的小事情根本就不值得问"敢不敢"。大家对她的冒险行为勉强地给予了些赞赏，因为大多数女生自己以前都曾试过走栅栏，但都遭到失败，所以她们对她的成功也还能做出正确的评价。乔西从上面跳了下来，脸庞因胜利而涨得通红，她向安妮轻蔑地投去了一瞥。

安妮甩了甩红辫子。

"我觉得在这种又矮又小的木栅栏上走一圈根本就没什么大不了的。"她说，"我知道马利斯威尔有个女孩能在屋顶的横梁上走路。"

"我不相信。"乔西断然说道，"我不相信人能在横梁上走路。不管怎么说，你就不能。"

"我怎么不能？"安妮急躁地叫道。

"那我就问你敢不敢这么做，"乔西挑衅地说，"我问你敢不敢爬上那儿去，在巴里先生家厨房顶的横梁上走一趟。"

安妮脸色变得苍白，但是很显然，她已经没有退路了。她向房子走去，那儿有一架梯子正斜靠在厨房的屋顶旁。所有五班的女生都喊了一声

“啊！”，一半是因为兴奋，一半是因为惊恐。

“别去做，安妮，”戴安娜恳求道，“你会掉下来摔死的。别理会乔西·派伊。问别人敢不敢做这么危险的事情，是不公平的。”

“我必须做。这事与我的名誉息息相关。”安妮严肃地说道，“我要么是走过那横梁，戴安娜，要么就是在这次努力中丧生。如果我摔死了，我的珍珠戒指就送给你。”

在大家的屏息静观中，安妮爬上了梯子，登上了横梁，在那岌岌可危的立足处，她站直身子保持住平衡，然后开始沿着横梁迈步，她头晕目眩，下意识觉得自己正不安地站在世界的高处，而走过那横梁可不是靠你的想象力就能渡过难关的。尽管如此，她还是设法走了几步，随后灾难就发生了。她的身体晃动起来，失去了平衡，变得跌跌撞撞，摇摇摆摆，接着就从被太阳炙烤的屋顶上滑了下来，穿过下面纠结着的团团五叶地棉，跌落到地上——还没等下面围着的那群惊恐万分的孩子发出恐惧的尖叫，事情就已经发生了。

如果安妮是从她登上横梁的那一面屋顶摔下来的话，那么这时戴安娜或许就已经成为那枚珍珠戒指的继承人了。幸运的是，她是从另一面跌下来的，那一面的屋顶延伸至门廊，离地面很近，所以从那儿摔下来不算是太严重的事。不管怎么说，当戴安娜和其他女孩紧张地从屋子周围冲过来——除了鲁比·吉利斯像在地上生了根一样，陷入歇斯底里的状态——时，她们发现安妮浑身苍白，没精打采地躺在那片乱糟糟的五叶地棉中。

“安妮，你摔死了吗？”戴安娜一下子扑倒在她身边，尖声叫道，“哦，安妮，亲爱的安妮，就对我说一句话，告诉我你是不是死了。”

让所有女孩，特别是乔西·派伊大松一口气的是，安妮昏昏沉沉地坐了起来，尽管乔西缺乏想象力，却也胆战心惊地料想到今后自己会被加上导致安妮过早惨死的罪名。这时安妮迷迷糊糊地答道：

“不，戴安娜，我没死，不过我觉得好像失去知觉了。”

“哪儿?”卡丽·斯隆抽泣着问道,“哦,哪里,安妮?”没等安妮回答,巴里太太便来到了出事现场。见到她来了,安妮挣扎着想爬起来,可是随着一声痛苦的尖叫,她又跌回到了地上。

“怎么啦? 你伤到哪儿啦?”巴里太太问。

“我的脚踝。”安妮喘着气答道,“哦,戴安娜,去找你父亲来,请他送我回家。我知道我再走不到那儿了。而且我相信,我可无法单脚跳那么远,简直连沿花园跳一圈都跳不动。”

当马瑞拉看见巴里先生穿过木桥,走上斜坡时,她正在外面的果园里摘了满满的一盘夏令苹果。巴里太太跟在他身旁,身后还跟了整整一长队的小姑娘。巴里先生臂膀里抱着安妮,她的脑袋无精打采地耷拉在他肩膀上。

就在那一瞬间,马瑞拉有了一个意想不到的新发现。在那一阵突然刺穿心头的恐惧中,她意识到了安妮对她来说已经开始具有多么大的意义。过去她会承认自己喜欢安妮——不,可以说非常喜欢安妮;可是现在,当她急急忙忙冲下斜坡时,她知道安妮在她心中的分量已经超出了这世上所有的其他东西。

“巴里先生,她出了什么事?”她喘着粗气问道。多年以来,理智、自制力很强的马瑞拉从来没有像现在这样面色煞白、浑身发抖过。

安妮抬起头,回答道:

“别害怕,马瑞拉。我走横梁时从上面摔了下来。我猜是扭伤了脚踝。不过,马瑞拉,我本来可能会跌断脖子的。让我们从乐观的一面看问题吧。”

“在我让你去参加那个茶会时,我就该料到你会去做这种事情。”马瑞拉松了一口气,可还是厉声尖叫道,“请把她抱进来,从这儿走,巴里先生,把她放在沙发上吧。天哪,这孩子晕过去了!”

这确实是真的。因为伤口的疼痛,安妮昏倒了,这下她的又一个愿望实现了。她彻底地昏了过去。

马修被大家匆匆从田里叫回来后,径直去请医生。医生在预期的时间内赶到了,他发现伤势比他们所猜测的要严重得多。安妮的脚踝骨折了。

那天晚上,当马瑞拉走到那间躺着一个面色苍白的女孩的东山墙房时,发自床上的痛苦声音向她招呼道:

"你不为我感到难过吗,马瑞拉?"

"这是你自己的错。"马瑞拉答道。说着,她迅速拉下百叶窗,打开了台灯。

"正是因为这个原因,你才应该为我感到难过,"安妮说,"因为一想到这一切都是我自己的错,就让我感到无法忍受。如果我能把责任推给别人的话,我会感觉好一些的。不过,马瑞拉,如果别人问你敢不敢从横梁上走过,你会怎么办?"

"我会牢牢地站在结实的地上,让他们的'敢不敢'滚得远远的。这种荒唐透顶的事!"马瑞拉说。

安妮叹了一口气。

"可是你有这么坚强的意志,马瑞拉。我就不行。我只是觉得自己无法忍受乔西·派伊的轻蔑嘲笑。她那幸灾乐祸的嘲笑声会伴我一生的。而且,我认为我已经得到了足够多的惩罚,你就不必再对我大动肝火了,马瑞拉。毕竟,晕过去的感觉一点都不好。而大夫在帮我把关节复位时,弄得我疼死了。六到七个星期内我都不能走动,我也见不到那个新的女老师了。等我能去上学的时候,她已经不再是新老师了。吉……班上的每个人都会超过我的。哦,我真是个多灾多难的人。不过,我会尽力勇敢地忍受这一切的,只要你不对我生气,马瑞拉。"

"好了,好了,我不会生气的。"马瑞拉说,"毫无疑问,你是个不幸的孩子;不过就像你说的,你要忍受不少痛苦。好了,现在试着吃些晚饭吧。"

"我有这么丰富的想象力,这难道不是件幸运的事吗?"安妮说,"我想,它会帮助我顺利渡过难关的。当那些没有想象力的人跌断骨头的时候,你猜,他们会怎么做呢,马瑞拉?"

在接下来的枯燥无味的七周内,安妮常常为自己的想象力而感到感激。不过,她并不是完全依赖想象力。很多人都来看望她,每天都会有一个或几个女生顺道来她家探望她,给她带来鲜花和书籍,告诉她在亚芬里的少年王国中发生的一切。

"每个人都那么善良和友好,马瑞拉。"安妮幸福地叹了一口气,那天她刚刚能一瘸一拐地下地走路。"卧床休息真不是件令人愉快的事;不过它也有积极的一面,马瑞拉。你发现你有这么多朋友。哎呀,就连贝尔校长都来看过我了,他真是个好人。不算是灵魂上的知音,这是当然的,但我还是喜欢他,我为自己曾批评他的祈祷词而深感后悔。现在我相信他的祈祷是发自内心的,只不过因为他养成了那样念的习惯,所以听起来好像不是真心的。如果他稍微下点工夫,就可以克服了。我很明白地暗示了他。我告诉他我是如何努力把自己的短短祷告词念得生动有趣的。他向我叙述了当他还是男孩时摔断脚踝的经过。想到贝尔校长曾经是个男孩,真是令人感到奇怪。就算我的想象力也有局限性,因为我无法想象出那情景。当我努力把他想象成男孩的时候,我看见他长着灰色的胡子,戴着眼镜,和他在主日学校的样子一样,只不过人小了一些。可是,想象艾伦太太是个小女孩就容易多了。艾伦太太已经来看过我十四次了。这难道不是件令人骄傲的事吗,马瑞拉?牧师的妻子有很多事要做的!而且,她也是一位令人愉快的访客。她从来不对你说,这是你自己的错,只是希望你能因此而变得乖一些。林德太太每次来看我的时候也总是这么对我说,可是她说话的口气让我觉得她也许是希望我变得乖一些,可是内心里却不真的相信我能变好。就连乔西·派伊也来看过我了。我尽可能礼貌地接待了她,因为我想她一定为问我敢不敢走横梁而感到后悔。如果我摔死了,她这一辈子都会背上悔恨的沉重包袱的。戴安娜是个忠诚的朋友。她每天都来到我寂寞的床前，安慰我。不过，哦，等我能去学校时，我一定会非常高兴的，因为我听说了很多关于新老师的趣事。所有的女生都认为她长得非常甜美。戴安娜说她长了一头最最漂亮的金黄色鬈发和一双迷人的眼睛。她打扮得很漂亮，而且她的泡泡袖比亚芬里任何人的袖子都要大。每隔一周的礼拜五下午，她就会组织大家朗诵，每个人都得念一段诗，或是参加一段对话表演。哦，想到这个就让我欣喜若狂。乔西·派伊说她讨厌朗诵，但那只不过是因为她没什么想象力。戴安娜、鲁比·吉利斯和简·安德鲁斯正在为下周五准备一段对话，题目叫《清晨的到访者》。在那些不举行朗诵会的周五下午，斯泰西小姐会把他们全都带到森林里，过一个'户外运动日'。他们在那儿研究蕨草、鲜花和鸟类。每天早上和晚上，他们还进行体育锻炼。林德太太说她从未听说过这类事，还说这全是请了一个女老师带来的后果。不过我想，那一定非常美妙，而且我相信我会发现斯泰西小姐是个灵魂上的知音。”

“有件事是显而易见的，安妮，”马瑞拉说，“那就是，你从巴里家的屋顶上摔下来一点儿也没伤到你的舌头。”

第二十四章

斯泰西小姐和她的学生们举办一场音乐会

安妮准备重回学校时，已经又是十月份了——金光灿烂的十月，到处都是红色与金黄色。温和的清晨中，山谷里飘满着的怡人薄雾，仿佛是被秋天的精灵泼洒而下的，专等太阳来把它们渐渐排出——紫色、珠灰色、银白色、玫瑰色和烟青色。凝重的露水使整片田野像银绸般在熠熠发光，在那长满多梗树木的山谷中，一堆堆沙沙作响的树叶轻快地飞来奔去。“白桦小径”上形成了一片黄色的树荫，路边到处都是凋谢的褐色蕨草。空气中弥漫着的独特气息让小姑娘们心潮澎湃，欢天喜地地朝学校跑去，而不像蜗牛那样缓慢地行动。她又回到了那张棕色的小课桌边，和戴安娜坐到了一起，鲁比·吉利斯从过道那边向她点头示意，卡丽·斯隆给她传来张纸条，朱利娅·贝尔从后面的椅子底下递了一“口”橡皮糖给她。安妮一边幸福地深深吸了一口气，一边将铅笔削尖，把图片排列到书桌里。显然，生活是多姿多彩的。

在新老师身上，她又发现了一位对自己大有帮助的真朋友。斯泰西小姐是位聪慧、富有同情心的年轻女性，她所具有的某种天赋使她特别容易赢得并保持学生们对她的爱戴，并让学生们发挥他们在思想和道德上的最优秀的一面。在这样一种有益身心健康的环境影响下，安妮高兴得心花怒放。她将这种情绪带回了家，向表示赞美的马修和爱挑剔的马瑞拉生动地描述了学校的功课和他们的计划。

“我全心全意地深爱着斯泰西小姐，马瑞拉。她很有大家闺秀风范，嗓音甜美。当她念我的名字时，我本能地感觉到她拼读出了 E。今天下午我们进行了朗诵。我真希望你能在那儿听我朗读《玛丽，苏格兰的女王》。我将全身心都投入了进去。放学回家的时候，鲁比·吉利斯告诉我说，在我念出‘现在为了我父亲的权力，向我女人的心告别’这一句时，我的语调让她不寒而栗。”

“嗯，哪一天你也给我到外面的马棚里朗诵朗诵。”马修建议道。

“我当然愿意，”安妮沉思着说道，“不过我知道，我不会念得太好的。在牲口棚里朗诵，可不会像在屏住呼吸听你朗诵的全班同学面前那样令人激动。我知道我是无法让你不寒而栗的。”

“林德太太说，上周五看见你们爬上贝尔先生家山坡上的那些大树顶，真让她不寒而栗。”马瑞拉说，“我真不明白斯泰西小姐为什么要鼓励干这种事情。”

“可是我们学习自然时需要一个乌鸦窝，”安妮解释道，“那个下午我们户外活动。户外活动日真是太美妙了，马瑞拉。而且斯泰西小姐把一切都解释得娓娓动听。我们得写一些关于下午户外活动的作文，我写得最好。”

“你这么说简直太自负了。这些话你最好还是让你老师说。”

“可是她确实这么说了，马瑞拉。实际上，我也没有因此而觉得自己了不起。我怎么能呢？我在几何方面那么蠢。尽管我也开始有些开窍了。斯泰西小姐讲解得非常透彻。不过，我还是无法把它学得很出色。我向你保证，这个想法是很谦虚的。但是我喜欢写作文。一般来说，斯泰西小姐让我们自己选择题目，但是下个星期我们要写一篇关于一位杰出人物的文章。在历史上这么多杰出人物中进行选择，真是太难了。能够成为杰出人物，在死后有很多文章描写你，真是件美妙的事！哦，我非常想成为一位杰出人物。等我长大后,我要当一名受过专门训练的护士,作为仁慈的使者和红十字会一同奔赴战场。那就是说,如果我不作为外国传教士出国的话。那会非常浪漫的,但是作为一名传教士,这个人就必须善良,这倒会成为一个绊脚石。”

第二十五章

马修坚持要做泡泡袖

这十分钟对于马修来说,真是难熬。在十二月的一个寒冷、灰色的暮色中,他走进厨房,在木柴箱的边角上坐下来,脱掉他那双沉重的靴子,他不知道安妮和她的那帮同学正在客厅里排练"仙女皇后"。不一会儿,她们一边嬉笑着,一边快乐地聊着天相互簇拥着穿过厅堂,走进了厨房。马修一手拎着只靴子,一手捏着脱靴器,害羞地躲到了木柴箱的后面,所以她们没看见他。当她们戴上帽子,穿好外套,谈论着对话和音乐会的时候,马修羞涩地望着她们,这也就是前面提到的十分钟。安妮站在她们中间,像她们一样充满了活力,眼睛熠熠发光。然而,马修突然意识到她和其他同学有点差异。而让马修感到担忧的是,这种差异是不应该存在的。比起其他同学来,她显得更加富有神采,双眸更大、更明亮,而五官也更加精致。就连生性腼腆、不善观察的马修也逐渐注意到了这些事。可是,让他感到不安的那点差异并不属于以上的任何一点。那么,它究竟存在于何处呢?

女孩们手拉着手,沿着那条长长的、结满坚冰的小路已经走得很远了,安妮也开始复习功课,但是这个问题仍旧在困扰着马修。他不能问马瑞拉,因为他感到,马瑞拉肯定会嗤之以鼻,而且会说她所发现的安妮与其他女孩的唯一差别就是,她们有时会闭上嘴,安静一会儿,而安妮却永远不能。马修觉得这可不会有多大的帮助。

那天晚上,他只好求助于烟斗来帮他考虑这个问题,这可让马瑞拉异常反感。经过两小时的吞云吐雾和苦思冥想后,马修终于找到了问题的答案。安妮和别的女孩穿得不一样!

马修越想越觉得安妮的打扮从来就和别的女孩不一样——自她来到绿山墙后,她就从没穿过那样的衣服。马瑞拉总是让她穿单调暗色的裙子,而且款式全都一样。就算马修知道诸如服装的流行款式这类事的话,他也只不过会认为那就和他的穿着差不多。可是,他却坚信,安妮的袖子和其他女孩衣服上的袖子看上去完全不一样。他回想起晚上那些围在安妮身边的女孩——全都穿着绚烂多彩的红色、蓝色、粉色和白色胸衣。他搞不懂马瑞拉为什么总让她穿得这么朴素、单调。

当然,这一定是正确的。马瑞拉是最好的指导者,而且是由她在培养安妮成长。因此,她这么做也许有某种明智、神秘的动机。可是,让小孩子拥有一件漂亮的裙子,肯定也不会有什么害处——就像戴安娜经常穿的那种。马修决定要送给她一件,这当然不会被当做是多管闲事而遭到反对。再过两周就是圣诞节了。一件漂亮的新裙子刚好可以作为礼物。马修满意地舒了口气,放下他的烟斗便睡觉去了,而此时马瑞拉正在将所有的房门打开,给房子通通气。

第二天晚上,马修起程去卡莫迪买衣服,他下决心一定要克服最大的困难,买到衣服。他坚信这一定是次非常严峻的考验。有些东西马修买起来并不费力,而且也证实他不是个讨价还价的小气鬼,可是他知道,去买件女孩子穿的裙子,就只能任凭店主摆布了。

经过一番慎重考虑,马修决定去塞缪尔・劳森家的商店,而不去威廉・布莱尔商店。其实,卡思伯特家的人总是到威廉・布莱尔商店买东西;对他们来说,这事简直就是同参加长老会和投保守党票一样事关良心。可是,威廉・布莱尔家的两个女儿经常在那儿接待顾客,而马修怕她俩怕得要死。

只有在他明确知道自己要买什么并且可以把它指出来的时候,他才会设法和她们打交道。不过买衣服这类事情是需要详细说明和相互磋商的,所以马修觉得他一定得要个男人站在柜台后才行。因此,他愿意去劳森商店,在那儿塞缪尔或是他的儿子会接待他。

天哪！马修不知道塞缪尔在最近扩大营业范围的过程中也请了一名女店员。她其实是塞缪尔妻子的侄女,也是位精力充沛的年轻人。她梳着一个大大的高卷式发型,一对褐色的大眼睛滴溜溜地转着,脸上洋溢着灿烂的笑容,令人陶醉。她穿着特别时髦的衣服,臂上戴着的几只手镯随着她双手的摆动而闪闪发光,叮叮当当作响。看见她站在那儿,马修心里一片慌乱,而那些手镯让他的头脑一下子就变得迷乱起来。

“今晚我能为你做些什么吗,卡思伯特先生?”露西拉·哈里斯小姐一边用双手拍打着柜台,一边轻快地讨好地问道。

“你这儿有——有——有——嗯,比如说,花园里用的耙子?”马修结结巴巴地说。

哈里斯小姐似乎有些吃惊,她当然会感到吃惊,居然在十二月中旬还听见有人要买花园里用的耙子。

“我想我们还剩下一两把,”她说,“不过,它们摆在楼上的旧货储藏间里。我这就上去看看。”在她离去的间隙,马修收拾好自己零乱的心绪,打算再做一次努力。

哈里斯小姐提着耙子回来了,她高兴地问道:“今晚还要买点别的什么东西吗,卡思伯特先生?”马修鼓足勇气回答道:“嗯,既然你这么建议,我不妨就拿……那就是——看看……买一些干草种吧。”

哈里斯小姐曾听别人把马修·卡思伯特称做怪人。现在,她断定他一定是疯了。

“我们只有在春季才备有干草种,”她傲慢地解释道,“现在我们手头没有。”

“哦，当然——当然——正如你说的。”可怜的马修一边结结巴巴地说着，一边抓起耙子朝门口走去。走到门槛边，他才想起自己还没付钱呢，于是只好又可怜巴巴地返回。当哈里斯小姐给他找零钱时，他重新鼓足勇气，打算不顾一切地再做一次努力。

“嗯——如果你不觉得太麻烦的话——我想，嗯——那就是……我想看看——看看一些糖。”

“白糖还是红糖？”哈里斯小姐耐心地问道。

“哦——嗯——红糖。”马修轻声说。

“那儿有一桶。”哈里斯小姐一边说，一边晃着手镯指给马修看，“我们只有这一种。”

“我要——我要二十磅。”马修说，他的额头上已经渗出了颗颗的汗珠。

马修驾车走到半途才恢复了原来的神智。这真是一段可怕的经历，不过这也是他自作自受，他想，谁让他离经叛道似的跑到一家陌生的商店去买东西的呢。到家后，他把耙子藏进了工具室，把红糖拿进去交给了马瑞拉。

“红糖！”马瑞拉惊叫道，“你疯了吗，买这么多干什么？你知道除了给雇工煮汤和做黑水果蛋糕，我从来不用红糖。杰瑞已经走了，而我也已有很长时间不做蛋糕了。再说，这也不是什么好糖——粗糙，发黑，威廉·布莱尔一般是不会卖这种糖的。”

“我——我想或许什么时候会用得上。”马修说着便溜之大吉了。

当马修开始仔细考虑这件事时，他认定必须得有个女人来应付这事。马瑞拉当然是不可能的。马修相信她定会立刻给他的计划泼上冷水。那剩下来的就只有林德太太了，因为在亚芬里的所有妇女中，马修只敢向她征求意见。于是，他上了林德太太家，那位好心的太太立刻将问题从这位苦恼不堪的男士手中接了过去。

“帮你挑一件衣服送给安妮？我当然愿意。明天我要去卡莫迪，到时一定把这事办好。你心里有什么特别的想法吗？没有？好，那么我就按照我自己的眼光去选吧。我相信安妮最适合穿漂亮的深棕色，威廉·布莱尔商店新到了一批非常漂亮的丝棉绸。或许你也希望我替她做吧？因为如果由马瑞拉来做的话，安妮很可能会在圣诞节前听到风声，她就不会那么惊喜了。好，我来做。不，这一点也不麻烦。我喜欢干针线活。我会按照我侄女珍妮·吉利斯的尺寸给她做，因为她和安妮的身材长得一模一样。”

“嗯，太感谢你了，”马修说，“还有——还有——我不知道……不过我希望……我觉得现在人们做的袖子和从前不同了。如果不是太麻烦的话，我——我希望能按新的式样做。”

“泡泡袖？当然。这点你不必担心，马修。我会按最新的款式给她做的。”林德太太说。马修离开后，她又自言自语道：

“能看到那个可怜的孩子穿上件得体的衣服，真让人由衷地高兴。马瑞拉给她穿的那些衣服真的很滑稽，就是这样，有好多次我都想直接给她指出来。不过我还是没开口，因为我看得出，马瑞拉不希望别人给她提建议，而且尽管她是个老姑娘，却自认为在培养孩子方面比我懂得多。不过，这种情况也总是存在的。养过孩子的人都知道这世界上可没有什么一成不变、适合所有儿童的速效教育法。可是那些从没带过孩子的人总以为那就像‘比例运算法则’一样简单容易——只要把你的三组数字按照顺序排列，便总会得到正确的结果。但是，用数学的脑袋来对待活生生的人是不行的，而这正是马瑞拉·卡思伯特的错误所在。我想马瑞拉让安妮穿成这样，是希望培养她的谦逊精神；可是，这好像更容易滋生孩子爱慕虚荣和不满的情绪。我敢肯定，这孩子一定觉察到了自己和别的女孩在穿着上的差别。但是，马修居然注意到了这一点！那个男人在昏睡了六十年后，终于醒过来了。”

在接下去的两个星期内，马瑞拉知道马修肯定有什么心事，可她又猜不出是什么,直到圣诞节前夜,林德太太带来了那件新裙子,她才恍然大悟。尽管她似乎不太相信林德太太所做的圆滑解释:如果由马瑞拉来做裙子的话,马修担心安妮会过早地发现,所以她揽了这个活。

"那么,就是因为这个,两周来马修才这么神色诡秘、独自傻笑的啰,是不是?"马瑞拉口气有些生硬但还算宽容地说道,"我就知道他在忙着干蠢事。好了,我得说,我认为安妮并不需要新衣服。今年秋天,我已经给她做了三条既保暖又耐穿的裙子,再多的话那就是纯粹的浪费了。光是这袖子上用的布就足够做一件上衣了,这点我敢肯定。马修,你是在纵容安妮的虚荣心,她现在已经像孔雀般爱慕虚荣了。好了,我希望这下她能满意了。我知道,自从有了这些愚蠢的袖子,她就一直渴望能得到它们,虽然她只提过一次,后来就再也没说过。这些泡泡袖越做越大,越做越可笑;现在大得简直就像气球。等到明年,那些穿泡泡袖的人进出门都得侧着身子走了。"

圣诞节的早晨,大地是一片美丽的洁白。那年的十二月非常暖和,人们都盼望能有一个绿色的圣诞节,可是,大片大片的雪花在夜里轻轻地飘落下来,让亚芬里一下子变了个样。安妮透过结了霜的山墙窗快乐地朝外面望去。"闹鬼的森林"里的冷杉披上了轻软的银装,美丽极了;白桦和洋樱桃树被笼罩在一片珠白色中;耕过的田地里布满了雪坑;空气中也充满了一种令人激动的清新气息。安妮唱着歌跑下楼来,绿山墙中回荡起她的声音。

"圣诞快乐,马瑞拉!圣诞快乐,马修!这真是一个可爱的圣诞节,是不是?它一片洁白,真让我高兴。其他任何颜色的圣诞节看上去好像都不怎么真实,是不是?我不喜欢绿色的圣诞节。它们不是绿色的——它们只不过是难看的、褪了色的棕色和灰色。人们为什么叫它们绿色呢?哎呀——哎呀——马修,这是给我的吗?哦,马修!"

马修局促不安地从纸包中取出那条裙子,摊放开,同时用请求宽恕的目光望了望马瑞拉。马瑞拉装出一副轻蔑的神情往茶壶里倒水,但却用眼角的余光饶有兴致地注视着这个场面。

安妮接过衣服,虔诚地默默注视着它。哦,它真漂亮——具有丝制光泽的、柔软、美丽的棕色艳光布;裙子上打满了精致的褶子和荷叶边;上衣按照最时髦的式样打了精美的横褶,领口上还镶了一圈薄纱般的蕾丝花边。可是这袖子——它们才是最值得夸耀的!长长的袖管,上面是两个被一道道褶边和丝制棕色蝴蝶结分开的漂亮的泡泡袖。

"那是给你的圣诞节礼物,安妮。"马修害羞地说,"怎么啦——怎么啦——安妮,你不喜欢它吗?嗯——嗯。"

因为安妮的眼睛里突然充满了泪水。

"喜欢它!哦,马修!"安妮将裙子搭在椅子上,握住双手。"马修,它简直美极了。哦,我不知该如何感谢你才好。瞧瞧这些袖子!哦,对我来说这简直就像是个幸福的梦。"

"行了,行了,吃早饭吧。"马瑞拉打断道,"我必须告诉你,安妮,我认为你并不需要这条裙子;不过既然马修已经给你买了,那就好好保管它吧。林德太太还给你留下了一条束头发的丝带。是棕色的,和这裙子正好配得上。过来,坐下。"

"真不知道我怎么还能吃得下早饭。"安妮欣喜若狂地说,"在这一激动人心的时刻,早饭显得太平常了。我宁可把这裙子好好看个够,让眼睛饱餐一顿。让我感到特别高兴的是,如今泡泡袖还是很时髦。如果在我还没来得及得到一件带泡泡袖的裙子前,它们就不流行了,我想我绝对受不了。那样的话,我永远都不会感到满足的,你看。林德太太能送我一条丝带,也是件非常美妙的事。我觉得我确实应该成为一个好女孩。在这种时候,我总是为自己不是一个模范学生而感到惭愧;不过我总是下决心在将来做个好学生。可是,不知怎么的,一旦遇到那些难以抵制的诱惑时,这些决定就很难贯彻执行了。不管怎么说,从这以后,我真的要加倍努力了。"

在这顿平淡的早餐结束时，穿着深红色长外套的戴安娜出现了，她那小小的身影穿过山谷中的白色木桥。安妮飞奔到斜坡下去迎接她。

“圣诞快乐，戴安娜！哦，这真是个美妙的圣诞节。我有件非常豪华的东西要给你看。马修送给了我这条最最漂亮的裙子，袖子是这样的。我简直想象不出比这更好看的了。”

“我也有件东西要给你，”戴安娜喘着粗气说，“这儿——这个盒子。约瑟芬姑奶奶派人给我们送来了一只大箱子，里面装了好多东西——这个是给你的。我原本打算昨天晚上就把它送过来的，可是直到天黑前它都没到，如今让我在夜色中穿过那片‘闹鬼的森林’，可真让我感觉非常不舒服。”

戴安娜打开盒子朝里面望去。她首先看到了一张卡片，上面写着“送给安妮姑娘，祝圣诞快乐”；接着，她看到了一双非常精巧的儿童舞鞋，足尖部镶饰了一串珠子，系着缎带蝴蝶结和闪闪发光的鞋扣。

“哦，”安妮说，“戴安娜，这礼物太贵重了。我一定是在做梦吧。”

“我认为这是天意。”戴安娜说，“从现在起，你就不用再借鲁比的舞鞋了，这真是上帝的恩赐，她的脚比你的大了两码呢，让仙女拖着鞋子走路，听上去太别扭了。乔西·派伊会很高兴的。告诉你，前天晚上彩排后，罗布·赖特是和格蒂·派伊一起回家的。你听说这事了吗？”

那一天，亚芬里的所有学生都处于极度的兴奋中，因为他们要布置礼堂，而后举行最后一次的大规模彩排。

晚上举行的音乐会显然获得了巨大的成功。小小的礼堂里挤满了人。所有参加演出的人表现得都非常出色，而安妮则是这场音乐会上最耀眼的明星，就连对此深感嫉妒的乔西·派伊也不能否认。

“哦，这真是个辉煌的夜晚，是不是？”音乐会结束后，当安妮同戴安娜走在回家的路上时，她叹了口气说道。此时，漆黑的夜空中繁星闪烁。

“一切都进行得非常顺利。”戴安娜实事求是地说道，“我猜我们一定挣到十块钱了。告诉你,艾伦太太会写一篇关于这次音乐会的报道,寄给夏洛特镇的报社。”

“噢,戴安娜,我们真的会看见我们的名字被印在上面吗? 一想到这个,就让我浑身打颤。你的独唱表演很优美,戴安娜。当观众要求你再唱一曲时,我比你更感到自豪。我对自己说:‘这是我的知心好友得到的荣誉。’”

“不过,你的朗诵赢得了全场的喝彩,安妮。那忧伤的一段非常非常的感人。”

“哦,我当时紧张极了,戴安娜。当艾伦先生报我名字的时候,我真不知道自己是怎么走上那舞台的。我仿佛感到有一百万双眼睛正盯着我,把我看穿。在那可怕的一瞬间,我断定自己根本开不了口了。接着,我想起了我那漂亮的泡泡袖,于是便鼓起了勇气。我知道自己必须无愧于那双袖子,戴安娜。然后我就开始朗诵了,我的声音好像是从很远很远的地方传来的。我觉得自己就像只鹦鹉。谢天谢地,幸亏我在阁楼上练习了好多遍,否则的话,我根本无法顺利完成。我的呻吟准确吗?”

“是的,很准确,你的呻吟很感人。”戴安娜坚定地说。

“我坐下去的时候,看见老斯隆太太正在擦眼泪。我也能触动别人的心弦,真棒! 能参加音乐会的演出真的是件非常浪漫的事,你说呢? 哦,这实在是段令人难忘、值得回忆的经历。”

“男生们的对话表演也很成功,是不是?”戴安娜说,“吉尔伯特·布莱思演得出色极了。安妮,我真的觉得你对待吉尔的态度刻薄了些。等等,让我来告诉你。当仙女的那段对话结束,你跑下台时,有朵玫瑰花从你头发上掉了下来。我看到吉尔把它捡起来放进了他的胸袋里。好啦。你是个这么浪漫的人,我相信你会对此感到高兴的。”

“对于我来说,那个人干什么都和我无关,”安妮傲气地说,“我根本不会在他身上浪费一分一秒的思考时间,戴安娜。”

那天晚上，安妮上床睡觉后，马瑞拉和马修在厨房的火炉旁坐了一会儿，这是他们俩这二十年来第一次去参加音乐会。

“嗯，我觉得我们的安妮演得不比他们中的任何一个人差。”马修自豪地说。

“是的，她做得不错，”马瑞拉承认道，“她是个聪明的孩子，马修。而且她看上去也真的挺好看的。我一直有些反对这个音乐会的计划，不过现在我认为它确实没什么真正的害处。不管怎么说，今天晚上我为安妮感到骄傲，不过我并不打算这么对她说。”

“嗯，我也为她感到骄傲。她上楼前，我就这么对她说了。”马修说，“我们得考虑一下最近能为她做些什么，马瑞拉。我估计不久以后，除了亚芬里学校以外，她还会需要点别的。”

“关于这一点，还有足够的时间来考虑，”马瑞拉说，“到三月份她才满十三岁。不过，今天晚上的事给了我很大的触动，让我感到她已经长成一个大姑娘了。林德太太把那条裙子做得长了点，这让安妮看上去显得特别高。她反应敏捷，学东西很快，我想过一段时间后送她去女王学院，这是我们能为她做的最好的一件事了。不过这事还得过一两年后才能商量。”

“嗯，经常想想这个问题也没什么害处，”马修说，“这类事最好还是能够进行充分的考虑。”

第二十六章

故事会的成立

亚芬里的少年们发现他们很难再定下心来过那单调、乏味的生活。特别是安妮，在接下来的几周内她一直在回味那场激动人心的快乐，而眼前的种种事情对于她来说，显得是那么平淡、陈旧、毫无意义。她还能回到音乐会以前那些平静而又遥远的快乐日子吗？首先，就像她告诉戴安娜的那样，她自己就认为无法做到这一点。

“我非常肯定，戴安娜，生活再也不可能像过去的那些日子了。”她悲伤地说道，好像指的是至少五十年前的一段岁月，“或许过一段时间后，我会渐渐适应，可是我担心音乐会已经搅乱了人们的日常生活。我想正是因为这个缘故，马瑞拉才反对它的。马瑞拉真是个明智的女人。头脑理智一定大有好处。不过，我还是不相信自己真的愿意成为一个理智的人，因为他们的生活太平淡无奇了。林德太太说我不用担心自己会成为一个头脑理智的人，可是这谁能说得清呢？我现在就觉得我会成长为一个理智的人。但这也许只是因为我太疲倦的缘故。昨晚上床好久后我都睡不着。我躺在那儿，一遍又一遍地想着音乐会的情景。这类事情有一个优点——令人回味无穷。”

然而，亚芬里学校最终还是回到了过去的生活轨道，旧日的兴趣与爱好再被拾起。当然，音乐会还是留下了痕迹。鲁比·吉利斯和埃玛·怀特曾为她们在舞台上的位置排序吵了一架，打那以后她俩就再也不合坐一张课桌了，保持了三年之久的、前途无量的友谊就此中断。乔西·派伊和朱利娅·贝尔已经有三个月互相不说话了，因为乔西·派伊对贝茜·赖特说，朱利娅上台朗诵时的那个鞠躬让她想起了抽筋时的小鸡脑袋，而贝茜把这话告诉了朱利娅。斯隆家和贝尔家的孩子断绝了一切来往，因为贝尔家的孩子断言，斯隆家小孩表演的节目太多了，而斯隆家的孩子则反驳说，贝尔家的孩子连他们应该做的一点儿小事都没做好。最后，查理·斯隆和穆迪·斯珀吉翁干了一架，因为穆迪·斯珀吉翁说安妮·雪莉朗诵的时候装腔作势，结果他就被"揍了一顿"；因为这件事，穆迪·斯珀吉翁的妹妹埃拉·梅在剩下的冬日里不愿再和安妮"说话"。除了这些小摩擦，斯泰西小姐的小王国内的工作有条不紊、井然有序地继续进行着。

冬季的那几个星期就这么溜走了。那年冬天异常暖和，雪下得很少，安妮和戴安娜几乎可以天天走"白桦小径"去上学。安妮生日的那一天，她俩轻快地走在这条小路上，一边叽叽喳喳地说着话，一边用眼睛和耳朵观察聆听着周遭的一切，因为斯泰西小姐说，不久以后他们就要写一篇名为《冬日树林里的漫步》的作文，因此他们得处处留心。

"想想吧，戴安娜，今天我已经十三岁了。"安妮畏怯地说，"我真的难以相信自己已经进入青少年期了。今天早上我醒来的时候，感到仿佛所有的事情都和以前不同了。你满十三岁已经一个月了，所以我想你现在一定不会像我这样觉得新奇了。这让生活显得更加有趣。再过两年，我就真的长大成人了。等到那个时候我说话时就可以用些大字眼了，人们也不会因此而嘲笑我，一想到这个就让人感到莫大的安慰。"

"鲁比·吉利斯说，她打算一到十五岁就去找个男朋友。"戴安娜说。

"鲁比·吉利斯光想着男朋友。"安妮鄙夷地说，"有人把她的名字写到'注意栏'上的时候，尽管她装得很生气，其实心里高兴得很呢。不过好像我这话说得也刻薄了些。艾伦太太说我们永远都不该说刻薄的话,可是它们往往还没等你想起来就从嘴巴里滑了出来,是不是?只要说到乔西·派伊,我就根本无法不说话苛刻,所以我干脆不提起她。你也许已经注意到了这一点。我正在努力做到像艾伦太太那样,我觉得她太完美了。艾伦先生也这么认为。林德太太说,他确实崇拜他太太所提出的每一个观点,而林德太太认为一位牧师对一个凡人倾注这么多的爱是不对的。可是,戴安娜,就算是牧师,他们也是人啊,也像其他所有的人一样有积重难返的恶习。关于恶习,上个星期天的下午我和艾伦太太进行了异常有趣的谈话。有些事情是非常适合在星期天讨论的,而这便是其中之一。我常犯的恶习是太多地耽于想象,忘记自己的责任。我正在努力克服它,现在我真的满十三岁了,或许会进步得更快。"

"再过四年,我们就可以把头发盘起来了。"戴安娜说,"爱丽丝·贝尔才十六岁,就把头发盘起来了,我觉得那太可笑了。我要等到十七岁。"

"如果我长着爱丽丝·贝尔那样的鹰钩鼻子,"安妮坚决地说,"我才不会——嘿,慢着!我不打算说出来了,因为这话太刻薄。而且,我把它同自己的鼻子做比较,这是虚荣心的表现。我觉得自从很久以前听到那句赞美我鼻子的话以来,我就对鼻子考虑得太多了。那句话对我来说真是个极大的安慰。哦,戴安娜,看,那儿有只野兔。可以把它记下来写进那篇关于树林的作文。我真的觉得冬天的树林和夏天的一样美丽。它们是那样洁白、沉静,就好像正在熟睡,做着甜美的梦。"

"我一点都不担心要写那篇作文。"戴安娜叹了一口气,"关于树林,我倒可以对付着完成,可是星期一要交的那篇作文对我来说太难了。斯泰西小姐居然想出了一个让我们自己编篇故事的念头!"

"哎呀,这就和眨眨眼睛一样简单容易。"安妮说。

"对你来说当然容易,因为你有想象力。"戴安娜反驳道,"如果你生来就没有想象力,你会怎么办?我猜你的那篇作文一定写好了吧?"

安妮点了点头,尽管她努力想使自己不要显得太得意,可还是彻底失败了。

"我是上星期一晚上写的,题目叫做《嫉妒的敌手》,或者叫《至死不离》。我把它念给了马瑞拉听,她说那是一派胡言,毫无价值。接着,我又念给马修听,他说写得美极了。我就喜欢那样的评论家。那篇故事写得伤感而动人。我一边写,一边哭,哭得像小孩一样。它说的是两个名叫科迪莉亚·蒙特莫伦西和杰拉尔丁·西摩的美丽姑娘,她们住在一个村子里,彼此深深依恋着。科迪莉亚是个肤色较黑、气质端庄的女子,长着乌黑的头发和一双闪闪发光的黑眼睛。杰拉尔丁是个具有女王般气质的金发女子,皮肤白皙,长着天鹅绒般的紫色眼睛。"

"我从没见过长着紫眼睛的人。"戴安娜半信半疑地说。

"我也没见过。我只是想象出来的。我希望写些与众不同的东西。杰拉尔丁还长着雪花石膏般的额头。我已经搞清楚什么是雪花石膏般的额头了。这就是十三岁的一个优点。你比十二岁时懂的东西多得多了。"

"那么,科迪莉亚和杰拉尔丁后来怎么样了呢?"戴安娜问,她开始觉得自己对她们的命运发生了兴趣。

"她们俩越长越漂亮,直到十六岁的时候,伯特伦·德维尔来到了她们的村子,他深深爱上了美丽的杰拉尔丁。有一次,她坐的马车因为马受到惊吓而狂奔,这时他救了她的命,她昏倒在他的臂弯里,被他抱着走了三英里才回到家;因为,你知道,马车整个儿被撞坏了。我觉得求婚的过程是很难想象的,因为我没有可以参考的经验。我问了鲁比·吉利斯,看她是不是知道些关于男人求婚的事,因为我想她有那么多结过婚的姐姐,在这个问题上一定是权威。鲁比告诉我,马尔科姆·安德烈斯向她姐姐苏珊求婚的时候,她正躲在客厅的食品柜后面。她说马尔科姆告诉苏珊,他爸爸已经用自己的名义把农场给了他，接着他又说：‘亲爱的宝贝，你觉得我们今年秋天结婚怎么样？’苏珊说：‘好的……不……我不知道……让我想想。’就是那样，他们很快就订婚了。可是我觉得那种求婚不够浪漫，所以最后我还是自己努力想象了一番。我把它写得非常华丽，充满了诗情画意，还让伯特伦跪了下来，尽管鲁比·吉利斯说现在人们已经不这么做了。在发表了长达一页纸的演讲后，杰拉尔丁接受了他的求婚。告诉你，为了写那篇演讲，我可费了好大的劲。我重写了五次，我把它看成是我的杰作。伯特伦送给她一枚钻石戒指和一串红宝石项链，并且告诉她，他们将去欧洲旅行结婚，因为伯特伦极其富有。可是，唉，阴影开始笼罩他们。科迪莉亚偷偷地爱上了伯特伦，当杰拉尔丁把订婚的事告诉她时，她怒不可遏，特别是当她看到那串红宝石项链和钻石戒指的时候，更是怒火冲天。她对杰拉尔丁的爱立刻变成了刻骨的仇恨，她发誓绝不让杰拉尔丁嫁给伯特伦。她假装成和以前一样，仍是杰拉尔丁的朋友。一天晚上，当她俩站在水流湍急的桥上时，科迪莉亚以为周围没人，便一下将杰拉尔丁从桥边推了下去。她发出一阵狂野的嘲笑：‘哈，哈，哈。’但是，这一切都被伯特伦看到了，他立刻跳进了湍急的水流中，喊着：‘我来救你了，我的举世无双的杰拉尔丁。’但是，唉，他忘了自己不会游泳，他俩紧紧地抱在一起沉了下去。不久以后，他们的尸体被冲到了岸上。人们把他们葬在同一座坟墓中，他们的葬礼庄严而肃穆，戴安娜。用葬礼结束一个故事远比用婚礼来得浪漫。至于科迪莉亚，她悔恨万分，导致精神失常，被关进了一家疯人院。我认为这是对她的罪行的一种充满诗意的惩罚。”

“太动人了！”戴安娜叹了一口气，她属于马修那类的评论家。“我真不知道你脑子里怎么能编出这么激动人心的事情，安妮。我希望能有和你一样丰富的想象力。”

“只要你注意培养，想象力就会变得丰富起来。”安妮鼓励道，“我刚刚想到了一个计划,戴安娜。我们俩成立一个属于自己的故事会,练习写故事。我会帮助你,直到你自己能够写为止。你应该培养自己的想象力,你知道。斯泰西小姐也这么说。只不过我们得采取正确的方法。我对她说了关于'闹鬼的森林'的事,她说在这件事上我们的想象力用得不正确。"

故事会就这样成立了。刚开始的时候,它仅局限于戴安娜和安妮,可是不久后,它的规模就扩大了,简·安德鲁斯和鲁比·吉利斯以及另外一两个觉得需要培养自己想象力的人也加入了进来。男生一律不允许参加——尽管鲁比·吉利斯认为让男生参加会使故事会更加令人兴奋激动——每名成员每周必须创作一篇故事。

"简直是有趣极了。"安妮告诉马瑞拉,"每个女生都必须大声朗读她写的故事,然后我们进行讨论。我们要很郑重地将这些故事保存起来,以后读给我们的子孙听。我们每个人都用笔名写作。我的笔名叫罗莎蒙德·蒙特莫伦西。所有女生写得都很好。鲁比·吉利斯特别多愁善感。她往故事里掺了太多求爱的描写,你知道,写得太滥比写得太少更糟。简从来不写这些,因为她说,当她高声朗读的时候,那些描写让她感到非常荒谬。简的故事写得特别切合实际。而戴安娜却在故事里写了太多的谋杀。她说主要是因为很多时候她不知道该怎么处理那些人物,所以干脆把他们统统杀掉了事。一般都由我来告诉大家写些什么,不过那也不难,因为我有成千上万的主意。"

"我认为这种写故事的勾当愚蠢至极。"马瑞拉嘲笑道,"你们把一大堆乱七八糟的东西塞进脑子里,浪费了那些本应该花在功课上的时间。看故事书已经够糟的了,而写故事就更糟。"

"可是我们非常认真地在每篇故事中都加入了一条道德观念,马瑞拉。"安妮解释道,"是我坚持这么做的。所有善良的人都得到了好报,而所有的坏人都受到了相应的惩罚。我相信那一定会产生有益的效果。道德观念是件了不起的事。艾伦先生这么说的。我给他和艾伦太太读了一篇我写的故事,他们一致认为故事很有道德寓意。只不过他们在一些不该笑的地方大声笑了出来。我更愿意人们听故事的时候哭。当我念到伤感的部分时,简和鲁比几乎总要哭。戴安娜写信把我们的故事会告诉了她的约瑟芬姑奶奶,约瑟芬姑奶奶回信让我们给她寄几篇我们写的故事。我们抄了四篇最好的作品寄给了她。约瑟芬·巴里小姐在回信中说她一生中从没读过这么有意思的东西。这让我们有些迷惑不解,因为那几篇故事非常伤感,几乎每个人物都死了。不过巴里小姐能喜欢它们让我很高兴。这说明我们的故事会正在做一些有益的事情。艾伦太太说这一点应该成为我们做任何事情的目标。我确实努力想让它成为我的目标,可一玩得痛快,我就把它给忘了。希望长大后我能有一点像艾伦太太。你觉得这有希望吗,马瑞拉?"

"不能说有很大的希望。"这就是马瑞拉鼓励性的回答。"我相信艾伦太太从前绝不会是像你这样一个荒谬、健忘的小女孩。"

"她不是的,不过她也不像现在这么好。"安妮认真地说,"她亲口对我这么说的——那就是,她说在她还是个小姑娘的时候,非常调皮,常把事情弄得不可收拾。听到这话时,我觉得特别受鼓舞。马瑞拉,听说别人从前很淘气调皮,我却觉得很受鼓舞,我是不是太缺德啦?林德太太说是的。林德太太说每当她听说别人过去曾经很调皮,不管那时他们有多大,她都感到很吃惊。她还说,有一次她听到一位牧师忏悔说,在他孩提的时候,曾从他姨妈的食品柜里偷过一块草莓馅饼,从此以后,她对那位牧师就不再怀有任何敬意了。但是,我不会那么认为。我会想到,他勇于忏悔才是真正的高尚,而且我认为,对于那些现在调皮捣蛋并已感到后悔的小男孩来说,这是件很鼓舞人心的事,这会让他们知道,尽管他们犯了错误,但是或许他们今后也会成为牧师。那就是我的感觉,马瑞拉。"

"我现在的感觉是,安妮,"马瑞拉说,"这会儿你早该把那些盘子洗好了。你已经叽叽喳喳地说了半天,超过了原来规定的半个多小时。要学会先干活,后说话。”

第二十七章

虚荣心与精神上的苦恼

四月的一个夜晚，马瑞拉从救助小组开完会后往家里走去，她意识到冬天已经结束了，春天正将喜悦带进每个人的心中，不分老幼，也不论他们是快乐的还是愁苦的。马瑞拉不习惯对自己的思想和感情做主观的分析。她或许猜想自己正在考虑关于救助小组和教会的募捐箱以及教堂储藏室内新地毯的事情，但是在这些思想后面，她却自然而然地感到红色的土地在斜下的夕阳中正飘起阵阵淡紫色的薄雾，冷杉那又长又尖的阴影正落在小溪边的草地上，明镜般的林中池塘边，寂静的枫树抽出了深红色的嫩芽，她还感到了大地的苏醒和隐藏在灰色草地下生命脉搏的跳动。春天的气息已经渗透到了大地的每个角落，而马瑞拉这个中年人的沉稳脚步也因为它洋溢着的快乐而变得轻盈、敏捷起来。

她的目光透过浓密的树木，深情地停留在绿山墙上，从窗户上反射过来的阳光在她眼中映出几缕闪烁的光芒。当马瑞拉小心翼翼地走在湿漉漉的小路上，她想到了回家的时候会看到熊熊升起的柴火，已经摆好茶点的桌子，而不会像安妮来绿山墙之前那样，开完救助会后只能面对冷冷的一切，聊以自慰。想到这个，她感觉非常满意。

然而，当马瑞拉走进厨房时，发现炉火已灭了，哪里也没有安妮的踪影，她顿时感到一阵失望和恼火。她告诉安妮一定要在五点前将茶准备好，可是现在她不得不赶紧脱掉身上那件仅次于最好的衣服，亲自准备晚饭，等马修耕完田回来吃。

“等安妮小姐回来，我一定要和她算账。”马瑞拉一边严厉地说道，一边过分使劲地用切肉刀削着引火柴。马修进来后，坐在角落里耐心地等待着茶点。“她又和戴安娜去什么地方闲逛了，不是写故事，就是练对话，要么就是干些诸如此类的蠢事，从来不考虑时间和她该完成的任务。必须立刻禁止她再干这类蠢事。我可不管艾伦太太是不是真的说过她是她所认识的最聪明可爱的孩子。她也许是够聪明、够可爱的，但是她的脑子里塞满了乱七八糟的东西，谁也不知道下一次它会怎么冒出来。一个怪念头刚刚产生，她又想出了另一个。咳！我说的正是雷切尔·林德今天在救助小组会上说的事，为此我非常恼火。我真的很高兴，艾伦太太能为安妮说话，如果她不那么做的话，我知道我也会当众对雷切尔说出些很尖锐的话来的。安妮有很多缺点，上帝知道，我也绝不会否认。但是，培养她的是我，而不是雷切尔·林德，如果加百利天使住在亚芬里，她也会从他身上挑出些毛病的。同样，安妮不该就这样离开家，我明明叮嘱她今天下午必须待在家里，照看家务。我得说，虽然她有那么多缺点，我还从未见过她违抗命令或是不值得信赖，然而现在我很遗憾地发现她就是这样的。”

“嗯，我不知道。”马修说，他一直在耐心地听，这很明智，但其实主要是因为他饥肠辘辘，觉得还是让马瑞拉痛痛快快地将所有的怨气都发泄出来。根据经验，他知道如果此时和她发生不合时宜的争论，会耽误她很多时间，反之，她手头的工作会完成得快得多。“也许你给她下的结论过于草率了，马瑞拉。如果你并不完全肯定她确实违背了你的命令，那就别说她不值得信赖。或许这些可以解释清楚——安妮很善于解释问题。”

“我叫她待在家里，她却没这么做。”马瑞拉反驳道，“我估计她无法将这个问题解释得令我满意。当然，我知道你会站在她那一边，马修。但是，培养她的是我，不是你。"

晚饭做好的时候，天已经黑了，可仍不见安妮的踪影，她没有气喘吁吁地从小木桥或"情人的小路"上匆匆赶来，因知道自己疏忽了职守而悔恨交加。马瑞拉阴沉着脸洗好碟子，将它们放进柜子里。接着，因为要下地窖，她需要一支蜡烛照路，便上楼去东山墙取那支通常摆在安妮桌上的蜡烛。她点亮了蜡烛，转身发现安妮正躺在床上，面孔朝下埋在一堆枕头中间。

"天哪，"马瑞拉大吃一惊道，"你一直在睡觉吗，安妮？"

"没有。"一个低沉的声音答道。

"那么你病了吗？"马瑞拉焦急地问着，向床边走去。

安妮又往枕头里缩了缩，好像希望永远躲避人们的目光似的。

"我没病。可是，求求你，马瑞拉，你走吧，别看我。我正处在绝望的深渊，我再也不在乎谁在班上得了第一名，谁的作文写得最好，或是谁在主日学校的唱诗班唱歌了。这种小事现在对我来说一点都不重要了，因为我估计我再也不能去任何地方了。我这一生完蛋了。求求你，马瑞拉，你走吧，别看我。"

"有谁听过这样的话？"大惑不解的马瑞拉想弄个究竟。"安妮·雪莉，你到底出什么事啦？你干了些什么？快起来告诉我。赶快，我说。说，怎么回事？"

安妮绝望地听从了，她滑到地板上。

"看看我的头发，马瑞拉。"她低声说。

于是，马瑞拉举起蜡烛，仔细端详安妮那一堆披在脑后的厚重的头发。它的样子显得非常古怪。

"安妮·雪莉，你把你头发怎么啦？哎呀，它变成了绿色！"

如果它是一种颜色的话，那不妨就管它叫绿色——一种奇怪、晦暗无光、略带青铜色的绿，其间夹杂着的几缕原先的红色让它显得更可怕。马瑞拉生平可从未见过这么奇形怪状的东西。

“是的,它是绿色的。”安妮呜咽道,“我原先以为没什么会比红头发更糟了。但是现在我知道,长着绿头发要糟糕十倍。噢,马瑞拉,你一点也不知道我有多么不幸。”

“我一点也不知道你是怎么落到这步田地的,不过我想弄个明白。”马瑞拉说,“立刻下楼到厨房去——这里太冷了,然后告诉我你干了些什么。我就知道会发生怪事,我已经等了好一阵了。你已经有两个多月没闯祸了,我估计再犯错的时间也差不多到了。好了,现在告诉我,你把头发怎么啦?”

“我染了它。”

“染了!染了你的头发!安妮·雪莉,难道你不知道这么做是很令人厌恶的吗?”

“知道,我知道这么做有点令人讨厌。”安妮承认道,“可是我以为,只要能摆脱红头发,就算让人有点讨厌也值得。我考虑了一切的后果,马瑞拉。而且,我还打算用其他方面的优异表现来弥补这个过错。”

“哼,”马瑞拉嘲讽地说道,“如果我确定把头发染一下是值得的,那我至少也要把它染成一种像样的颜色。我可不会把它染成绿色。”

“可是我并没有打算把它染成绿色呀,马瑞拉。”安妮垂头丧气地争辩道,“如果搞恶作剧,那我也打算做得有点意思。他说它会把我的头发变成美丽的乌黑色——他非常肯定地向我保证。我怎么能怀疑他的话呢,马瑞拉?我了解一个人说的话受到别人怀疑时的感觉。艾伦太太说,我们不该怀疑别人对我们说假话,除非我们有证据证明他们在撒谎。现在我有证据了——绿头发就是谁都看得见的证据。可是,当时我并没有证据,所以我就毫无保留地相信了他所说的每句话。”

“谁说的?你说的是谁?”

“今天下午在这儿的那个小贩。我从他手里买的染料。”

"安妮·雪莉,我跟你说过多少次了,千万别让那些意大利人进屋!我可不相信邀请他们进来坐坐会有什么好处。"

"噢,我没让他进屋。我记得你对我说过的话,所以我就出去了,还小心地关上了门,站在台阶上看他的东西。而且,他不是意大利人——他是个德国犹太人。他带了一只很大的箱子,里面装满了非常有趣的东西。他告诉我说,他正在努力工作,因为他打算攒够了钱后把他的妻子和孩子从德国接出来。他说得那么感人,深深地打动了我的心。我决定从他那儿买点东西,来帮助他达成这个很有价值的目标。接着,我突然看见了一瓶染发剂。小贩说它保证能把任何头发染成美丽的乌黑色,而且不会褪色。刹那间,我看见自己拥有了美丽的乌发,这种诱惑是难以抵挡的。但是,那瓶染发剂的价格是七角五分钱,而我的零钱只剩下五角了。我认为那个小贩的心肠很软,因为他说看在是我买的面子上,他就卖五角了,权当是白送了。所以我就买了它。他一走,我就上了楼,按照说明书上所说的用一把旧梳子开始刷染料。整瓶染料都被我用光了,然后,唉,马瑞拉,当我看到它把我的头发变成了一种可怕的颜色时,我就开始为自己的恶作剧行为感到后悔了。我可以告诉你,从那一刻起我一直在后悔。"

"好啦,希望你能从后悔中吸取些教训,"马瑞拉严肃地说,"而且我希望你睁开眼睛瞧瞧,你的虚荣心已经把你领往了何处,安妮。天知道该怎么办。我想,首先得把你头发好好洗洗,看看是不是会好一些。"

于是,安妮开始洗头发,她使劲地用肥皂和水擦洗,而这番努力的结果充其量也就是在洗掉头发的原有红色。小贩所说的颜色不会被洗掉显然是实话,然而,他在其他方面的诚实性就很值得怀疑了。

"噢,马瑞拉,我该怎么办?"安妮泪汪汪地问道,"我活不下去了。人们把我犯的其他错误都已经忘得差不多了——涂了止痛药的蛋糕,把戴安娜灌醉,冲林德太太大发脾气。但是他们永远也不会忘记这件事。他们会认为我不正派。噢,马瑞拉,'当我们第一次行骗之时,就织出了一张乱网'。这是诗,但说得很对。还有,唉,乔西·派伊该怎么嘲笑我啊!马瑞拉,我无法面对乔西·派伊。我是爱德华王子岛上最不幸的女孩。"

安妮的不幸持续了一周。在此期间,她哪儿也没去,只是天天在家洗头发。在外人当中,只有戴安娜知道这个不幸的秘密,她严肃地保证绝不告诉任何人,在这儿不妨说一句,她确实遵守了自己的诺言。周末时,马瑞拉坚决地说道:

"这不管用,安妮。那是前所未有的快速染发剂。必须把你的头发剪掉,没其他办法了。你那副模样是不能出门的。"

安妮的嘴唇颤抖了一下,但是她意识到马瑞拉的话中含有无可否认的真理。她悲伤地叹着气去拿剪刀。

"请立刻把它剪掉吧,马瑞拉,让它结束。噢,我觉得我的心都碎了。这真是场毫无浪漫可言的折磨。故事书里的女孩要么是因为发高烧而头发脱落,要么就是为了做善事而把头发卖掉,如果是以这种方式而失去头发,我一定不会太计较。可是,因为把头发染成了一种可怕的颜色,而要把它剪掉,这可一点都不令人感到安慰,是不是?你剪的时候,如果不妨碍你的话,我打算从头哭到尾。这看上去是多么悲惨的一件事啊。"

于是安妮就哭了起来,不过后来当她上楼照镜子的时候,她却因为极度绝望而变得平静下来。马瑞拉剪得很彻底,而她的头发也必须被剪成这么短。客气一点说,这结果并不如人意。安妮立刻将镜子转向墙去。

"直到我头发长出来之前,我再也,再也不看自己了。"她激动地大声叫道。

接着她又突然将镜子翻到了正面。

"不行,我要看。我必须为自己的恶作剧行为而悔过。每次走进我的房间,我都要看看自己,看看我是多么丑陋。而且,我也绝不会用想象力把它遮掩。首先,我以前从没想到要为自己的头发感到自豪,可是现在我知道了,尽管它是红色的,但是长得又长又密又鬈,我应该为它感到自豪。我希望下一次我的鼻子会出事。"

星期一,安妮剪了短发的头在学校引起了轰动,但是让她感到宽慰的是,谁也猜不出其中的真正原因,就连乔西·派伊也不例外,然而,她还是没忘记告诉安妮,她看上去简直就像个稻草人。

"乔西对我说那话的时候,我什么也没说。"那天晚上,安妮向马瑞拉透露道。马瑞拉因为犯了头痛病正躺在沙发上。"因为我觉得那也是对我惩罚的一部分,我应该耐心承受。有人告诉你,说你像个稻草人,这滋味可真难受,我本想回敬她两句的。但是我忍住了。我只是轻蔑地扫了她一眼,原谅了她。原谅别人让你感觉自己的品德很高尚,是不是?从此以后,我打算专心致志地做好人,再也不去想变得漂亮了。当然,我知道行为美丽比相貌美丽更加可贵,但有时就算你知道一件事,却也很难真正相信它。我确实想成为好人,马瑞拉,就像你、艾伦太太和斯泰西小姐一样,长大后为你争光。戴安娜说,等我头发开始长出来的时候,用一根黑色的天鹅绒丝带把头发扎住,在两边打上蝴蝶结。她说她觉得会非常好看的。我叫它束发带——这听上去很浪漫。我是不是说得太多啦,马瑞拉?是不是让你头脑不舒服?"

"我的头痛现在好多了。不过今天下午可真疼。我的头痛病越来越严重了。我得去找医生看看。至于你的叽叽喳喳,我不知道自己是不是介意——对此我已经非常习惯了。"

马瑞拉这么说的意思就是她喜欢听安妮的唠叨。

第二十八章

不幸的百合少女

“当然得由你来演伊莱恩，安妮，”戴安娜说，“我绝对没有勇气往那下面漂流。”

“我也不敢。”鲁比·吉利斯打了一个寒战说道，“如果有两三个人一起在平底船上，而且可以坐着，那我倒不在乎顺水向下漂。那样也挺有趣。但是要我躺在上面，还假装已经死了，我可不敢。我真的会吓死的。”

“当然，顺着水向下漂是很浪漫的，”简·安德鲁斯承认道，“但是我知道自己不可能一动不动。我随时都会站起来，看看我漂到哪儿了，是不是漂得太远了。你知道，安妮，那样会破坏效果的。”

“可是，一个红头发的伊莱恩是多么荒唐啊。”安妮悲伤地说，“我不怕漂流，而且我也喜欢演伊莱恩。但这还是太荒唐了。鲁比应该演伊莱恩，因为她的皮肤很白，而且还有漂亮的金色长发——伊莱恩让‘她的美丽长发在身后飘荡’，你知道。而且，伊莱恩是百合少女。嗨，红头发的人是不能演百合少女的。”

“你的皮肤和鲁比的一样白，”戴安娜认真地说，“而且你的发色比剪短之前深多了。”

“噢，你真的这么认为吗?”安妮叫道，她的脸因为高兴而一下涨得通红，“有时我自己也这么想，但我从来没敢问任何人，因为我怕她会告诉我，发色并没变化。你认为现在可以管它叫做栗色吗,戴安娜?"

"是的,而且我觉得它真的很美。"戴安娜说着,羡慕地望了望安妮头上浓密柔软的短鬈发,它们被一根非常时髦的黑天鹅绒丝带齐齐扎住,上面还打了蝴蝶结。

这时,她们正站在果园坡下面的池塘边上,一块空地在此向下延伸,两边白桦成行。空地的顶端搭建了一个木制小平台,伸进水面,为渔夫和野鸭猎手们提供了方便。鲁比、简和戴安娜正在消磨这仲夏的下午,而安妮也跑了过来同她们一起玩耍。

那年夏天,安妮和戴安娜的大部分玩耍时间都是在池塘附近度过的。"悠闲的旷野"已经成了过去的事,因为早在春季,贝尔先生就已无情地将他后牧场中的那一小圈树砍掉了。安妮曾坐在那堆树桩间流泪哭泣,而且她还留意到了此举中的浪漫色彩;不过,她很快就得到了安慰,因为正如她和戴安娜说的,已满十三,快到十四的大姑娘玩这些扮家家的幼稚游戏,毕竟是大了点,和年龄不相称,而且池塘周围可以找到更加有趣的消遣。在桥上钓鲑鱼就很快乐,而且这两个小姑娘还学会了划着巴里先生的平底小船去四处闲逛,那船是他用来射猎野鸭的。

是安妮建议大家用戏剧的形式来演伊莱恩的。上一年的冬天,她们在学校里学习了丁尼生①的诗,这是因为教育部的负责人已将它列入了爱德华王子岛的英语课本中。她们对诗的内容和语法进行了分析,还将整首诗分成了很多片段,这样做的目的是让大家透彻理解整首诗,不至于让诗中还留下什么她们不懂的含义。对她们来说,至少美丽的百合少女、兰斯洛特、吉尼维尔和亚瑟国王已经是活生生的了。安妮还为自己没有出生在卡米洛而暗暗遗憾。她说,那些岁月的浪漫事比现在多多了。

---

① 丁尼生(Alfred Tennyson,1809—1892),英国诗人。

安妮的计划得到了热烈的响应。姑娘们发现,如果从岸边将平底船推出去,它就会顺着水流从桥下漂走,最后在池塘的拐弯处的另一块空地上自行搁浅。她们经常这样漂流而下,如果要演伊莱恩,这样做是最方便的。

"好吧,我来演伊莱恩。"安妮勉强答应了,这是因为,尽管她非常乐意扮演主角,但是感到自己的艺术感却要求她具备这样或那样的条件,而她的缺陷是无法满足那些条件的。"鲁比,得由你来演亚瑟国王,简演吉尼维尔,戴安娜演兰斯洛特。不过,你们得先扮成父亲和兄弟。因为如果有一个人躺在船上,上面就载不下第二个人了,所以我们不能要那个老哑巴侍从。我们必须用漆黑的锦缎把船盖住。戴安娜,你妈妈的那条黑色旧围巾正合适。"

黑围巾取来了,安妮把它铺在船上,接着在船底躺了下来。她闭上眼睛,双手交叉放在胸前。

"噢,她看上去像真的死了一样。"鲁比·吉利斯望着摇曳的白桦树影下那张僵硬、苍白的小脸,紧张地低语道,"这让我害怕,姑娘们。你们觉得这么演真的对吗?林德太太说所有的演戏都是极其罪恶的。"

"鲁比,你不该提起林德太太。"安妮严肃地说,"它破坏了演出的效果,因为这是在林德太太出生前好几百年的事。简,你来安排一下。伊莱恩死了还在说话,这太可笑了。"

简挺身而出,应付局面。没有金布做床罩,黄色的日本绉绸旧钢琴罩却是件出色的替代品。那时还采不到白色的百合花,不过安妮手中拿着的一株高高的蓝鸢尾也达到了预期的效果。

"好了,她一切准备好了。"简说,"我们得吻一吻她安详的额头,然后,戴安娜,你说:'妹妹,永别了。'鲁比,你说:'永别了,亲爱的妹妹。'你们两个人要尽量地表现出悲伤。安妮,看在上帝的分上,你稍稍露点笑容吧。你知道,伊莱恩'躺着,仿佛在微笑'。对,这样好一些。现在把船推出去。"

于是，船被推了出去，它重重地擦过一段老树桩。戴安娜、简和鲁比看到它已在顺流向小桥漂去，便立刻飞奔着穿过树林和小路，赶往下游的那块空地。兰斯洛特、吉尼维尔，还有国王，应该准备妥当在那儿迎接百合少女。

在顺水向下漂流的最初几分钟内，安妮完全陶醉在她所处的浪漫境界中。接着，一件极不浪漫的事发生了。平底船开始漏水。不一会儿，伊莱恩便不得不爬了起来，拾起她的金布床罩和漆黑的锦缎柩衣，茫然地望着船底的那一条大裂缝，水就是从这里灌进来的。泊船处的那个尖树桩扯掉了钉在船底的毡毛条。安妮并不知道这个，但是没过多久她就意识到自己的处境非常危险。照这样的速度，不等船漂到下游的空地，它早就沉下去了。桨在哪儿？丢在岸上了！

安妮倒抽一口冷气，发出一阵前所未有的尖叫声；她吓得嘴唇都白了，不过她还未失去自制力。有一个机会——只有一个。

"我当时吓得魂飞魄散，"第二天她对艾伦太太说，"船向小桥流去的那一会工夫就好像过了好几年，而里面的水一刻不停地往上涨。我向上帝祈祷，艾伦太太，特别的诚恳，但是我没闭上眼睛祈祷，因为我知道，上帝救我的唯一办法就是让船漂近一根桥桩，使我能爬上去。你知道，桥桩其实只是些老树干，上面有许多树节和老树干。祈祷是对的，但我知道必须密切注意。我只是一遍又一遍地说：'亲爱的上帝，请把船拉近桥桩，剩下的事由我来做。'在那种情况下，你不会过多考虑华丽的祈祷词。上帝回答了我，平底船立刻就撞上了一根桥桩，而我赶紧将钢琴罩和围巾甩到肩上，爬上了天赐的一根大树桩。于是，艾伦太太，我紧紧抱住那根滑不唧溜的老桥桩，上不去，下不来。那个位置一点也不浪漫，不过当时我没想到这一点。当你刚刚从水汪汪的船底逃出来的时候，你不会过多地考虑浪漫的。我立刻说了一段感激的祈祷词，接着，全神贯注地紧紧抱住桥桩，因为我知道，只有依靠别人的帮助，我才能重回干燥的陆地。"

平底船从桥下漂过，接着很快便在中流沉没了。早早等候在下游空地上的鲁比、简和戴安娜，看到船在她们眼前消失，便毫不怀疑地认为安妮也一起和它沉了下去。霎时间，她们被这场悲剧吓呆了，一动不动地站在那儿，脸色白得像纸一样；接着，她们放声尖叫起来，同时发了疯似的跑过森林，在穿越大路时也没顾上停下来看一眼桥那边。安妮绝望地紧紧抱着那岌岌可危的立脚处，看到了她们飞奔而过的身影，听见了她们的尖叫声。很快就会有人来救她，可是这时她的姿势难受极了。

时间一分钟一分钟地过去了，对于不幸的百合少女来说，每一分钟都像一个钟头那么难熬。为什么没人来？姑娘们去哪儿啦？如果她们全都晕倒了怎么办！如果一直没人来怎么办！如果她筋疲力尽，肌肉麻痹，再也抓不住了怎么办！身下是晃动着细长、平滑树影的可怕的绿色深渊，安妮望着它浑身发抖。她的想象力开始向她暗示各种可能发生的可怕情形。

不过，就在她觉得自己再也无法忍受臂膀和手腕的酸痛时，吉尔伯特·布莱思划着哈蒙·安德鲁斯的平底小渔船从桥下过来了！

吉尔伯特向上瞥去，他十分惊讶地发现，一张苍白、透着轻蔑神情的小脸正向下望着自己，灰色的大眼睛尽管受到了惊吓，却依然露出轻蔑的眼神。

"安妮·雪莉！你怎么会到那儿去的？"他惊讶地叫道。

没等安妮回答，他便将船向桥桩靠去，伸出手。没别的法子了；安妮紧紧抓住吉尔伯特·布莱思的手，爬下来进了小船，她满身是泥，又脏又湿，怒不可遏地坐在船尾，怀里抱着水淋淋的围巾和湿漉漉的钢琴罩。在这种情形之下，想要保持尊严显然是极其困难的！

"出了什么事，安妮？"吉尔伯特一边问道，一边拿起了桨。"我们在演伊莱恩。"安妮瞧也没瞧她的救命恩人，冷冷地解释道，"我得坐在游艇里——我指的是平底船——顺水向卡米洛漂。平底船开始漏水，然后我就爬上了桥桩。姑娘们去找人了。请你划船把我送到岸上,可以吗?”

吉尔伯特热心地往岸边划去,而安妮并不屑于他的帮助,敏捷地跳上了岸。

“非常感谢你。”她转身离开时傲慢地说。但是,吉尔伯特一跃也跳到了岸上,他伸出手拉住安妮的胳膊。

“安妮,”他急促地说道,“喂,难道我们不能成为好朋友吗?我为自己上次取笑你的头发而感到非常后悔。我并没想惹恼你,只是想开个玩笑。而且,那事已过去很久了。我认为现在你的头发非常漂亮——我真的这么认为。让我们成为朋友吧。”

安妮犹豫了一刻。在她受到伤害的自尊心后面,有一种奇怪的意识正在觉醒,她感到吉尔伯特淡褐色的眼睛中流露出的羞涩与热切交加的神情很好看。她的心里蓦地奇怪地跳了一下。但是,对旧日怨愤的痛苦回忆立刻坚定了她正在犹豫的决心。两年前的那一幕又闪现在她的记忆里,清晰得仿佛就像是昨天发生的一样。吉尔伯特当着全班同学的面叫她“红毛”,让她丢尽了脸。其他一些年长的人或许会认为她的忿恨同它的缘由一样可笑,然而这忿恨却没有随着时间的流逝而有丝毫的平息和减轻。她恨吉尔伯特·布莱思!她永远也不会原谅他!

“不,”她冷冷地说道,“我永远也不会和你成为朋友的,吉尔伯特·布莱思,而且我也不愿意那样做!”

“好吧!”吉尔伯特跳进了小船,面颊上满是怒容。“我再也不会请你做我的朋友了,安妮·雪莉。而且我也不在乎!”

他不服气地划着桨迅速离开,安妮向满是枫树和蕨草的陡峭小路上走去。她高昂着头,但是心里却暗暗升起一种奇怪的后悔感觉。她几乎希望自己是以不同的方式回答他的。当然,他曾残忍地侮辱过自己,不过……!总而言之,安妮倒希望自己能坐下来,痛痛快快地哭一场,这样心里才会舒服些。她确实感到神经紧张，这种反应来自于她刚刚遭受的惊吓和导致肌肉麻痹的攀附动作。

她在半路遇到了简和戴安娜，她们正焦急地往池塘边飞奔，紧张不安的神情和十足的疯子没什么两样。她们在果园坡没找到人，巴里先生和太太都出去了。鲁比·吉利斯彻底垮了，她情绪异常激动，无法自已，只好被留在那儿慢慢恢复；而简和戴安娜穿过"闹鬼的森林"和小溪，往绿山墙跑去。她们在那儿也没找到人，马瑞拉上卡莫迪去了，而马修正在后面的地里晒干草。

"啊，安妮，"戴安娜一把抱住她的脖子，喘着粗气叫道，而泪水也因为宽慰和兴奋流了下来，"噢，安妮——我们以为——你——淹死了……我们觉得自己是杀人犯，因为是我们让——让你演——伊莱恩的。鲁比的歇斯底里症发了……噢，安妮，你怎么逃出来的？"

"我爬上了一根桥桩，"安妮疲惫地解释道，"吉尔伯特·布莱思划着安德鲁斯先生的渔船过来，把我带到了陆地上。"

"哦，安妮，他真伟大！啊，真浪漫！"简终于喘过气来说道，"从今以后，你当然要和他说话了。"

"不，我当然不会。"安妮迅速答道，精神一下子又恢复了过来，"而且，我再也不想听到'浪漫'这个字眼，简·安德鲁斯。姑娘们，我为你们吓成这样而感到难过。这全是我的错。我确信我天生运气不好。我做的每件事，不是把自己就是把最亲爱的朋友卷入困境。我们把你父亲的平底船弄丢了，戴安娜，而且我有预感，他们再也不会让咱们在池塘里划船了。"

事实证明安妮的预感比一般人的预感更加值得信赖。当下午发生的事传开时，巴里和卡思伯特两家人惊恐万分。

"你究竟能不能长点脑子啊，安妮？"马瑞拉抱怨道。

"噢，好的，我想今后会的，马瑞拉。"安妮乐观地答道。独自沉溺于东山墙的一场痛哭，让她紧张的神经平静了下来，恢复了惯有的快乐。“我觉得自己成为理智的人的前景比以前光明多了。”

“我可看不出来。”马瑞拉说。

“哎呀，”安妮解释道，“今天的事给了我一次很有价值的新教训。打我来到绿山墙后，我就一直在犯错，每一个错误都帮助我改掉了一个坏缺点。紫水晶胸针那件事治好了我乱碰不属于自己的东西的毛病。我在‘闹鬼的森林’上犯的错治好了我乱用想象力的毛病。止痛剂蛋糕治好了我在烹调上的粗心大意。染头发治好了我的虚荣心。现在我从不考虑自己的头发和鼻子——至少是很少想了。今天犯的错会治好我贪图浪漫的毛病。我已经得出了结论，在亚芬里想要追求浪漫是毫无用处的。这在几百年前矗立着塔楼的卡米洛也许是很容易的事，但是现在，浪漫并不被人欣赏。我敢肯定，你不久就会看到我在这方面取得的重大进步，马瑞拉。”

“希望如此。”马瑞拉表示怀疑。

不过，马瑞拉出去后，一直闷声不响地坐在角落里的马修将一只手搭在了安妮的肩上。

“别完全放弃你的浪漫思想，安妮。”他害羞地低语道，“有一点浪漫是件好事——当然啦，别太多。只要保持一点儿，安妮，保持一点儿浪漫。”

第二十九章

安妮生活中值得纪念的一件事

安妮正沿着“情人的小路”将后面牧场上的母牛赶回家。这是九月的一个夜晚，深红色的落日余晖洒满林中的空地和豁口。小路上间或也洒了些斑驳的阳光，不过大部分路面已被枫树的阴影所遮盖，冷杉下的地面上弥漫着一种葡萄酒般纯净的紫色薄暮。风鼓足了劲地在吹，世界上再也没有比晚风吹动冷杉所发出的声响更甜美的音乐了。

牛儿们悠闲地顺着小路走，安妮心不在焉地跟在后面，她正在大声背诵《马米恩》中的战争篇章——这首诗在上一年冬天也被列入了他们的英语课本，斯泰西小姐让他们把它背熟。那一行行奔腾的诗句和描绘出的铿锵铁矛声让安妮感到欢欣鼓舞。当她背到

> 顽强的持矛士兵仍然坚守
> 他们那坚不可摧的茂密树林

这两句时，她痴迷地闭上了双眼，以便更好地想象自己就是那个英雄团队中的一员。当她重新睁开眼睛时，看到戴安娜正穿过通往巴里家田地的那扇门，往这里走来，神情显得特别庄重。安妮立刻猜到，她一定有什么消息要告诉自己。但是她不愿意过于急切地显露出好奇心。

“今天晚上像不像个紫色的梦,戴安娜? 它让我感到活着真是件令人高兴的事。清晨的时候,我总以为清晨是最美好的;不过,当夜幕降临时,我又觉得夜晚更可爱。”

“今天晚上很美,”戴安娜说,“不过,哦,我有条重要消息,安妮。猜猜看。你可以猜三次。”

“夏洛特·吉利斯终于要在教堂结婚了,艾伦太太让我们去布置教堂。”安妮嚷道。

“不对。夏洛特的男朋友不会同意那么做的,因为还从来没有人在教堂里结过婚,而且他觉得那会和葬礼差不多。这真没劲,因为在教堂里结婚一定很有趣。再猜。”

“简的母亲打算让她开生日晚会?”

戴安娜摇了摇头,快乐的光芒在她的黑眼睛中闪烁。

“我猜不出来,”安妮绝望地说,“要么就是昨晚祷告会结束后,穆迪·斯珀吉翁·麦克弗森送你回家了。是吗?”

“这种事我想也不会想到。”戴安娜愤愤不平地叫道,“就算他那么做了,我也不可能以此炫耀,讨厌的家伙! 我知道你猜不出来。今天妈妈收到了约瑟芬姑奶奶的一封信,姑奶奶让你和我下星期二到镇上去,然后留下来和她一起参加展览会。怎么样!”

“哦,戴安娜,”安妮低声说道,她发现自己得靠在枫树上才能站稳,“真的是这个意思吗? 不过,我担心马瑞拉不会让我去。她会说她不赞成我到处乱逛。上个星期,简邀请我和他们一起乘双排座马车,去白沙饭店参加美国人的音乐会,当时马瑞拉就是这么说的。我想去,不过马瑞拉说我最好还是待在家里学习功课,而且她觉得简也应该那样。我失望极了,戴安娜。我的心都碎了,上床时我就没愿意做祷告。但是后来我又为此后悔,于是半夜起来念了祷告。”

"我告诉你,"戴安娜说,"我们可以叫我母亲去问马瑞拉。那样的话,她一定会让你去的。如果她同意,我们就可以有段属于自己的时间了,安妮。我从来没参加过展览会,听见别的女孩谈论她们的出行时,我就特别恼火。简和鲁比已经去过两次了,而且今年她们还要去。"

"在知道我是否能去之前,我不准备考虑这件事。"安妮坚决地说,"如果我想了,接着又失望,那我肯定受不了。可是,如果我真能去的话,到时我的新外套也一定做好了,那我会很高兴。马瑞拉觉得我不需要新外套。她说我那件旧的还可以再穿一个冬天,而且她觉得,我该为已有的那条新裙子而感到满足。那条裙子非常漂亮,戴安娜——是藏青色的,做得很时髦。现在马瑞拉总把我的衣服做得很时髦,因为她说她可不想让马修去请林德太太做。我特别高兴。如果你穿上时髦的衣服,那么做个好人就容易多了。至少,对于我来说是容易多了。我觉得这对生性善良的人不会有多大的影响。但是马修说我必须得有件新外套,所以马瑞拉就买了段漂亮的蓝绒面呢,送去给卡莫迪的一位真正的裁缝做。星期六晚上就可以做好了,我努力不去想象星期天自己穿着新衣裳、戴着新帽子走在教堂走廊上的情形,因为我觉得想象这些事情可能是不对的。可是尽管我努力不去想,它还是悄悄溜进了我的脑袋里。我的帽子漂亮极了。它是我们去卡莫迪的那天马修给我买的,就是现在风靡一时的蓝色天鹅绒小帽子,上面有金带和流苏。你的新帽子很雅致,戴安娜,对你很合适。上个星期天我看到你走进教堂时,想到你是我最亲爱的朋友,心里自豪极了。你觉得我们对衣服考虑得这么多是不是不对?马瑞拉说这很可耻。不过,这是个很有趣的话题,对吗?"

马瑞拉同意让安妮去镇上,具体安排是,下星期二由巴里先生将姑娘们送过去。由于夏洛特镇离这儿有三十英里,而巴里先生希望能够当天返回,所以他们必须很早就出发。不过,安妮把这一切都看做是乐事,星期二早上天还没亮,她就起来了。她往窗外瞥了一眼,"闹鬼的森林"中,冷杉树后的东边天空晴朗无云,一片银白,知道这将是个好天,她也就放心了。透过树丛中的隙缝,可以看到果园坡西边山墙正亮着灯,这表明戴安娜也起来了。

安妮穿好衣服时,马修已将火生了起来,早饭也准备妥当了,此时马瑞拉从楼上下来,不过就安妮来说,她已经兴奋得吃不下东西了。早饭后,安妮戴上时髦的新帽子,穿上新外套,匆匆穿过小溪和冷杉林,向果园坡赶去。巴里先生和戴安娜正在等她,不一会儿,他们就来到了大路上。

旅程很长,但是安妮和戴安娜每分每秒都过得很快乐。红色的霞光正慢慢地爬过收割完的田地,驾马疾驰在清晨潮湿的路上,真令人心旷神怡。空气清新而凉爽,烟青色的阵阵薄雾缭绕在山谷周围,随后向远方飘去。时而,道路穿过一片已挂出鲜红旗帜的枫树林;时而,它又穿过小桥,越过河流,让安妮重温往日那种多少有些令人欢娱的恐惧;时而,它又在港口的岸边行驶,经过那一片因风吹日晒而变得斑白的渔家屋落;接着,它又爬上山坡,在那里可以望见远处连绵起伏的高地,还有雾霭迷蒙的蓝色天空。但是,无论走到哪儿,都有很多趣事可以谈。当他们到达镇子,向"山毛榉宅"走去时,已经快到中午了。那是一座相当精致的老宅子,离街道很远,坐落在一片绿色的榆树和枝叶茂盛的山毛榉间,显得偏僻而幽静。巴里小姐站在门口迎接他们,敏锐的黑眼睛中闪着喜悦的光芒。

"这么说,你终于来看我了,安妮姑娘。"她说,"哎呀,孩子,你长得好快啊!我说,你一定比我还要高了,而且比从前也漂亮多了。不过我敢说,就算我不告诉你,你心里也知道。"

"我确实不知道。"安妮喜洋洋地说,"我知道自己脸上的雀斑没以前多了,对此我已很感激,不过我真的不敢再希望还有什么别的进步。我很高兴你这么认为,巴里小姐。"

巴里小姐的房子布置得"富丽堂皇",安妮后来就是这么对马瑞拉说的。巴里小姐去查看午饭时,将她们留在客厅中,客厅的华丽让这两个乡下小姑娘很是局促不安。

“这多么像宫殿啊,是不是?”戴安娜低声说,“我以前从没来过约瑟芬姑奶奶的家,我不知道它有这么豪华。我真希望朱利娅·贝尔能看到这一切——她总吹嘘她妈妈的客厅,以为有多了不起。”

“天鹅绒地毯,”安妮深深地叹了口气,“还有真丝窗帘!我梦见过这些东西,戴安娜。不过你可知道,我觉得自己并不因此而感到欣慰。这间房子里的东西太多了,而且都是那么华贵,因而也就没有想象的空间了。生活贫穷,有一个值得宽慰的地方——你可以想象的东西要多很多。”

在镇上旅居的那段日子在安妮和戴安娜心中停留了很多年。自始至终它都充满了欢乐。

星期三,巴里小姐带她们来到展览会现场,让她们在那儿待了一整天。

“展览会光彩夺目。”后来安妮对马瑞拉叙述道,“我从没想到会有这么有趣的事。我真不知道哪一个部门是最好玩的。我觉得我最喜欢马、花和刺绣。乔西·派伊编织的花边得了一等奖。我为她感到高兴。而且我为自己有这样的想法而高兴,因为这说明我在进步,你觉得呢,马瑞拉,我会为乔西的成功而欣喜?哈蒙·安德鲁斯先生培养的格雷文思坦苹果得了二等奖,贝尔先生的猪拿了一等奖。戴安娜说,她认为一个主日学校的校长因为养猪而得奖是件荒唐可笑的事,不过我并不那样认为。你呢?她说,从此以后只要他在严肃地祈祷时,她都会想起这事。克拉拉·路易丝·麦克弗森的绘画得了个奖,林德太太的自制黄油和奶酪得了一等奖。亚芬里表现得很出色,是不是?林德太太那天也在,直到在那么多陌生人中间看到她那张熟悉的面孔,我才意识到自己其实是非常喜欢她的。那里有好几千人,马瑞拉。这使我感到了自己的微不足道。后来巴里小姐带我们去大看台上看赛马。林德太太不愿意去。她说赛马是一项令人厌恶的活动,作为教会的成员,她认为自己有责任避开,给大家树立个好榜样。可是,那里人太多了,我觉得不会有人注意到她的缺席。不过,我认为自己不应该经常去看赛马,因为它们真是惊险。戴安娜兴奋极了,要拿一毛钱和我赌那匹红马赢。我不相信它会赢,但我没和她赌,因为我打算把所有事情都告诉艾伦太太,而我确信打赌的事是不能告诉她的。去做一件你不能告诉牧师太太的事是不对的。有一位牧师太太做自己的朋友,就如同多了一分良心。我幸亏没打赌,因为红马真的赢了,要不然我就得输掉一毛钱了。所以你瞧,善有善报。我们看见一个人乘气球飞上了天。我真想坐气球上天,马瑞拉,那会非常激动人心。我们还见到了一个人在算命。你给他一毛钱,就会有一只小鸟拣出你的命运。巴里小姐给了戴安娜和我各一毛钱,让我们去算命。我的命是我将会嫁给一个非常有钱的黑皮肤男人,然后漂洋过海随他一起生活。从那以后,我就非常留意见到的所有黑皮肤男人,不过我一个也不喜欢,不管怎么说,现在就找他也太早了。啊,那真是一个永生难忘的日子,马瑞拉。我累极了,夜里无法入睡。巴里小姐像她答应过的那样,把我们安置在客房里。那是间很雅致的房间,马瑞拉,不过不知怎么的,在客房里睡觉和我过去想的不一样。这就是成长所带来的最糟的东西,我开始意识到这一点了。那些你孩提时曾特别向往的东西,等你真正得到时,似乎已经不那么美好了。"

星期四,姑娘们在公园里驾车玩了一天,晚上巴里小姐带她们去音乐学院参加音乐会,一位著名的歌剧女演员要在那儿演唱。对安妮来说,那天晚上是个光彩夺目的快乐仙境。

"噢,马瑞拉,简直难以形容。我兴奋得都说不出话了,你就知道那是怎样的情形了。我神魂颠倒,只是静静地坐着。塞利斯基夫人美极了,她穿着白缎子衣服,戴着钻石。不过当她开始演唱时,我就什么也不想了。噢,我无法告诉你我当时的感觉。我仿佛觉得做一个好人不再那么难了。我的感觉和我抬头仰望星空时一样。泪水涌入了我的眼睛,不过,噢,那是幸福的泪水。演出结束时，我难过极了，我对巴里小姐说，不知道自己怎样才能再回到平凡的生活中去。她说如果我们到街对过的餐馆里吃上一杯冰淇淋，或许对我会有所帮助。那个建议听上去特别平凡乏味；然而令我吃惊的是，它还真管用。冰淇淋很好吃，马瑞拉，而且夜里十一点坐在那儿吃冰淇淋是那么的愉快、奢侈。戴安娜说，她相信自己生来就适合过城市生活。巴里小姐问我有什么看法。我对她说必须非常认真地好好考虑一番后，才能告诉她我真实的想法。所以上床后我仔细想了一番。那是想问题的最好时刻。接着我得出了结论，马瑞拉，我天生不适合过城里的生活，而且我为此感到高兴。晚上十一点坐在灯火通明的餐馆里吃冰淇淋，偶尔一次还是很好的；不过一般说来，我更情愿在十一点的时候躺在东山墙里呼呼大睡，甚至睡梦中还能知道窗外的星星在闪耀，风儿在小溪对面的冷杉林中呼啸。第二天吃早饭时，我如实对巴里小姐说了，她却哈哈大笑。不管我说什么，就算说的是最严肃的事，巴里小姐都会笑。我觉得我不喜欢这一点，马瑞拉，因为我没想让自己那么可笑。不过，她是位非常好客的女士，而且盛情款待了我们。”

星期五，回家的时间到了，巴里先生驾着马车来接姑娘们。

“嗯，我希望你们过得很愉快。”巴里小姐道别时对她们说道。

“是的，我们过得很愉快。”戴安娜说。

“你呢，安妮姑娘？”

“我每分每秒过得都很愉快。”安妮说着，冲动地跑上前用双手搂住了老太太的脖子，亲吻她布满皱纹的脸颊。戴安娜从来不敢做这样的事，她被安妮的放肆举动吓得目瞪口呆。不过巴里小姐却很高兴，她站在阳台上，目送马车从视线中渐渐消失，然后叹了一口气，回到了她的那栋大房子里。少了那些生气勃勃的年轻生命，日子显得是那么的孤单寂寞。如果一定要说实话，巴里小姐其实是位非常自私的老小姐，除了自己，她不关心其他任何人。只有当别人对她有用或者能够逗她乐时,她才会重视他们。安妮给她带来了欢乐,所以深得这位老小姐的欢心。但是,巴里小姐发现自己更多考虑的是安妮奔放的热情、直率坦诚的感情、迷人的小脾气,以及眼角和嘴角流露出的甜蜜,却很少考虑她那奇特、不合逻辑的谈话。

"当我听说马瑞拉·卡思伯特从孤儿院领养了一个女孩时,我觉得她真是个老傻瓜,"她自言自语道,"可是现在我觉得她根本没犯什么错。如果家里一直有个像安妮一样的孩子,那我一定会更愉快、更幸福。"

安妮和戴安娜发现回家的旅途同来时一样快乐——其实是更加快乐,因为高兴地意识到家正在旅途的终点等着她们。当他们穿过白沙,走上海滨大道时,已是落日西下了。远处,橘黄色的天空映衬着幽暗模糊的亚芬里山丘。山后面,一轮月亮正从海面上升起。月光下,大海显得无比灿烂、美丽。蜿蜒道路边的每一处小湾里都奇迹般地泛起朵朵欢腾的涟漪。在它们下面,海浪拍打着岩石,发出悦耳的沙沙声,强劲清新的空气里带着浓重的海腥味。

"哦,活着,回家,多美好啊。"安妮低声说。

当她走过小溪上的木桥时,绿山墙厨房里的灯光向她友好地眨着眼睛,像在欢迎她的归来,透过开着的房门,可以看到壁炉里的火焰正在散发出阵阵温暖的红光,驱走秋夜里的寒意。安妮轻快地爬上小山,走进厨房,热气腾腾的晚饭正摆在桌上等着她。

"这么说,你回来啦?"马瑞拉放下手中的针线活说道。

"是的,噢,回家真好。"安妮快乐地说,"我可以亲吻每一件东西,甚至包括那闹钟。马瑞拉,烤鸡肉! 你不会说这是专门为我做的吧!"

"是的,我专门为你做的。"马瑞拉说,"我想,经过那样的长途旅行后,你一定很饿,想吃些真正开胃的东西。快去脱掉衣服,等马修一回来,我们就吃晚饭。我必须说,看到你回来我很高兴。这儿没了你,冷清得让人害怕,如果再有四天,我绝对受不了。”

晚餐后,在火炉前,安妮坐在马修和马瑞拉中间,向他们详细地描述了一番她的旅行。

“我度过了一段美好的时光,”她快乐地总结道,“而且我觉得它是我人生中值得纪念的一件事。不过,在所有的事情当中,回家是最好的。”

第三十章

女王班的成立

马瑞拉将针线活放在膝盖上,向后靠在椅背上。她的眼睛很累,隐隐约约地感到下次去镇上的时候,必须得换眼镜了,因为最近她的眼睛总是容易疲劳。

夜幕正在降临,绿山墙被笼罩在厚重的十一月暮色中,火炉里跳动着的红色火焰是厨房中唯一的亮光。

安妮蜷缩在壁炉前的地毯上,凝视着快乐的火光,成百个夏季所形成的阳光似乎正在从燃烧着的枫树柴里被提炼。她一直在看书,不过书已经滑落到地板上,这会儿她浮想联翩,张开的嘴角挂着微笑。在她栩栩如生的想象中,金碧辉煌的西班牙城堡正浮现在一片薄雾和彩虹中;幻境中,她经历着精彩迷人的探险活动——探险的结果总是成功的,而不像现实生活中的那样总是让她陷入困境。

马瑞拉温柔地望着她,这种柔情只有当火光和阴影温和地交融在一起时才会显露出来,在任何其他稍为强烈的光线下是见不到的。语言和表情应该是最容易表达爱的,但是马瑞拉却从来学不会。不过,她已经学会在矜持寡言中用一种更加深厚、更加强烈的感情来爱这个苗条的灰眼睛姑娘。事实上,她的爱让她担心自己会过度纵容了孩子。她不安地感到,对任何一个人的热爱如果达到了像她爱安妮的程度,那一定非常不道德,或许正是因为这一点,她对安妮比对任何一个女孩更加严格、挑剔,权将此举当做是一种暗中的补过。当然,安妮本人并不知道马瑞拉是这么的爱她。有时候,她还愁闷地想,马瑞拉真是很难被讨好,觉得她实在缺乏同情心和理解心。不过,她总是自责地抑制住这种想法,记起马瑞拉对她的种种恩德。

"安妮,"马瑞拉突然说,"今天下午你和戴安娜出去的时候,斯泰西来过这儿。"

安妮惊跳着从另一个世界醒过来,叹了口气。

"是吗?噢,真可惜,我没在家。你为什么不叫我,马瑞拉?戴安娜和我就在'闹鬼的森林'里。现在待在那片树林里感觉很美。所有的草木——蕨草、柔软的绿叶和莓果——全都睡着了,就好像有人把它们藏到了一张树叶织成的地毯下面,直到春天来临。我想这是一位扎着彩虹围巾的灰衣小仙女在昨晚的月光下,悄悄走来将毯子盖上的。不过,戴安娜没愿意多说。她一直没有忘记由于我们想象'闹鬼的森林'中有鬼而遭到母亲的那顿训斥。这给戴安娜的想象力造成了很坏的影响。它挫伤了她的想象力。林德太太说默特尔·贝尔就是个受过打击的人。我问鲁比·吉利斯为什么默特尔受过打击,鲁比说她猜那是因为她的情人背叛了她。鲁比·吉利斯就只会想到情人,她岁数越大,情况会越糟。年轻小伙子是不错,但是也不能什么事都把他们拉扯进去,是吗?戴安娜和我正在严肃地考虑,彼此许下诺言,永不结婚,做一对善良的老小姐永远住在一起。不过戴安娜还没有完全下定决心,因为她觉得,如果嫁给一个粗野、大胆、邪恶的年轻男人,然后将他改造过来,或许是件更光荣的事。现在戴安娜和我谈论很多严肃的话题,你知道。我们觉得自己比过去长大多了,因此不再适合谈些幼稚的问题。快满十四岁了,这可是件很严肃的事,马瑞拉。上星期三,斯泰西小姐把我们这些十几岁的女孩带到小溪边,跟我们谈了这件事。她说,对于十几岁时所形成的习惯和拥有的理想,我们无法过于认真,因为到了二十岁的时候,我们会发展自己的性格并为今后的生活奠定基础。她还说,如果基础不打牢,就很难在上面建造任何真正有价值的东西。放学回家的路上,戴安娜和我又详细讨论了这个问题。我们觉得这很严肃,马瑞拉。而且我们决定要尽量仔细小心,养成良好的习惯,尽所能学习知识,明白事理,这样的话,等我们到了二十岁的时候,就会形成高尚的个性。想到二十岁真有些可怕,马瑞拉。听上去是那么老,那么大。不过,今天下午斯泰西小姐来这儿干吗?"

"如果你给我个机会插上嘴的话,安妮,这正是我要告诉你的。她谈到了你。"

"谈到我?"安妮看上去很害怕。接着,她的脸涨得通红,大声叫道:

"啊,我知道她说什么了。我本打算告诉你的,马瑞拉,我确实想说的,但我忘了。昨天下午上课时,我读《本·休》时被斯泰西小姐逮住了,那时我应该看加拿大历史的。那本书是简·安德鲁斯借给我的。吃午饭时我一直在读它,下午上课时我刚好看到战车比赛那一段。我只是急于想知道结果——尽管我坚信本·休一定能赢,因为如果他失败了,故事就会失去富有情调的公平,所以我把历史书打开摊在课桌上,然后将《本·休》藏在桌子和膝盖之间。我那样子就像在看加拿大历史书,你知道,而其实我一直在入神地看《本·休》。我全部的注意力都在那本书上,根本没注意到斯泰西小姐正顺着过道走来,直到我突然抬起头,发现她正严厉地瞪着我。我无法告诉你我当时有多羞愧,马瑞拉,特别是当我听见乔西·派伊咯咯的笑声时。斯泰西小姐拿走了《本·休》,但她当时一句话没说。课间休息时她留下我谈了话。她说我在两方面犯了严重的错误。第一,我浪费了本该花在学习上的时间;第二,我欺骗了老师,我努力装成是在看历史书的样子,而其实在读小说书。直到那一刻,我才意识到自己的行为是欺骗性的。我震住了,哭得很伤心,请斯泰西小姐原谅我,并保证以后绝不再犯同样的错;我还主动提出一个星期内绝不再看《本·休》,甚至不看战车比赛的结果,以此作为惩罚。但是,斯泰西小姐说她不要求那样做,并且很慷慨地原谅了我。所以我认为,她跑到这儿来跟你说这件事,真不够意思。"

"斯泰西小姐没和我提到这事,安妮,你的担心只不过是你心里的内疚。你不该把小说书带到学校去。不管怎么说,你小说看得太多了。当我还是个小女孩时,家里一本小说也不让我看。"

"咳,你怎么能把《本·休》说成是小说呢?它其实是本宗教书。"安妮反驳道,"当然,作为礼拜天的读物,它是有点过于刺激,不太适合,所以我只在星期一到星期五读。而且只要斯泰西小姐或艾伦太太认为那本书不合适十三岁零九个月的女孩子读,我就不读。斯泰西小姐让我那样保证的。有一天她发现我正在看《鬼堡秘案》。那本书是鲁比·吉利斯借给我的,而且,嚯,马瑞拉,无比惊险,令人毛骨悚然。它把我吓得浑身冰凉。但是斯泰西小姐说那是本非常无聊、不健康的书,并要求我不再看诸如此类的书。我并不介意做出那样的保证,不过在还不知道结果的情况下就把书还给人家,真折磨人。但是,我对斯泰西小姐的爱经受住了考验,我按她的吩咐做了。当你真心实意想讨某人欢心的时候,马瑞拉,你会做出多么伟大的壮举啊。"

"好了,我想点灯,开始工作了。"马瑞拉说,"我清楚地看出,你并不想听斯泰西小姐到底说了些什么。你对你自己叽里呱啦的声音,比对其他任何东西都感兴趣。"

"噢,其实,马瑞拉,我想听,"安妮后悔地叫道,"我绝不再说一句话了——一句也不说。我知道自己的话太多,不过我真的在努力克服,而且,尽管我说得太多,可是只要你知道我还有多少想说而又没说出的话,你就会承认我确实在克服了。快告诉我,马瑞拉。"

"嗯,斯泰西小姐想在她的高年级学生中组建一个班,为那些打算参加女王学院入学考试的学生做准备。她准备利用放学后的一个小时给他们补些额外的功课。所以她来问我和马修的意见,看我们是否愿意让你参加。

你自己有什么想法,安妮?你愿意去上女王学院,将来当一名老师吗?”

“哦,马瑞拉!”安妮挺起身跪了下来,双手紧握。“这一直是我的人生梦想——那就是说,自从鲁比和简开始谈论关于入学考试的学习准备以来,这六个月我一直在梦想它。不过我什么也没说,因为我觉得那种梦想毫无作用。我喜欢当一名老师。但是,它会不会非常昂贵?安德鲁斯先生说,供普丽西上完大学要花掉他一百五十加元,而普丽西在几何方面还不算是个笨蛋。”

“我觉得你不需要为这个问题担心。当马修和我把你收下抚养的时候,我们就已经决定要尽我们所能给你提供好的教育。我相信一个女孩应该自食其力,不管她是否有这个必要。只要马修和我在这儿,绿山墙就总是你的家,不过在这变幻莫测的世界上,谁知道将来会发生什么呢?最好还是早做准备。所以,如果你愿意,就去参加‘女王班’,安妮。”

“哦,马瑞拉,谢谢你。”安妮伸出双臂搂住马瑞拉的腰,抬起头热切地望着她的脸。“我十分感激你和马修。我一定努力学习,竭尽全力为你们争光。我想提醒你别对我的几何抱太大希望,不过我认为,如果我努力学习,那就一定能在其他科目上保持住我的优势地位。”

“我敢说你会进展很顺利。斯泰西小姐说你非常聪明,而且很勤奋。”无论如何,马瑞拉也不会将斯泰西小姐对她的评价一五一十地告诉安妮的,那样做会滋长她的虚荣心。“你不必急着把全部精力都扑在那些书本上。用不着性急。你还有一年半时间可以用来准备入学考试呢。不过还是尽早开始全面打下基础为好,斯泰西小姐这么说的。”

“现在我学习功课应该比从前更有兴趣了,”安妮无比高兴地说道,“因为我有了生活的目标。艾伦先生说每个人都应该树立生活目标,并且为此始终不渝地奋斗。不过他说我们必须首先确定那是一个有价值的目标。成为一名像斯泰西小姐一样的老师,我愿意把它称做是有价值的目标,你觉得呢，马瑞拉？我认为这是一项非常崇高的职业。”

“女王班”如期成立了。吉尔伯特·布莱思、安妮·雪莉、鲁比·吉利斯、简·安德鲁斯、乔西·派伊、查理·斯隆和穆迪·斯珀吉翁·麦克弗森加入了这个班。戴安娜·巴里没有参加，因为她父母不打算送她去女王学院学习。这对安妮来说简直就是巨大的灾难。自从明妮·梅患喉头炎的那晚开始，她和戴安娜做任何事情都没有分开过。“女王班”首次课后被留下接受额外补习的那天晚上，安妮看到戴安娜和其他同学慢吞吞地走出教室，她就要孤零零的一人穿过“白桦小径”和“紫罗兰谷”，而此时前者能做的只是待在座位上不动，尽量控制住自己想冲出去追赶好友的冲动。她哽咽欲哭，赶紧将脸躲到了举起的拉丁语法课本后，隐藏住自己眼睛里的泪水。无论如何，安妮也不会愿意让吉尔伯特或乔西·派伊看见这些泪珠的。

“不过，噢，马瑞拉，当我看见戴安娜独自一人走出去的时候，我真的觉得自己已尝到了那种生离死别的痛苦，就像艾伦先生在上礼拜的布道中所说的那样。”那天夜里她悲伤地说，“当时我想，只要戴安娜也去参加入学考试的学习，那情况就会变得令人非常满意。但是，正如林德太太说的，在这个并不完美的世界上，我们不可能要求事事都很完美。林德太太有时候并不太会安慰人，不过毫无疑问，她说出了很多颇带真理的话。还有，我认为女王班将会非常有意思。简和鲁比希望学成后做教师。那是她们最高的抱负。鲁比说她毕业后只想教两年书，然后就打算结婚。简说她将把全部生命都奉献给教学事业，永远，永远都不结婚，因为教书你可以拿到工资，但是伺候丈夫却什么也得不到，而且你要是要求分一份卖鸡蛋和黄油得来的钱，他就会愤愤不平，大吵大闹。我相信简所说的话来自于她悲伤的经历，因为林德太太说，简的父亲是个十足的老怪物，刻薄吝啬。乔西·派伊说她上大学只是为了受教育，因为她用不着自谋生计；她说，这当然和靠施舍过日子的孤儿们不一样——他们必须为了生活而奔走。穆迪·斯珀吉翁想当名牧师。林德太太说，他有个那样的名字，也只有当牧师才合适。我希望我没有带恶意，马瑞拉，不过一想到穆迪·斯珀吉翁要成为牧师，就让我笑个不停。他的长相太滑稽了，大肥脸，小蓝眼睛，招风耳。不过，或许长大后他的相貌会变得有智慧些。查理·斯隆说他要进入政界，当议会议员，但是林德太太说他绝不会成功，因为斯隆一家都是老实人，而如今只有流氓恶棍才能在政界青云直上。”

“吉尔伯特·布莱思将来想干什么呢？”马瑞拉发现安妮正在打开她的那本关于恺撒的书，便问道。

“不凑巧，我刚好不知道吉尔伯特·布莱思的人生抱负——如果他有抱负的话。”安妮轻蔑地说。

目前，一场公开的竞争正在吉尔伯特和安妮之间展开。之前的竞争还是单方面的，不过现在毫无疑问，和安妮一样，吉尔伯特也下定决心要在班上拿第一。他可是值得安妮与之一斗的劲敌。班里的其他同学默认了他们的优势，根本不想同他们俩竞争。

自从那天她在池塘边拒绝了他的宽恕请求以来，吉尔伯特除了表现出上述坚定的竞争情绪，还露出一副无视安妮·雪莉存在的架势。他和其他女生有说有笑，和她们交换书籍和智力玩具，讨论功课，制订计划，有时还和祷告会或辩论俱乐部的某位女生一同回家。他完全忽视了安妮，而安妮发现被人忽视的滋味很不好受。尽管她一甩脑袋告诉自己并不在乎，但这是徒劳。在她倔强的、小小女性的心灵深处，她知道自己其实是在乎的，而且她知道如果再有一次“闪光之湖”上的机会，自己的回答一定会完全不同。突然，她暗暗惊讶地发现自己原先对他持有的宿怨已消失殆尽——就在她最需要它的力量来支撑自己时消失了。她回想起那一难以忘怀的时刻中的所有细节与情绪，试图重温旧日令其心满意足的那种愤怒，但是毫无效果。池塘边的那一天是它的最后一次发作。安妮意识到自己已不知不觉地原谅了他，并且已忘记了那段积怨。但是已为时过晚。

不管怎么说，吉尔伯特或其他什么人，甚至戴安娜都没有察觉到她是如此后悔，多么希望自己从前没有那么骄傲和令人讨厌！她决定“把自己的感情深深地隐藏起来，并逐渐将之忘却”。在此提一句，她做得相当成功，就连吉尔伯特也不相信安妮感觉到了自己报复性的蔑视，他无法聊以自慰，尽管他或许并不像表面看上去的那样冷漠无情。他所得到的唯一安慰便是安妮再三无情而又过分地冷落了查理·斯隆。

除此之外，冬天在一轮愉快的任务和学习中过去了。对安妮来说，日子就像那年戴在颈间的项链上的金色珠子一样不知不觉地溜走了。她快乐，热切，兴趣盎然，有许多课程要学；有许多荣誉等着她去赢取，有许多有趣的书要看，在主日学校的唱诗班里要练习新的曲子，要同艾伦太太在牧师家度过愉快的周六下午。接着，在安妮几乎还没觉察当中，春天又一次来到了绿山墙，整个世界再度花团锦簇。

学习在那时稍稍失去了吸引力。当其他学生正奔往绿色的小路、树木茂盛的林间小道和偏僻的草地时，留在学校里的“女王班”渴望地注视着窗外，他们发现自己已或多或少地失去了些曾在寒冷的冬日拥有过的对拉丁动词和法语练习的独特兴趣和热情。就连安妮和吉尔伯特也兴趣衰减，变得有些懒洋洋的。当学期结束，快乐的假期令人神往地展现在老师和学生面前时，他们都非常高兴。

“在过去的一年里，你们学得不错。”学期的最后一个晚上，斯泰西小姐对他们说道，“你们应当有一个愉快的假期。尽情享受你们的户外时光，充分积蓄起健康、活力与雄心，完成明年的计划。这将是一场战争般的较量，你们知道——在入学考试的前一年。”

“明年你会回来吗，斯泰西小姐？”乔西·派伊问。

乔西·派伊问起问题来向来是毫无顾忌的。这一回，班上的其他同学倒很感激她。他们谁也不敢向斯泰西小姐问这个问题，但是全都想问，因为一些令人忧虑的谣言已经在整座学校传了一段时间了，说斯泰西小姐明年不会回来了——她所属学区的一所小学提供给她一个职位，而她打算接受聘请。“女王班”的同学们紧张地屏住呼吸，等待她的回答。

“是的，我想我会回来的。”斯泰西小姐说，“我曾经考虑过接受另一所学校的邀请，但是我已经决定再回到亚芬里了。老实说，我对我这里的学生越来越感兴趣，我发现自己已离不开他们了。所以我要留下来看着你们毕业。”

“好哇！”穆迪·斯珀吉翁说。穆迪·斯珀吉翁以前从没像这样感情激动得难以自制过，整整一个星期内，每当他想到这场景，他就不安得面红耳赤。

“哦，我太高兴了。”安妮忽闪着眼睛说道，“亲爱的斯泰西，如果你不回来，那将是多么可怕啊。要是让另一位老师来这儿，我相信我根本不会有心思继续学习的。”

那天晚上，安妮回到家后，将她所有的课本塞进阁楼上的旧皮箱里锁好，然后把钥匙扔进了杂物盒。

“放假期间我一眼都不想看教科书。”她对马瑞拉说，“整个学期我都在尽全力地努力学习，我刻苦钻研几何，直到把第一册书上的每一条定理背熟，就算字母有所改动也难不倒我。我对所有现实的东西感到厌倦，这个夏天我要让想象力自由驰骋。噢，你不必惊讶，马瑞拉。我只让它在合理的范围内驰骋。不过今年夏天我一定要痛痛快快地玩一场，因为说不准这是我当小姑娘的最后一个夏天了。林德太太说，如果明年我继续像今年这样蹿高的话，那我就得穿长一些的裙子了。她说我的腿和眼睛一直在不断长长和长大。等我穿上长裙子，我就会觉得要保持端庄，要配得上它。到了那个时候再信什么仙女，恐怕是行不通了，所以我打算今年夏天用我的全部身心去相信仙女的存在。我认为我们会度过一个非常快乐的假期。鲁比·吉利斯不久要开一个生日晚会,下个月还有主日学校的野餐和教会的音乐会。巴里先生说等哪一天他带戴安娜和我去白沙旅馆吃晚餐。他们那儿有晚餐,你知道。去年夏天简·安德鲁斯去过那里,她说那些电灯、鲜花和穿着美丽衣裳的女士们看得她眼花缭乱,头晕目眩。简说那是她第一次瞥见高档生活,到死的那天她都不会忘记。"

第二天下午林德太太过来了,她想知道马瑞拉为什么没有参加星期四的救助小组会。只要马瑞拉不去参加救助小组会,人们便知道绿山墙里一定出了什么事。

"星期四马修的心脏病发作得很厉害,"马瑞拉解释道,"我觉得不应该离开他。哦,当然,他现在全好了,但是最近他发病的次数比过去频繁多了,我很替他担心。医生说他必须注意避免激动。那很容易做到,马修是不会去自寻刺激的,他也没这么做过,不过他也不能干那些过重的体力活了。你或许也可以叮嘱一下马修,别不干活就安不下心。过来放下你的东西,雷切尔。留下来喝茶怎么样?"

"好吧,既然你这么盛情,也许我还是待一会儿为好。"雷切尔太太说道,她丝毫没有做其他事情的打算。

雷切尔太太和马瑞拉惬意地坐在客厅里,这时安妮端来了茶和做好的松软白嫩的热甜饼,这种甜饼完全经得住雷切尔太太的挑剔目光。

"我得说,安妮真的已经长成一个伶俐的姑娘了。"夕阳中当马瑞拉陪她走向小路的尽头时,雷切尔承认道,"她一定是你的得力帮手。"

"是的,"马瑞拉说,"而且她现在真的很稳重可靠。过去我老是担心她无法克服轻浮的毛病,不过她已经克服了,现在什么事都可以放心地让她去做了。"

"三年前当我第一次在这儿见到她的时候,从来没有想过她会变得这么有出息。”雷切尔太太说，“上帝啊，我要永远忘掉她发的那顿大脾气！那天晚上我回家时跟托马斯说：‘记住我的话，托马斯，马瑞拉·卡思伯特迟早会为她的举动感到懊悔的。’但是，我错了，而且我很高兴有这样的结果。我不是那类死都不肯认错的人。不，那绝不是我的作风，感谢上帝。在评价安妮的问题上我确实犯了错，但是这也不足为奇，因为这一带还从没出现过像她这样古怪的不速之客，就是这样。根本无法用衡量其他孩子的办法来对付她。她在这三年里的进步着实让人惊讶，特别是容貌方面的改变。不能说我对那种苍白的、大眼睛的形象有什么特别的偏爱，不过她真的出落成一个漂亮姑娘了。我更喜欢清新、生动的相貌，像戴安娜·巴里或鲁比·吉利斯那样。鲁比·吉利斯长得真很引人注目。不过不知怎么的——我不知道是怎么回事，当安妮和她们在一起的时候，尽管她赶不上她们漂亮，但相比之下却使她们显得有些平庸和过分妖娆——就像被她称做水仙花的六月白百合同红色的大牡丹摆在了一块儿，就是这样。”

第三十一章

百川归海

安妮在她“甜蜜的”夏天中，玩得十分痛快。她和戴安娜几乎天天待在户外，尽情地享受着“情人的小路”、“树神的水泡”、“垂柳池”及“维多利亚岛”所提供的欢乐。马瑞拉对安妮吉卜赛人式的流浪行动没有提出反对。暑假的一天下午，那个曾在明妮·梅患喉头炎的晚上赶来探望的斯潘塞维尔医生，在他病人的家里碰到了安妮。他仔细地把她打量了一番，撅起嘴巴，摇了摇头，然后托人带了封信给马瑞拉·卡思伯特。信里是这么写的：

“让你们的那个红发姑娘整个夏天都待在户外，在她的步履变得较有活力前，别让她看书。”

这信让马瑞拉吓了一大跳。这封信在她读来仿佛就是安妮身患肺结核的死亡判决书，除非她严格遵守医生的嘱咐，事情才会有转机。结果，安妮自由地尽情享受了她生命中的这个金色夏天。她外出散步，划船，采果子，心满意足地沉醉在自己的想象中。当九月来临时，她目光炯炯、活泼敏捷，迈出的步伐定能使斯潘塞维尔医生感到满意，而她的心中再一次充满了壮志与热情。

“我觉得学习时好像充满了劲头。”当她把书从阁楼上拿下来时宣布道,“噢,你们这些亲爱的老朋友,真高兴又见到你们诚恳的面孔了——是的,就连你也不例外,几何书。我度过了一个非常美好的夏天,马瑞拉,就像上个星期天艾伦先生所说的那样,我现在的高兴劲儿就像一个等待赛跑的壮汉。艾伦先生的布道难道不精彩吗?林德太太说他一天比一天有进步。我们知道的第一件事便是某座城市的教堂会将他挖走,然后被抛下的我们便不得不去求助某个缺乏经验的牧师,再慢慢适应。不过,我觉得杞人忧天没什么用,你说呢,马瑞拉?我认为咱们最好还是在拥有艾伦先生的时候好好享受他给我们的教益。如果我是个男人,我想成为一名牧师。如果他们的宗教信仰理论是正确可靠的,那么他们就会对人产生一种积极向上的影响;而且发表精彩的布道,激励听众们的热情,一定非常令人兴奋。为什么女人不能做牧师呢,马瑞拉?我问过林德太太,她吃了一惊,说那将会是件骇人听闻的事。她说或许在美国有女牧师,而且她相信那儿有,不过感谢上帝,加拿大还没走到那份上,她希望咱们永远也别发生那样的事。但是我看不出有什么不妥。我认为妇女可以成为出色的牧师。当教堂举办联欢会、茶会或者其他什么捐款活动时,妇女们一定会踊跃参加。我确信林德太太的祷告可以和贝尔校长做得一样好,而且我相信,她只要练习几次就可以上台布道了。”

“是的,我相信她能做到。”马瑞拉干巴巴地说道,“她做过很多次非正式的布道。在亚芬里,因为有了雷切尔的监督管理,任何人都没什么机会去误入歧途。”

“马瑞拉,”安妮突然悄悄地说,“我想告诉你一件事,听听你的想法。它让我非常苦恼——在每个星期天的下午,那就是说,当我思考一些特别问题的时候。我真想做个好人。当我和你、艾伦太太或者斯泰西小姐在一起的时候,我的这种愿望就更强烈,一心只想做些能使你们高兴、得到你们赞同的事情。不过,通常我和林德太太在一起的时候,总觉得自己极端恶劣,好像就要去做她叮嘱我不该做的那些事似的。我感到有股不可抗拒的力量在诱惑我。现在,依你看,为什么我会有那样的感觉呢?你说那是因为我确实恶劣,顽固不化吗?”

马瑞拉霎时一脸疑惑。接着她放声大笑起来。

“如果换了我,我猜我也会有这样的感觉,安妮,因为雷切尔经常对我产生同样的影响。有时候我觉得,如果她不是那么唠唠叨叨地催促人们走正道,就像你自己说的,她会对人们产生更多的优良影响。应该颁布一条特殊法令来制止人们的唠叨不休。不过,我不该这么说。雷切尔是个很善良的女基督徒,而且她的用意也是好的。在亚芬里再也找不到一个比她心肠更好的人了,她从不逃避工作责任。”

“真高兴你有相同的想法。”安妮坚定地说道,“这太令人鼓舞了。从此以后我不会再那么忧心忡忡了。不过我敢说,我还会被别的事情所困扰。它们总是以新的方式层出不穷——搞得你疲于应付,你知道。你刚解决了一个问题,另一个又接踵而至。当你开始成长的时候,有这么多事情需要去思考,做决定。这让我整天忙于思考问题,判断是非。成长真是件严肃的事儿,对吗,马瑞拉?不过,我有像你、马修、艾伦太太和斯泰西小姐这样的好朋友,我应该一帆风顺地长大成人,而且我相信,如果情况不是这样,那一定会是我自己的过错。我觉得责任重大,因为我只有一次机会。如果我走错了路,我就无法再回到从前重新开始。今年夏天我长高了两英寸,马瑞拉。吉利斯先生在鲁比的晚会上为我量了身高。你把我的新裙子做长了一些,真让我高兴。那件墨绿色的衣服真漂亮,你还给它上了荷叶边,太谢谢你了。当然,我知道荷叶边并不是必需的,但是今年秋天荷叶边特别流行,乔西·派伊的所有衣服上都缝上了荷叶边。我知道,因为裙子上有了荷叶边,我会学得更好的。我要把对于荷叶边的欣慰感觉深深地埋入心底。”

“缝上荷叶边还是有点价值的。”马瑞拉承认道。

斯泰西小姐回到了学校，她发现所有的学生再次投入到了学习中。特别是“女王班”的学生，他们已经开始行动起来，准备参加一场竞争，因为即将于明年年底进行的所谓“入学考试”正在阴森森地一步步逼近。他们的前进之路被这件可怕的事情隐隐约约地笼罩了一层阴影。他们一想到这件事，无不心情沉重。要是没通过怎么办？这个问题在那年冬天的不眠之日中始终萦绕在安妮的心中，甚至占去了每个礼拜天下午本应用在思考道德问题和神学问题的时间。每当她做噩梦时，她都会发现自己正可怜兮兮地盯着入学考试的录取名单，在那上面吉尔伯特·布莱思的名字高居榜首，而自己的名字无影无踪。

不过，这还是一个快乐、忙碌、幸福、稍纵即逝的冬季。学校的课还像以前那样有趣，班上的竞争还像从前那样引人入胜。思想、感情和雄心壮志的新世界，尚未挖掘的新知识领域迷人而又清新，这一切似乎正在安妮渴望的眼前展开。

“层峦叠嶂，阿尔卑斯山一座座地升起。”

大部分的这些成果是在斯泰西小姐机智、细心、宽宏大量的教导下取得的。她指导班上的同学进行独立的思考、探索和发掘，并且鼓励大家背离陈腐的常规习俗，从一定程度上来说，这种举动使林德太太和学校的理事们相当吃惊，他们把所有对既定教学方法的革新都看做是大可怀疑的。

除了学习，安妮也开展了大量的社交活动，因为马瑞拉一直记着斯潘塞维尔医生的意见，不再反对安妮偶尔为之的出游了。辩论俱乐部办得如火如荼，举行了几次音乐会，有一两次的晚会几乎接近成年人的规模，还举行了不少次雪橇比赛和溜冰游戏。

安妮不断地在长高，个子蹿得很高。有一天当马瑞拉和她并排站着时，惊讶地发现这个女孩已经超过了自己。

“哎呀，安妮，你长得好快!”她难以置信地说道。接着是一声叹息。马瑞拉对安妮的身高产生了一种奇怪的遗憾感觉。原先她深爱着的那个孩子不知怎么的已经消失了，取而代之的是这个目光严肃、身材颀长的十五岁姑娘，眉宇间流露出若有所思的神采，小脑袋保持着骄傲的姿态。马瑞拉对这个姑娘的爱同她对那个孩子的爱一样深厚，但是她意识到自己心里有种奇怪而悲伤的失落感觉。那天晚上，当安妮和戴安娜去参加祷告会时，马瑞拉独自坐在寒冷的暮色中，脆弱地落下了眼泪。马修提着灯进来时，看见她这副神情，惊恐万分地望着她，弄得马瑞拉不得不破涕为笑。

“我正在想安妮。”她解释道，“她已经变成大姑娘了——明年冬天说不定就要离开我们了。我会非常想念她的。”

“她可以经常回来的。”马修安慰道。在他看来，安妮还是像过去一样，而且永远都将是那个四年前的六月他从布赖特河带回家的充满着渴望的小女孩。“到那时，铁路就会造到卡莫迪了。”

“那终究和她一直待在身边不一样。”马瑞拉忧伤地叹了口气，决定让自己尽情地体会一下这种难以排遣的悲伤。“但是我说——男人是不懂这些事情的!”

除了身体上的变化，安妮还发生了其他一些实实在在的变化。首先，她变得文静多了。或许她依旧像从前那样耽于幻想，而思考也变得多了一些，但是她的话肯定是少多了。马瑞拉注意到了这点，并且对此进行了评论。

“你的唠叨比以前少多了，安妮，而且大字眼也用得少多了。怎么回事?”

安妮脸红了，轻轻地笑了笑。她放下书本，出神地望向窗外，在春日阳光的诱惑下，藤蔓上绽放出肥大的红色花苞。

“我不知道——我不想说得太多。”她若有所思地用食指托着下巴说道，“去思考，然后将想出的美好念头像珍宝一样埋在心里，这样做要好很多。我不想让别人对它们嘲笑或怀疑。而且不知道怎么搞的，我也不再想使用那些夸张的大字眼了。挺遗憾的，是不是？不过如果我真的想用那些大字眼的话，也是可以的，因为我已经长大了。长大成人在某些方面是挺有趣的，但它不是我所期望的那种乐趣，马瑞拉。有很多事要学，要做，要思考，根本没有时间说那些大话。而且，斯泰西小姐说简短精悍的句子会更加有力而精彩。她让我们尽可能地把文章写得简洁。起初挺难的。我习惯于将所有自己能够想到的华丽词藻一一堆砌——我可以想出很多很多华丽的词藻。但是，现在我已经习惯简洁的写法了，我觉得自己的文章写得比以前好多了。”

“你们的故事会怎么样啦？我好久没听到你谈起它了。”

“故事会已经不存在了。我们没有时间搞——而且不管怎么说，我觉得我们对它已经厌倦了。整天描写爱情、谋杀、私奔和秘案是件很愚蠢的事。斯泰西小姐为了训练我们的写作，有时候会让我们写一篇故事，但是她只准描写在亚芬里的生活中可能发生的事情。她非常严厉地对我们的作文进行评论，还让我们进行自我批评。直到我自己开始仔细阅查它们，我才发现我的作文有那么多的缺点。我觉得特别惭愧，想完全放弃写作，但是斯泰西小姐说，只要我把自己训练成最严厉的自我批评者，我就能写得很好。我正在努力这么做。”

“再过两个月你就要参加入学考试了。”马瑞拉说，“你觉得你会通过吗？”

安妮颤动了一下。

“我不知道。有时候我觉得自己没问题——然后又非常担心。我们学得很努力，斯泰西小姐已经帮我们进行了彻底的复习，但是单靠这一点我们不一定就能通过。我们每人都有一块绊脚石。我的当然是几何，简的是拉丁文，鲁比和查理的是代数，乔西的是算术。穆迪·斯珀吉翁说他从内心预感到自己的英国历史会不及格。斯泰西小姐打算在六月份给我们做一些测验，难度和入学考试相当，而且她会严格地打分，这样我们心中就会有些数。我希望这场考试赶快过去，马瑞拉。它搅得我心神不宁。有时候我半夜醒来，在想如果我考不上该怎么办。”

“咳，第二年重回学校，再试一回呗。”马瑞拉毫不担心。

“唉，我不相信自己会有那样的心思。考试失败将是多么大的耻辱啊，特别是如果吉……如果其他同学考取了的话。我考试时总是很紧张，很可能会考糟。真希望我像简·安德鲁斯那样沉着。什么事也不会让她慌乱。”

安妮叹了口气，尽管窗外是微风与蓝天的召唤，花园中也绽出了绿芽，她还是将目光从春天世界的魅力中抽了回来，坚定地投入到她的书本中。还会有别的春天，但是如果她没有通过入学考试的话，她相信自己再也恢复不到从前的状态，去欣赏春天的美景了。

第三十二章

发榜之日

随着六月底的到来，学期结束了，斯泰西小姐在亚芬里学校的管理工作也结束了。那天晚上，安妮和戴安娜心情非常沉重地走回家去。红肿的眼睛和潮湿的手绢无可置疑地证实，斯泰西小姐的告别词一定同三年前菲利普斯先生在类似情景下所做的讲话一样感人。戴安娜从种满云杉的山脚处回望着校舍，深深地叹了口气。

“看起来好像什么事都结束了，是不是？”她沮丧地说。

“你的情绪不该像我这么低落。”安妮说着，试图从手绢上找出一块干的地方，却没有成功，“明年冬天你还会回学校，而我估计我将要永远离开亲爱的母校了——这就是说，如果我运气好的话。”

“情况将完全不同了。斯泰西小姐不会在那儿了，或许你、简，还有鲁比都不会在那儿了。我得孤零零的一个人独坐，因为你走了之后我可无法忍受有别的同桌。啊，我们度过了很多快乐时光，是不是，安妮？想到这一切都结束了，真让人伤心。”

两大颗泪珠从戴安娜的鼻子边滑落下来。

“如果你能止住眼泪，我也能不哭。”安妮恳求道，“我刚刚把手绢拿开，看到你热泪盈眶，又忍不住落泪了。就像林德太太说的：‘如果你无法快乐，那就尽量强作欢颜吧。’毕竟，我敢说明年我还会回来的。这会儿我的感觉在告诉我我考不上。现在这种感觉经常出现,令人担忧。"

"可是,斯泰西小姐给你们进行的测验,你完成得很出色啊。"

"是的,不过那些测验不让我感到紧张。当我一想到真正的入学考试,你想象不出我心头涌起的那种焦躁不安的可怕感觉。我的准考证号码是十三,乔西·派伊说这很不吉利。我并不迷信,而且我知道它不会有什么影响。但我仍希望它不是十三。"

"真希望我能和你一起去参加考试,"戴安娜说,"我们会过得很愉快悠闲,是不是?不过我猜,你每晚都得死记硬背功课。"

"不,斯泰西小姐让我们保证不再打开书本。她说那样做只会让我们感到疲倦,心神不宁,我们应当到户外散散步,不去想考试的事,然后早早上床睡觉。这是个好建议,但是我觉得挺难做到;好的建议是易被接受的,我想。普丽西·安德鲁斯告诉我,她在参加入学考试的那一个星期中,每天夜里有一半时间是坐在那儿临时抱佛脚的。我曾决定至少要像她那样,利用夜里一半的时间坐起来看书。你的约瑟芬姑奶奶让我在镇上考试的那几天住到她家去,真是让人感动。"

"你到了镇上后,给我写信,好吗?"

"我星期二晚上给你写信,告诉你第一天的情况。"安妮答应道。

"那我星期三一定去邮局等信。"戴安娜承诺说。

星期一,安妮去了镇上。星期三,戴安娜按照约定去邮局,收到了她的信。

最最亲爱的戴安娜:

现在是星期二晚上,我正在老姑奶奶的书房里给你写信。昨天夜里我独自一人待在房间里,非常孤独寂寞,真希望你在我身边。我不能"临时抱佛脚",因为我答应斯泰西小姐不这么做的,不过我很难在温习功课前不打开历史课本,因为我习惯在复习功课前看一篇小说。

今天早上斯泰西小姐来找我一起去学院,路上还叫上了简、鲁比和乔西。鲁比让我摸她的手,她的双手冰冷。乔西说我好像整夜都没合眼,她认为就算我考上了,我在体力上也无法承受枯燥单调的师范课程。现在有时候我甚至还觉得我在学习上没有取得像乔西·派伊那样的大进展!

我们到达学院时,那儿已聚集了几十个从全岛各地赶来的学生。我们遇到的第一个人是穆迪·斯珀吉翁,他正坐在台阶上,自言自语地咕哝着什么。简问他究竟在干什么,他说他在反反复复地背乘法表,以稳定紧张的神经,并请我们千万别打断他,因为如果停下一会儿,他就会心慌意乱,把原先知道的东西忘得一干二净,而乘法表可以让他掌握的知识各就其位!

我们被指派到各自的教室后,斯泰西小姐就走开了。简和我坐在一起,她非常镇静,真让我羡慕。对于能干、沉着、理智的简来说,根本不需要什么乘法表!我不知道当时我的表情是否暴露了内心的情绪,不知道他们在教室里是否能听见我的心在怦怦乱跳。接着进来一个男人,开始发英语考试卷。当我拿起考卷时,双手发冷,脑袋发晕。就在那可怕的一瞬间——戴安娜,我的感觉和四年前询问马瑞拉我是否可以留在绿山墙时一模一样——然后脑袋就清爽了,心脏又开始了跳动——我忘记说了,当时我的心脏曾一度完全停止了跳动!因为我知道自己不管怎么样也能对付那张考卷的。

中午我们回家吃了午饭,接着下午又返回考历史。历史考卷非常难,我把年代日子搞混了。不过,我觉得自己今天考得还可以。但是,啊,戴安娜,明天就要考几何,一想到它,我就下定一切决心不去打开我的“欧几里德”。如果我觉得乘法表对我会起点作用,那从现在起,我一定要把它背到明天早上。

今天晚上我去看了看其他的女生。在路上我碰到了穆迪·斯珀吉翁,他正心烦意乱地在那儿徘徊。他说他知道自己历史考砸了,天生就是父母的失望,打算乘明早的火车回家,还说不管怎么样,做个木匠要比做牧师容易多了。我鼓励他,说服他留下来考完,因为如果半途而废,就对不起斯泰西小姐了。有时候,我希望自己是个男孩,但是当我看到穆迪·斯珀吉翁时,我就庆幸自己是个女孩子而且幸亏不是他的姐妹。

当我到达她们住的地方时,鲁比正在犯歇斯底里症;她刚刚发现自己在英语考卷上的一处严重错误。她恢复常态后,我们去城外吃了冰淇淋。真希望你能和我们在一起。

噢,戴安娜,只要几何考过就好啦!但是,正如林德太太说的,不管我的几何及不及格,太阳还是会升起落下。这是事实,但起不到什么特别安慰的作用。我想,如果我失败了,那我宁愿太阳不再升起落下!

你忠诚的安妮

几何和其他所有科目的考试都如期结束了,安妮在星期五晚上回到了家,尽管非常疲惫,但是浑身上下却透露着一种历尽磨练后的喜悦。当她到家时,戴安娜已经来到了绿山墙,她们的重逢,仿佛分别了很多年似的。

“你这位亲爱的老朋友,见到你回来真让人高兴。自从你走了之后,好像过了很长一段时间。哦,安妮,你过得怎么样?”

“非常好,我想,除了几何,其他都不错。我不知道几何会不会及格,我有一种令人毛骨悚然的不祥预感,我会不及格。哦,回家的感觉真好!绿山墙是世界上最亲爱、最可爱的地方。”

“其他人考得怎么样?”

“女生们说她们知道肯定过不了，但是我认为她们考得很好。乔西说几何特别容易，连十岁的孩子都能做！穆迪·斯珀吉翁仍旧认为他的历史会不及格，查理说他代数考砸了。但是其实我们并不知道真正的结果，只有等录取名单出来才会知道。这还要两个星期。想一想，还要在这种焦虑状态下熬两个星期！真希望我能一直熟睡到它结束再醒来。”

戴安娜知道问她关于吉尔伯特·布莱思的情况是徒劳的，所以只是说：

“哦，你通过肯定没有问题。别担心。”

“如果不是排在录取名单的前几位，那我宁愿不被录取。”安妮突然说道，她的意思是——戴安娜知道她的想法——如果没有超过吉尔伯特·布莱思的话，那成功也将是不完整和苦涩的。

抱着这一目的，安妮在考试中竭尽全力。吉尔伯特也是如此。他们曾在街上遇到了十几次，彼此擦肩而过，谁也没有答理谁。每次安妮都是高昂起她的脑袋，有些热切地希望自己曾在那次吉尔伯特提出要求时答应他做朋友，并且更加坚定地发誓要在考试中超过他。她知道亚芬里所有的年轻人都想知道谁会是第一名；她甚至知道吉米·格洛弗和内德·赖特为此还打了赌，乔西·派伊说毫无疑问，吉尔伯特将是第一。她觉得，如果自己失败的话，她将无法承受这一耻辱。

但是，她希望胜出还有另外一个比较崇高的动机。她想为了马修和马瑞拉而“名列前茅”——特别是马修。马修曾经向她宣称，他坚信她“会击败全岛的其他所有考生”。安妮觉得，就算在最荒唐的梦中抱有那样的期望也是愚蠢的。但是她又强烈地希望自己至少能排在前十名，这样的话，她就可以看到，马修那双慈祥的棕色眼睛因她所取得的成绩而充满自豪的目光。她认为，那将是对她在枯燥乏味的方程式和动词变位中的勤奋苦读和耐心钻研的一种奖励。

在那两个星期的最后几天，安妮也开始常去邮局了，和她一起去的，还有心烦意乱的简、鲁比和乔西。她们用颤抖的双手打开夏洛特镇的日报，胆怯、沉重的心情和任何一个经历过入学考试周的人一样。查理和吉尔伯特也不例外，在那里等待，但是穆迪·斯珀吉翁却坚决地躲得远远的。

“我没有勇气去那里，然后残忍地打开报纸。”他对安妮说，“我就在这儿等着别人突然走来告诉我，是不是录取了。”

三个星期过去了，录取名单还没有公布，这时安妮开始觉得自己再也无法忍受这煎熬了。她的食欲减退，对亚芬里的社交活动也兴趣大减。林德太太知道在一个保守党校长的教育下根本不指望会有什么好结果，而马修注意到了安妮苍白的脸色、冷淡的神情，还有那每天下午从邮局走回家的懒洋洋的步履，他开始认真考虑自己在下届选举中是不是最好别投自由党的票。

可是一天晚上传来了消息。安妮正坐在敞开着的窗户边，陶醉在夏日黄昏的美景中，花园中飘来阵阵甜甜的花香，随风微微摆动的白杨在沙沙作响。冷杉上方的东边天空在夕阳的反射下泛出淡淡的粉红色，安妮陷入了遐思，她想知道颜色的精灵是不是就是这副模样，这时，她发现戴安娜正飞奔着穿过冷杉林往这边跑来，她越过木桥，爬上小斜坡，手中握着一份报纸。

安妮站起来，她立刻知道那报纸上登了些什么。录取名单公布了！她的脑袋发晕，心儿怦怦乱跳，直跳得她觉得心痛。她一步也动不了。戴安娜无比激动，冲过客厅，没敲门便奔进了屋子，但是这对安妮来说好像已过去了一个钟头。

“安妮，你考上了，”她叫道，“考了第一。你和吉尔伯特两个人都是——你们俩并列，但是你的名字在第一个。哦，我太自豪了！”

戴安娜将报纸扔在桌上，自己则跳到了安妮的床上，上气不接下气，一句话也说不出。安妮去点灯，打翻了火柴盒，用了六七根火柴才哆哆嗦嗦地将灯点亮。接着，她抓起报纸。是的，她考取了——她的名字排在两百号人的顶端！值得盼望的一刻。

“你考得很出色，安妮。”刚能够坐起来讲话的戴安娜气喘吁吁地说，而此时安妮惊喜万分，还没来得及说上话，“报纸是爸爸从布赖特河带回来的，他刚回家还不到十分钟——报纸由下午的那班火车运出，你知道，通过邮局到明天才能送过来。我一看到录取名单，马上像发了疯似的狂奔过来。你们全部考上了，你们中的每一个人，包括穆迪·斯珀吉翁，虽然他历史需要补考。简和鲁比考得很好——她们在一百名以内，查理也是。乔西·派伊只高出分数线三分，不过你会看到，她将尽量装出仿佛已经超过别人的神情。斯泰西小姐一定高兴极了，对不对？噢，安妮，看到自己的名字高居录取名单的榜首，你有什么感想呢？如果换了我，我知道自己一定会高兴得发疯的。我差不多已经发疯了，但是你却镇定沉着得像春天的夜晚一样。”

“我心里晕乎乎的。”安妮说，“我有一百件事要说，但却找不到词汇表达。我做梦也没有想到会有这样的结果——是的，我想过，就一次！我让自己想过一次，‘如果我考了第一怎么办？’当时我就浑身发抖，你知道，幻想自己能领全岛之冠显得也太自负，太放肆了。等一下，戴安娜。我得赶快到地里去告诉马修。然后我们再过去把这个好消息告诉其他人。”

她们急匆匆地往牲口棚下面的干草地跑去，马修正在那儿绕干草，碰巧林德太太和马瑞拉正在小路的篱笆边上说着话。

“哦，马修，”安妮嚷道，“我考取了，得了第一名——或者说和别人并列第一！我没有自负，但是我很欣慰。”

“嗯，我以前经常这么说的。”马修兴奋地注视着录取名单说道，“我知道你会很轻松地击败他们的。”

“我必须说，你考得很好，安妮。”马瑞拉说道，她试图隐藏起自己对安妮的极度骄傲，逃过雷切尔太太敏锐的目光。但是，那位好心人热诚地说：

“我就猜你会考得很好，而且我这么说也并不比别人晚。你是你朋友们的骄傲，安妮，就是这样，我们全都为你感到自豪。”

那天晚上，安妮在牧师家同艾伦太太进行了一场严肃的简短谈话，从而结束了这一令人兴奋的夜晚。夜里，安妮甜蜜地跪在敞开的窗户边，在皎洁的月光下默默祈祷，将那从她心底直接涌出的感激与愿望一一表露。那其中有她对过去的感激，对未来的虔诚祈求。当她偎在白枕头上时，她的梦和少女们期冀的一样美好、光明和美丽。

第三十三章

饭店音乐会

“无论如何你都得穿上你的白色蝉翼纱，安妮。”戴安娜坚持道。

她们俩正待在东山墙的屋子里。窗外一片暮色——清澈透蓝的天空万里无云，美丽的黄昏泛出浅浅的黄绿色。一轮圆月挂在“闹鬼的森林”上空，暗淡的光辉逐渐转亮，变成了灿烂的银白色。空气中充满了甜美的夏日乐声——昏昏欲睡的鸟儿在鸣唱，多变的轻风在吹拂，远处有着说话声和欢笑声。但是安妮的房间却拉上了窗帘，点亮了台灯，因为这里正在进行着一场重要的梳妆打扮。

如今的东山墙已和四年前安妮来的那天晚上大不相同了，那时空荡荡的屋子让安妮感到一股冷飕飕的寒意直逼她的心灵深处。在马瑞拉的默许下，屋子里在慢慢发生着变化，如今它已经成了一间足以让任何一个年轻女孩满意的温馨而雅致的小窝。

安妮早先预想的绣着粉色玫瑰的天鹅绒地毯和粉色丝制窗帘自然没有变成现实；但是她的梦想随着年龄的增长发生了变化，她再也不可能为它们而悲叹伤心。地上铺了漂亮的席子，淡绿色的麦斯林纱制窗帘在飘忽的微风中摆动，让高高的窗户也变得柔和起来。墙上挂的不是金银丝线织成的锦绣壁毯，而是一张精致的印着苹果花的纸，上面贴了几幅艾伦太太送给安妮的漂亮图画。斯泰西小姐的照片占据了一个非常显眼的位置，安妮特别注意使它下面的支架上不断地换上鲜花。今晚,一束洁白的百合花像一个香甜的梦给屋子增添了迷人的清香。这里没有“红木家具”,但有一个装满书的白色书架,一把铺着垫子的藤编摇椅,一张镶着白色麦斯林纱边的梳妆台,一面典雅的金框镜子,拱形的顶部上绘着红润丰满的爱神和紫葡萄,这面镜子过去是挂在客房里的,当然屋子里还有一张矮矮的白色小床。

安妮正在为即将于白沙饭店举行的音乐会梳妆打扮。为了资助夏洛特镇医院,客人们组织了这场音乐会,并且在周围地区四处寻找可以协办音乐会的、富有才华的业余文艺爱好者。白沙浸礼会唱诗班的伯莎·桑普森和珀尔·克莱被邀请表演二重唱;新不里奇的米尔顿·克拉克将进行小提琴独奏;卡莫迪的温妮·爱德拉·布莱尔将演唱一首苏格兰名歌;而斯潘塞维尔的劳拉·斯潘塞和亚芬里的安妮将进行朗诵表演。

就像安妮曾说过的,这是她“生命中值得纪念的日子”,她为此激动不已,欣喜若狂。马修为他的安妮能得到这样的荣誉而感到无比的自豪和兴奋。马瑞拉的感觉也不比他差多少,尽管她死都不会承认这一点,还说她觉得让一大群年轻人在没有任何可靠的人的陪同下去饭店闲逛,显然是很不合适的。安妮和戴安娜将同简·安德鲁斯及她的哥哥比利乘他们的双排座马车前往;亚芬里的其他几个男孩和女孩也会去。估计镇上会来一大堆观众,音乐会后,演员们会被请去吃晚饭。

“你真的觉得我穿蝉翼纱最漂亮吗?”安妮急切地问道,“我觉得它没有我的蓝花麦斯林纱衣漂亮——而且它不怎么时髦。”

“但是它更适合你,”戴安娜说,“它打了很多褶子,柔软又贴身。麦斯林纱太硬了,让你看上去显得太一本正经。但是蝉翼纱就令人感到亲切,与你合二为一。”

安妮叹了口气,同意了。戴安娜正在因她在穿衣打扮方面的杰出品位而渐渐出名。她在此类问题上的建议很受人欢迎。在这非比寻常的晚上,她穿了一件漂亮的玫瑰红裙子，看上去美极了，而那种红色是安妮永远都不敢尝试的；不过她在音乐会上没有任何表演，所以她打扮成什么样也就无关紧要了。她在安妮身上费尽了心思，她发誓，为了亚芬里的荣誉，一定要把安妮打扮得具有女王风范。

“把那条褶边再拉出来一点——对，过来，让我给你系腰带。好了，还有鞋带。我要把你的头发编成两条粗辫子，再用白色的大蝴蝶结把它们扎上去——不，你脑门上不能有刘海——就让前额露出来。再也没别的扎法更适合你了，安妮，艾伦太太说当你把头发这么分开时，看上去就像圣母马利亚。我要把这小朵白玫瑰插在你耳朵后面。我的花丛中就只剩下这一朵了，专门留给你的。”

“我要戴上珍珠项链吗？”安妮问道，“上个星期马修从镇上给我买了一串，我知道他希望看到我戴上它。”

戴安娜撅了撅嘴巴，挑剔地将脑袋歪向一边，最后终于宣布说她同意安妮戴上珍珠，于是那串珍珠就戴在了安妮凝脂般洁白而纤细的颈间。

“你看上去非常时髦，安妮。”戴安娜非常羡慕，却毫无妒意地说，“你昂起头时的姿态很动人。我想这是因为你身材好的缘故，我可真是个矮胖子。我一直担心会变胖，现在知道真的是已经发胖了。唉，我想我只能听天由命了。”

“但是你有这么可爱的酒窝。”安妮说着，充满深情地向她笑了笑。戴安娜那张美丽生动的面庞与她贴得很近。“漂亮的酒窝，就像奶油上的小坑。我已放弃了对酒窝的全部希望。我的酒窝梦永远也不会实现了；但是我的很多梦想都已经实现了，所以我也不该有什么抱怨。现在我可以了吗？”

“可以了。”戴安娜很有把握地说道。这时马瑞拉出现在门口，她面容憔悴，头发比过去更加灰白，皱纹也变多了，不过面庞却显得柔和了许多。

“快进来看看我们的朗诵家,马瑞拉。她看上去漂亮吗?”

马瑞拉嘟哝了一声,言语中略带轻蔑。

“她看上去整洁而得体。我喜欢她把头发梳成那样。不过我想,她坐车去那儿,一路上尘土飞扬,露水凝重,那衣服会被糟蹋掉的,而且这些天晚上潮气很重,穿成这样显得太单薄了。不管怎么说,蝉翼纱是世界上最不实用的东西,马修买这玩意儿的时候,我就这么对他说过。但是现在对马修说什么也没用。过去他还会听取我的意见,而现在他只知道不顾一切地给安妮买东西,卡莫迪的店员都知道他们可以连哄带骗地把什么都塞给他。只要让他们告诉马修那件东西又漂亮又时髦,他就会掏钱买下来。提醒你一句,别让裙子碰到车轮,安妮,还有穿上你那件保暖的夹克。”

然后马瑞拉大步地向楼下走去,一边自豪地想着安妮可爱的模样,还有那

“从前额直照到头顶的一束月光”,

一边为自己不能去音乐会倾听她的姑娘朗诵而感到遗憾。

“我不知道这天气对我的衣服来说是不是确实太潮湿了。”安妮急切地问道。

“一点都不。”戴安娜说着拉开了窗帘,“今晚的天气很好,不会再有露水了。你看那月光。”

“我真高兴我的窗户正对着东边太阳升起的地方。”安妮说着走到戴安娜的身边,“望着黎明从那些蜿蜒的山上升起,看着它透过那些尖尖的冷杉树熠熠发光,真让人心旷神怡。每天早晨都是新的,我觉得自己的灵魂好像沐浴在初升的阳光中,焕然一新。噢,戴安娜,我深深地爱着这间小屋。下个月去镇上后就见不到它了,真不知道我怎么活下去。”

“今晚不说你要离开的事。”戴安娜央求道，“我不愿想它，它让我很难过，我希望今晚能过得很愉快。你准备朗诵什么，安妮？你紧张吗？”

“一点都不紧张。我经常在公开场合朗诵，现在根本不在乎了。我已经决定朗诵《少女的誓言》。它非常凄婉。劳拉·斯潘塞打算朗诵一段戏剧台词，不过我更愿意让大家伤心落泪，而不是哈哈大笑。”

“如果他们让你再来一个，你朗诵什么呢？”

“他们不会想到让我再来一个的。”安妮自嘲道。其实她暗暗希望大家能那么做，甚至已经想到了自己在第二天的早饭桌上将事情向马修叙述时的情形。“比利和简来了——我听见了车轮声。走吧。”

比利·安德鲁斯坚持要安妮和他坐在前排座位上，所以她只好很不情愿地爬了上去。其实她更愿意和女孩子们坐在一起，这样的话她就可以尽情地聊天嬉笑。比利这个人很少笑，也不太爱交谈。他是个胖乎乎且反应迟钝的二十岁大个子青年，圆圆的脸上毫无表情，特别缺乏与人沟通的能力。不过，他极度崇拜安妮，想到自己将要同那个苗条挺拔的女孩共同驱车前往白沙饭店，顿时变得趾高气扬起来。

安妮不时地扭过头去和姑娘们说话，因此偶尔也同比利说上只言片语——比利咧着嘴痴痴傻笑，根本想不出该回答些什么，而等他想到时，已经太晚了。除了这一点，安妮尽情享受着旅途中的快乐。这是一个尽情享乐的夜晚。路上挤满了驶往饭店的马车，清脆的欢笑声久久回荡在路上。当他们到达饭店时，里面已灯火辉煌。音乐会组委会的女士们在门口迎接他们，其中一位女士将安妮带进了演员化妆室，那里已经坐满了夏洛特镇交响乐俱乐部的成员。站在他们中间，安妮突然变得害羞、恐惧起来，觉得自己土里土气的。在东山墙里，她的裙子曾显得那么华丽漂亮，而现在看上去却是那么平凡朴素——她觉得，在周遭绫罗绸缎的包围下，她的服饰太平凡、太朴素了。她的珍珠项链怎么能和身边那位高大美丽的女士的钻石相比呢？其他人戴的都是暖房中培育出的鲜花，和它们比起来，她那朵小小的白玫瑰显得那么寒酸可怜！安妮放下帽子和夹克，苦恼地缩进了一个角落中。她希望自己能回到绿山墙的那间白屋子。

当安妮站到饭店音乐大厅的舞台上时，她发现情况更糟。电灯光照得她眼花缭乱，香水的气味和嘈杂的说话声让她头晕，不知所措。她希望自己正同戴安娜和简坐在观众席里，她俩坐在后面显得很开心。她被挤在一位身穿粉色衣服的胖女人和一个穿着白色花边裙子的高个女孩中间，高个女孩脸上带着轻蔑的神情。胖女人不时地扭过脑袋，透过眼镜上下打量安妮，而安妮也敏感地意识到自己正在被别人审视，但直到她被看得想高声尖叫，那胖女人才停下来；那个穿着白色花边衣服的女孩一直在用她听得见的声音同旁边的人谈着观众中的“乡巴佬”和“土包子”，她没精打采地期待着他们这些当地天才的“洋相”表演。安妮相信，自己将会恨那白花边女孩一辈子。

安妮真是倒霉，有一位职业朗诵家正住在饭店里，她同意朗诵。那是位体态轻盈的黑眼睛女人，穿了一件华丽的礼服，灰色的闪光面料仿佛是由月光织成的，颈际和发间戴着宝石。她的嗓音出奇地柔和，具有超强的表现力；观众们被她的朗诵感动得如痴如醉。安妮暂时忘记了自己的烦恼，她欣喜若狂，眼睛发亮，全神贯注地听着。但是当朗诵一结束，她突然用双手捂住了自己的脸。在此之后，她再也无法上台朗诵了——无法。她曾想过自己能朗诵吗？哦，如果想过，那只是在绿山墙！

就在这不祥的一刻，她的名字被报了出来。她没有注意到白花边姑娘脸上露出的略带惭愧的吃惊神情，就算她注意到了，也不会明白这其中暗含的难以捉摸的钦佩，但是不管怎么说，安妮还是站了起来，茫然地向前台走去。她脸色苍白，而坐在下面观众席中的戴安娜和简也紧张地互相握起了手，她们对安妮充满了同情。

怯场给安妮造成了势不可当的打击。尽管她经常在公开场合朗诵，但是却从来没有面对过这么多观众，看着台下的架势，她彻底失去了信心与力量。一切都很陌生，这么光彩夺目，这么令人头晕目眩——那一排排身着晚礼服的女士，一张张挑剔的面孔，还有那富裕、充满文化气息的氛围。这和“辩论俱乐部”中坐满和蔼体贴的朋友及邻居的普通长椅完全不同。她觉得，这些人将会毫不留情地对她品头论足。或许，和那个白花边女孩一样，他们正期望从她“乡土的”表演中获取一些笑料。她觉得无助、无望，羞愧而痛苦。她的膝盖在颤抖，心儿怦怦乱跳，一阵可怕的眩晕向她袭来。她一个字也说不出，如果再过一刻，她就会不顾羞耻地从台上溜走，但是她觉得，如果真那么做了，她将永远也摆脱不了心头的耻辱。

但是，就在她瞪大双眼惊恐万分地注视着观众席时，她突然看见了远远地坐在屋子后面的吉尔伯特·布莱思，他身子向前倾斜，脸上挂着一丝微笑——安妮立刻认为这一丝微笑是一种得意和嘲讽。实际上并不是这样。吉尔伯特的微笑只不过是他对整个音乐会气氛的一种欣赏，以及对安妮修长洁白的身形和充满灵气的面孔在棕榈树的背景下所产生的效果的一种欣赏。乘他马车同来的乔西·派伊就坐在他身边，她脸上的表情才是一种得意和嘲讽。不过安妮没有看见乔西，而且就算看见了，她也不会在意。她深深地吸了一口气，骄傲地昂起了脑袋，勇气和决心立刻像电击般震颤着她。她不能在吉尔伯特·布莱思面前失败——他永远都不该有机会嘲笑她，永不，永不！她的胆怯和紧张消失了；她开始朗诵，清脆甜美的声音传遍了屋子的每一个角落，没有丝毫的颤抖或停顿。她完全恢复了自制与沉着，同时由于刚才软弱无力的可怕一刻所产生的影响，她朗诵得比过去任何一次都好。当她结束时，场内爆发出阵阵真诚的鼓掌喝彩声。安妮既害羞又兴奋，小脸涨得通红，她向自己的座位走去，这时发现那个穿粉色丝制衣服的胖女人正使劲地拽着她的手在摇。

“亲爱的,你朗诵得太棒了。”她喘着气说道,“我刚才一直像个孩子在哭,真的。看,他们让你再来一个——他们坚持要你再回台上去!”

“哦,我不能去,”安妮慌乱地说,“不过——我得去,否则马修会失望的。他说他们会让我再来一个的。”

“那么就别让马修失望吧。”粉衣女士笑着说。

安妮双眸澈亮,面颊绯红,微笑着轻盈地回到台上,朗诵了一段古怪有趣的小文章,这让她的观众更加着迷。那一夜接下来的时间对她来说是一场完完全全的小胜利。

音乐会结束时,那位穿着粉色衣服的胖女士——一位美国百万富翁的妻子——牵着安妮,把她介绍给了每个人,而大家对她都非常友善。那位职业朗诵家埃文斯太太过来同她聊天,说她的声音很迷人,而且说她将那一段诗“诠释”得非常精彩。就连那位白花边姑娘也软弱无力地给了她一小句赞美的话。他们在一间装饰得豪华美丽的大餐厅里吃了晚饭。戴安娜和简也被邀请过来分享这顿晚餐,因为她们是和安妮一块儿来的,但是比利却不见了,哪儿也找不到他,他非常惧怕这类邀请,所以早就逃之夭夭了。不过,当晚餐结束时,他正坐在马车里等她们,三个女孩快乐地走出餐厅,来到安静皎洁的月光下。安妮深深地吸了一口气,然后向漆黑的冷杉枝后的明净天空望去。

哦,再次置身于纯洁、寂静的夜色中真令人心情舒畅!一切都是那么的美好、安详、神奇,大海的低吟在周遭轻轻响着,远方被黑暗笼罩的悬崖仿佛是守卫着海岸的英勇不屈的巨人。

“过得真快活,是不是?”当他们驱车出发时,简叹了口气说,“我真希望自己是个有钱的美国人,可以在饭店里度过夏天,每天都很幸福,戴着珠宝,穿着低领裙子,吃冰淇淋和鸡肉沙拉。我相信这一定比在学校里教书有趣多了。安妮,你的朗诵非常精彩,不过我刚开始还以为你开不了口了呢。我认为你朗诵得比埃文斯太太好。”

“哦，不，别那么说，简，”安妮赶紧说道，“这话听起来很蠢。我不可能比埃文斯太太朗诵得好，你知道，她可是位专业人士，而我只是个略有些朗诵技巧的女学生。只要大家喜欢我的朗诵，我就很满足了。”

“我有一句赞美的话要告诉你，安妮，”戴安娜说，“根据他说那话的口气，至少我认为那是一句赞美的话。不管怎么说，有一部分是的。简和我后面坐了一个美国人——一个黑发、黑眼，长相非常浪漫的男子。乔西·派伊说他是位著名的艺术家，她母亲在波士顿的表妹嫁给的那个男人曾和这个艺术家在同一所学校念书。嘿，我们听见他说——是不是，简？——‘台上那个长着漂亮的提香色头发的女孩是谁？她的面孔，哦，我应该把她的面孔画下来。’好啦，安妮。提香色头发是什么意思？”

“意思就是显而易见的红色，我猜。”安妮笑着答道，“提香是位非常有名的画家，喜欢画红头发的女人。”

“你们看见那些女士戴的钻石了吗？”简叹息道，“它们简直令人眼花缭乱。姑娘们，你们难道不喜欢变得富有吗？”

“我们已经很富有了。”安妮坚定地说道，“你看，我们度过了属于我们自己的十六年，我们像女王一样快乐，而且我们或多或少地都有些想象力。姑娘们，看那大海——一片银白，看不见一点阴影。如果我们有了几百万，有了无数串的钻石，我们就再也无法享受它的可爱了。就算你能，你恐怕也不愿意变成那些女人中的任何一个。你愿意变成那个白花边女孩吗，一辈子都长着那副尖酸刻薄的模样，好像生下来就不把这世界放在眼里似的？还是想成为那个粉色女士，虽然她很和蔼友好，但是却那么胖，那么矮，看上去一点儿体形也没有？或者是想变成埃文斯太太，眼睛里总带着股悲伤愁苦的神情？她有些时候一定过得非常不快乐，才会有那样的眼神。你知道你自己不会愿意的，简·安德鲁斯！”

“我不知道——不完全知道。”简怀疑地说,“我觉得钻石会给人带来很大的安慰。”

“好了,除了我自己,我可不想成为其他任何人,就算这辈子都没钻石来安慰我也没关系。”安妮宣称道,“戴着我的那串珍珠项链,做绿山墙的安妮,我就已经非常满足了。我知道那串珍珠上积聚的马修给我的爱绝不少于粉色太太对她宝石的爱。”

第三十四章

女王学院的一名女生

在接下来的三个星期内，绿山墙里异常忙碌，因为安妮在为去女王学院读书做准备，有很多针线活要做，很多事情要商量和安排。安妮的全套用品都很漂亮，而且准备得很充足，因为这是由马修负责的，而马瑞拉破天荒第一次没有对他采购的东西或提出的建议提出任何反对意见。甚至——有一天晚上，她抱着一堆精致的淡绿色布料上了东山墙的屋子。

“安妮，这段料子可以给你做件漂亮的淡色裙子。我觉得你其实并不真的需要它；你已经有很多好看的紧身上衣了；不过我想，你在镇上，如果哪天晚上有人邀请你去什么地方的话，比如说晚会，也许你希望穿上件真正时髦的衣服。我听说简、鲁比和乔西都有她们所说的‘晚礼服’，我可不想让你落在她们后头。上个星期我让艾伦太太帮我在镇上选了这块布料，我们要请埃米莉·吉利斯替你做。埃米莉很有品位，谁做的衣服都不如她做的合身。”

“噢，马瑞拉，这太美了。”安妮说，“非常谢谢你。我觉得你不该对我这么好——这让我一天比一天更舍不得离开家了。”

绿裙子做好了，埃米莉根据她的品位，在上面打了很多褶子、饰边和花边。一天晚上，安妮特意为马修和马瑞拉穿上了新衣裳，在厨房里为他们朗诵了《少女的誓言》。马瑞拉注视着那张欢快、生气勃勃的面孔和她那优雅的动作，思绪回到了安妮初来绿山墙的那天晚上，一个长相古怪、惊恐万分的孩子，穿着一身滑稽的黄棕色[①]绒衫，一双泪眼中透着伤心欲绝的神情，那幅画面再次清晰地出现在马瑞拉的记忆中。回忆中的点滴让马瑞拉的眼中也充满了泪水。

“啊，我的朗诵让你感动得哭了，马瑞拉。”安妮高兴地说着，朝马瑞拉坐的椅子弯下腰去，在她的面颊上飞快地吻了一下，“现在，我把它称做决定性的胜利。”

“不，我不是为了你的这段诗流泪的。”马瑞拉说，她瞧不起那种受了任何诗歌的影响而流露出的脆弱，“我只是情不自禁地想起了过去的你，那个小姑娘，安妮。真希望你能一直是个小姑娘，就算带着你那些古怪的举止也没关系。现在你已经长大，就要离开了。你看上去这么高，这么漂亮，而且这么——这么——穿上这件衣服整个人都不同了——就好像你根本就不属于亚芬里。想到这一切，就让我感到孤单。”

“马瑞拉！”安妮在马瑞拉膝间坐下，双手捧起她那张满是皱纹的脸，认真而温柔地注视着马瑞拉的眼睛。“我一点也没变——一点也没有。我只不过是被剪去了枯枝，发出了嫩芽。真正的我——回到这儿——是同以前完全一样的。无论我走到哪里，或者外表发生多大变化，都无关紧要；在我的心中，我永远都将是你们的小安妮，她会一天比一天更加强烈地热爱你，热爱马修和亲爱的绿山墙。”

安妮将她年轻娇嫩的面颊贴在马瑞拉衰老憔悴的脸上，又伸出一只手轻轻拍了拍马修的肩膀。马瑞拉那时在安妮爱的力量的感染下，本可以用语言来表达她的情感；但是天性和习惯却使它以另一种方式表现了出来，她只是用手臂紧紧地抱着她的姑娘，温柔地将她拥在胸前，希望永远也不要让

---

① 此处原文为 yellowish-brown，在第二章描写安妮的衣服颜色时，原文为 yellowish-gray。

她离开。

马修的眼睛湿润了，为了不让别人看见，他站起来走到了屋外。在夏夜蓝色的星空下，他心神不宁地穿过院子，向白杨树下的大门走去。

“嗯，我想她并没有被宠坏，”他骄傲地喃喃低语道，“我想我偶然的干涉根本就没什么害处。她聪明漂亮，而且有爱心，这一点比其他一切都强。她是上帝给我们的赐福，没有比斯潘塞夫人犯的那个错误更幸运的事了——如果那确实是好运的话。我不相信有运气这类的事情。这是天意，我想这是因为上帝发现我们需要她。”

安妮去镇上的日子终于到来了。九月的一个晴朗的早晨，她含泪同戴安娜道别，而同马瑞拉的道别则非常理性，没有泪水——至少在马瑞拉这方面是这样的。然后，她就和马修驾着马车出发了。不过，当安妮走后，戴安娜便擦干眼泪，和她的几个在卡莫迪的表兄妹去白沙镇参加海边野餐了，在那里她强忍伤心，玩得还算愉快；而马瑞拉整整一天都感到心痛——这种痛楚灼烧着她，折磨着她，就连不断滚下的泪水也无法将它驱走，于是她把自己埋入一大堆毫无必要的工作中。夜里，马瑞拉上床后，痛苦而又深切地意识到，客厅尽头的那间靠山墙的小屋子里不再有年轻活泼的生命住下，也不会再有轻轻的呼吸声响起，她将脸埋进枕头里，为她的姑娘伤心地痛哭起来。伤心欲绝的哭声惊醒了她自己，她静下心来，为自己因一个充满原罪的生命而如此激动的表现感到惭愧。

安妮和亚芬里其他的学生准时到达了镇上，接着又匆匆赶往学院。第一天过得非常愉快，他们忙碌又兴奋，和所有的新学生见了面，和教授们打了照面，接着又被分类编入各个班级。根据斯泰西小姐的建议，安妮打算选修二年级的课程；吉尔伯特也做了同样的选择。这就意味着如果他们顺利的话，将在一年而不是两年内获得一级教师执照；不过这也意味着更多、更辛苦的学习。简、鲁比、乔西、查理和穆迪・斯珀吉翁则没有这样的雄心壮志,所以也就心满意足地学习二级教师的课程了。安妮发现自己正和其他五十名学生坐在教室里,除了教室那端的棕发高个男生,其他人她一个也不认识,这时她突然感到一阵孤独;她悲观地认为,自己与他那种方式的认识其实并不会给她带来多大帮助。不过,毫无疑问,对于他们能够在一个班级,她还是感到高兴的;往日的竞争仍然可以继续进行,要不然安妮就不知道该怎么办了。

“如果没有竞争,我会感觉不舒服的。”她想,“吉尔伯特看上去异常坚定。我猜他正下定决心要赢得奖牌呢。他的下巴长得可真好看!以前我从来没注意到。真希望简和鲁比也在一班。不过,等我跟大家混熟了后,我想,就不会像现在这样局促不安了。不知道这儿的哪个女生会成为我的朋友。这可真是个有趣的猜测。当然,我向戴安娜保证过,不管我多喜欢女王学院的哪个女生,她也绝不会像戴安娜和我那样亲的;不过我有很多属于二类的感情可以送给她们。我喜欢那个褐色眼睛、穿着深红色上衣的女孩的长相。她看上去很活泼,像红玫瑰般娇艳。还有那个凝视着窗外的肤色白皙的女孩。她的头发很漂亮,看上去她对想象也略知一二。我希望认识她们两个——和她们熟悉,熟悉得可以用手臂搂着她俩的腰走路,可以用昵称叫她们。可是现在我不认识她们,她们也不认识我,或许她们并不特别想认识我。唉,真孤单!”

暮色中,安妮独自一人待在宿舍里,这时她觉得更加孤单。她没有和别的女生住在一起,因为她们在镇上都有亲戚,可以得到他们的照顾。约瑟芬·巴里小姐很愿意让安妮住到她那儿,不过“山毛榉宅”离学校太远,无法入住;因此巴里小姐为她找了一处提供膳食的住处,她向马修和马瑞拉保证说,那里对安妮绝对合适。

“开办这宿舍的是个家道中落的贵夫人。”巴里小姐解释说,“她的丈夫是英国军官,对于需要寄宿的人,她会进行严格的把关。住在她那里,安妮不会遇到令人讨厌的家伙。伙食不错,而且房子就在学校附近,在一个很安静的地方。”

这一切也许都是真的,而且事实也确实如此,但是这并没有减轻初次袭上安妮心头的思乡之苦。她忧伤地打量着她那间狭小的屋子,四壁贴着晦暗的墙纸,没有挂任何图画,一张铁床架和空荡荡的书架;一想起绿山墙里她的那间明亮的屋子,她顿时喉咙哽塞起来。在那里,她可以尽情地享受屋外的绿色,花园里可爱的豌豆,洒在果园中的月光,山坡下的潺潺小溪,夜风中轻轻摇曳的云杉枝,群星闪耀的广漠天空,还有树丛中若隐若现的戴安娜窗口的灯光。在这里没有任何这样的东西;安妮知道,她的窗外是一条僵硬的马路,空中布满了网状的电话线,路上有异乡人的足迹,还有那千万盏照在陌生面孔上的灯光。她知道自己快要哭了,于是拼命地想忍住。

“我绝不流泪。这是愚蠢——脆弱的——第三滴泪珠正从我鼻子边滑落。还有好多眼泪!我得想点快乐的事来阻止它们。可是,除了同亚芬里有关的事情,再没什么有趣的事儿了,而这只会把事弄得更糟——第四滴——第五滴——下个星期五我可以回家,但是这好像是一百年以后的事。哦,现在马修该到家了——马瑞拉正站在门口,注视着小路等他回家——第六滴——第七滴——第八滴——噢,数它们没用!现在它们全都涌出来了。我高兴不起来——我不想高兴。还是难受些好过!”

如果乔西·派伊不在那一刻出现,泪水一定会哗哗地淌下来。见到一张自己熟悉的面孔,让安妮感到很高兴,甚至使她忘掉了自己其实和乔西之间从来就没有多少友爱存在。作为亚芬里生活的一部分,就连派伊这样的同学也受人欢迎。

“你来了真让我高兴。”安妮真诚地说。

“你在哭。”乔西语气中的怜悯更加重了她的痛苦。“我猜你想家了——有些人在这方面没什么自制力。我可没有想家的打算,这我可以告诉你。比起死气沉沉的老亚芬里,小镇显得好玩多了。真不知道我怎么能在那儿生活了那么久。你不该哭,安妮;这让你变得难看,你的鼻子和眼睛都红了,这样你整个人看上去都是红红的了。今天我在学校过得非常愉快。我们的法语老师可爱极了。他的胡子让你的心怦怦乱跳。你这儿有什么吃的吗,安妮?我饿极了。啊,我猜马瑞拉一定给你带了很多蛋糕。就是因为这个,我才来你这儿的。否则的话,我就和弗兰克·斯托克利去看乐队演出了。他和我在一个地方搭伙,是个挺重友情的人。今天他在班上注意到你了,还问我那个红头发女孩是谁。我告诉他你是卡思伯特家收养的孤儿,大家对你以前的情况都不太清楚。"

安妮心想,就算孤独和眼泪不太令人满意,它们毕竟也比乔西·派伊的陪伴强多了。这时,简和鲁比出现了,她们的衣服上都醒目地别上了女王学院的彩色丝带,约一英寸长——紫色和红色的。因为那一段时间乔西不和简"说话",所以她不得不稍加收敛,语气也缓和了些。

"唉,"简叹了口气,"从早晨到现在,我觉得好像已经过去了好几个月。我应该在家学维吉尔的诗——那个可怕的老教授给了我们二十行诗,明天就开始学。可是今晚我根本无法静下心来学习。安妮,我想这是泪痕。如果你刚刚哭了,就痛快地承认吧。这会恢复我的自尊心,因为在鲁比来之前,我也一直在流眼泪。如果别人也很傻,我当傻瓜也就无所谓了。蛋糕?给我一小块,好吗?谢谢。这才是地道的亚芬里风味。"

鲁比看到桌上摆着女王学院的校历,便问安妮她是否打算赢得金奖。

安妮红着脸承认自己正在考虑这件事。

"啊,这倒提醒了我,"乔西说,"女王学院终于要得到一份埃弗里奖学金了。这消息是今天才知道的。弗兰克·斯托克利告诉我的——他舅舅是校董事会的成员,你们知道。明天这消息会在学院宣布。"

埃弗里奖学金!安妮感到自己的心跳在加速,她的雄心壮志魔力般地在迅速膨胀。在乔西宣布这条消息前,她最高的目标是在年底前拿到一级地方教师执照,或许还有一枚奖章!不过现在,一瞬间安妮仿佛看见自己正在领取埃弗里奖学金,在雷德蒙德大学学习文科课程,毕业时穿着长袍,戴着学士帽,此时乔西·派伊的话音刚落。因为埃弗里奖学金是由英国人颁发的,安妮感到自己的一只脚正踏在故乡的土地上。

新不伦瑞克省的一位非常富有的工厂主死前将一大笔遗产作为奖学金,根据沿海各省的高中及大专学校的排名情况,捐给了它们。大家一直对女王学院能否获得一份捐赠感到疑惑,不过这问题终于有了答案,年终在英语和英国文学课上获得最高分的学生将赢得奖学金——在雷德蒙德大学学习四年,每年两百五十加元。难怪那天晚上安妮上床时面颊上带着激动的神情!

"如果努力学习可以得到那份奖学金,我一定要争取。"她下定了决心。"如果我能拿到文学学士学位,马修一定会非常骄傲的,不是吗?噢,雄心勃勃是件令人愉快的事。我很高兴自己能有很多雄心壮志。更何况它们好像永无止境——这一点最令人激动。当你刚实现了一个目标,却发现另一个在更高的地方熠熠发光。这让生活充满了乐趣。"

第三十五章

女王学院的冬天

安妮的思乡情绪渐渐在消失,每周末的回家极大地帮助了她。每个星期五的晚上,只要天气温和,没有霜冻,亚芬里的学生们就会穿越铁路新支线,到卡莫迪去等他们。戴安娜和亚芬里的其他几个年轻人一般总是在那里迎接他们,然后大家快乐地结伴往亚芬里走去。安妮觉得在那些晚上像吉卜赛人似的越过秋日的山岭,呼吸新鲜的空气,眺望远方亚芬里家家户户闪烁着的灯光的日子是整个一周中最美好、最亲切的时光。

吉尔伯特·布莱思几乎天天和鲁比·吉利斯一块儿走,还为她拎书包。鲁比是个非常俊俏的姑娘,此时她觉得自己已经是个大人了,而事实也如此。她穿长裙,裙子的长度已经达到了她母亲允许的极限,在镇上她还把头发盘起来,不过回家时她不得不把它放下来。她有一双明亮的蓝色大眼睛,皮肤白皙,身材丰腴,引人注目。她很爱笑,开朗乐观,性情温柔,尽情地享受着生活中的乐趣。

"不过我觉得她不是吉尔伯特喜欢的那类女孩。"简小声对安妮说。安妮也有同感,不过为了埃弗里奖学金,她可不会这么说。她也情不自禁地在想,如果能有一位像吉尔伯特这样的朋友,在一起聊天,说笑,交换读书学习心得,畅谈理想抱负,该是多么令人愉快啊。她知道,吉尔伯特是个有抱负的人,而同鲁比讨论这些问题看起来没什么用处。

安妮对吉尔伯特的看法,没有掺杂一点愚蠢的感情化的东西。当她想起男生们的时候,他们对于她来说只不过是好伙伴。如果她和吉尔伯特成为朋友的话,她可不会在乎他还有多少朋友、和谁一起走路。在交友方面,她很有天赋。她有许多女朋友,但是她隐隐约约地意识到,交一些男性朋友或许也可以完善一个人对于友谊的看法,为判断和比较建立起更加开明的立场。安妮并不能完全清楚地表达出她对这个问题的想法。不过她认为,如果吉尔伯特和她穿越松软的田地,沿着长满三叶草的小路一同回家,他们可能会进行很多快乐而有趣的交谈,畅谈展现在他们周围的新世界、他们的希望和抱负。吉尔伯特是个非常聪明的年轻小伙子,对事物有自己的见地,而且有获取人生最美好的精华以及全力以赴投入生活的决心。鲁比·吉利斯对简·安德鲁斯说,她对吉尔伯特说的事情似懂非懂;他说起话来就和安妮·雪莉兴致所至时一样,在鲁比看来,除非是迫于压力,根本就没有必要为那些书本和诸如此类的事情操心,她觉得那样的劳神一点乐趣也没有。弗兰克·斯托克利精力充沛多了,不过他远不及吉尔伯特英俊,她实在无法决定自己更喜欢哪一个!

在学校中,一小圈朋友渐渐地被吸引到了安妮身边,她们和安妮一样爱思考,想象力丰富,具有远大的抱负。她很快就和"玫瑰红"姑娘斯特拉·梅纳德以及"梦幻女孩"普丽西拉·格兰特成了亲密的朋友。她发现普丽西拉这个肤色雪白、面容高贵纯洁的少女竟非常喜欢搞恶作剧,十分调皮,而长着一对活泼的黑眼睛的斯特拉却同安妮一样爱幻想,对世界充满了真诚的梦想。

圣诞节后,亚芬里的学生们便不再回家了,而是静下心来钻研苦读。这时女王学院里的所有学生在名次上已全都找到了自己的位置,而不同的班级也显露出了它们在个性特征上的细微差别。某些事实已被普遍接受。大家公认奖章的竞争实际上已局限在了三个人——吉尔伯特、安妮·雪莉和刘易斯·威尔逊——之间;而埃弗里奖学金将花落谁家则不得而知了,一般说来那六个人中的任何一人都有可能是赢家。人们认为数学的铜奖多半会被那个胖乎乎、长相滑稽的乡下小男孩获得,他穿着一件打了补丁的外套,前额饱满。

鲁比·吉利斯是那一年学院中最漂亮的女生;在二年级的几个班中,斯特拉·梅纳德被选为最美的女生,不过有一小部分颇具眼光的同学更喜欢安妮·雪莉。所有称职的评论家们一致认为埃塞尔·马尔的发型最时髦,而简·安德鲁斯——朴素大方、小心谨慎的简——在家政课上一举胜出。就连乔西·派伊也以她尖刻的谈话方式在女王学院中获得了一定的名气。因此,可以公正地说,在这场更为广泛的学院课程的角逐中,斯泰西小姐的学生们全都保住了他们应有的地位。

安妮学得很刻苦、踏实。她同吉尔伯特之间的竞争仍然像在亚芬里学校时一样激烈,不过班上并没有很多人知道这场竞争,不知怎么的,其中的不愉快早已消失殆尽。安妮不再是为了能击败吉尔伯特而希望获胜,而是为能够战胜任何一位值得较量的对手而感到自豪。成为赢家是件很有意义的事,而就算输了,她也不再认为生活是难以忍受的了。

除了上课,学生们还是找到了一些玩耍的机会。安妮大部分的课余时间都在"山毛榉宅"度过,星期天一般在那里吃饭,然后和巴里小姐一块儿去教堂。巴里小姐年岁渐高,她自己也这么承认,但是她的黑眼睛仍然炯炯有神,说话时的活力丝毫没有减退。但是,她对安妮说话从不尖酸刻薄,安妮一直是这位挑剔的老小姐的最爱。

"那个安妮姑娘一直在进步。"她说,"我对别的姑娘感到厌倦——她们一成不变,令人厌烦。而安妮却像彩虹一样有很多不同的色彩,每一种色彩出现都是最美丽的。我不知道她是否还像孩提时那么惹人发笑,不过她使得我爱她,我喜欢那些令我爱他们的人。这省去了让我自己去爱他们的不少麻烦。”

接着，几乎谁也没留意到，春天已经来临了；在亚芬里，长满枯草的灌木地上还留存着残雪，而五月花已悄悄地露出了粉红色的花苞；“绿色的薄雾”笼罩着林间山谷。但是在夏洛特镇，被困扰着的女王学院的学生们想的和谈的就只有考试。

“看上去好像学期并不会这么快就结束。”安妮说，“唉，去年秋天时觉得前面的日子似乎很长——整个冬天都在上课、学习。现在我们来到了这里，下个星期就要考试了。姑娘们，有时候我觉得那些考试意味着一切，但是当我看着那些栗子树上绽出的大嫩芽和街道尽头弥漫着的蓝色雾气时，我又觉得它们好像并没那么重要了。”

顺道来看望她的简、鲁比和乔西不以为然。对她们来说，即将到来的考试一直很重要——比那些栗子嫩芽或五月烟雾重要多了。当然安妮绝对会通过考试，因此她可以小视这场考试，不过当你的所有前程全都取决于考试——姑娘们真的都这么认为——时，你就无法泰然自若地等闲视之了。

“这两个星期以来，我掉了七磅肉。”简叹息道，“说不用担心根本无济于事。我要担心。担心发愁对人有些帮助——你发愁的时候，总会去做些什么事的。整个冬天我都在女王学院，花了这么多钱，如果拿不到执照，简直太可怕了。”

“我可不在乎。”乔西·派伊说，“如果今年我没通过，明年我再来。我父亲供得起我。安妮，弗兰克·斯托克利说，特里梅因教授说吉尔伯特·布莱思一定能获得奖章，而埃米莉·克莱很有可能赢得埃弗里奖学金。”

“这要让我明天情绪低落了，乔西。”安妮笑着说道，“不过现在，我觉得，只要我知道绿山墙下面的山谷正在被绽放着的紫罗兰染上紫色，‘情人的小路’上的小三叶草在探头探脑，那么能不能赢得埃弗里奖学金，对于我来说真的就无关紧要了。我已经尽了全力，而且我开始懂得‘奋斗的快乐’

这句话中的意思。除了努力、获得胜利,最大的益事便是努力而遭遇失败了。姑娘们,别再说考试了!看看那些房屋上方的浅绿色苍穹,再想想亚芬里暗紫色的山毛榉林上方的天空会是什么颜色吧。"

"你准备穿什么参加毕业典礼,简?"鲁比问了一个很实际的问题。

简和乔西都立刻做了回答,然后她们围绕时装聊开了话题。而安妮双肘撑在窗台上,两手紧握托住柔软的面颊,充满幻想的一对眼睛不经意地望过城市的屋顶和塔尖,最后将目光落在斜阳西下的天空中那片壮美的晚霞上,以其年轻人特有的乐观情绪构成的金色薄纱编织起她对未来的憧憬。在即将到来的日子里,潜藏着光辉前程的"遥远未来"都属于她——每年都将有一朵希望的玫瑰被织进一顶不朽的花冠中。

第三十六章

光荣与梦想

年终所有考试成绩即将公布在女王学院公告栏的那天早上，安妮和简并肩走在路上。简笑逐颜开。考试结束了，而她对自己至少考个及格还是很有把握的，这让她感到很舒心。简根本不会再劳神考虑其他事情，她没有宏大的抱负，因此伴随雄心壮志而来的不安情绪对她没有丝毫影响。在这个世界上，我们获取任何东西都是要付出代价的；尽管远大的抱负值得拥有，但它们却不是轻易可以达成的，需要付出辛勤的劳动，进行自我克制，并经受焦虑不安和灰心丧气的种种考验。安妮脸色苍白，沉默不语，再过十分钟，她就会知道谁将获得奖章，谁将领取埃弗里奖学金。在那一刻，似乎只有这十分钟才配被称做“时间”。

“不管怎么样，你都会赢得其中的一项。”简说道，她不相信老师们会做出什么不公平的安排。

“我没有希望拿埃弗里奖学金。”安妮说，“每个人都说埃米莉·克莱会得到它。我不打算到公告栏那儿当着众人的面去看名单。我没有勇气。我直接去女生更衣室。你去看布告然后回来告诉我，简。我以咱俩之间深厚友谊的名义，请你赶快去做。如果我失败了，就直截了当地告诉我，别拐弯抹角；而且不管你做什么，可千万别可怜我。答应我，简。”

简严肃地答应了。不过当事情发生时，这项保证看起来也就毫无必要了。她们踏上学校门口的台阶时,发现大厅里挤满了男生,他们把吉尔伯特·布莱思扛在肩上,大声叫喊着:“向布莱思欢呼,奖章获得者!”

顿时,一股失败与失望交融的令人作恶的剧痛涌上安妮心头。这么说,她失败了,吉尔伯特胜利了!唉,马修要失望了——他一直对她的胜利坚信无疑。

接着!有人高声喊道:

“为埃弗里奖学金获得者雪莉小姐喝彩!”

“啊,安妮。”简气喘吁吁地说,这时她们在一片热烈的欢呼声中冲进了女生更衣室,“啊,安妮,我太骄傲了!棒极了,是不是?”

接着,姑娘们围住了她们,安妮是大家欢笑祝贺的中心。大家拍着她的肩膀,使劲地和她握手。她被人们推来拉去,搂搂抱抱,间隙中,她小声对简说:

“哦,马修和马瑞拉一定会非常高兴的!我得立刻写信把这个消息告诉他们。”

毕业典礼是接下来的一件大事。仪式是在学校的大会议厅举行的。会上发表了演说,宣读了论文,唱了歌,颁发了文凭、奖状和奖章。

马修和马瑞拉也到了现场,他们的眼睛和耳朵只关心台上的一位学生——那个面颊微红,双目炯炯有神,着一身浅绿色衣裳的高个儿女孩。她朗读了最佳论文,人们指着她小声议论说,她就是埃弗里奖学金的获得者。

“你为我们当初把她留下来感到高兴吧,马瑞拉?”当安妮朗读完论文,马修低语道,这是他进入大厅后说的第一句话。

“这不是我第一次感到高兴了。”马瑞拉反驳道,“你就喜欢提及令人不快的事,马修·卡思伯特。”

站在他们后面的巴里小姐向前探过身去,用她的阳伞捅了捅马瑞拉的后背。

“你们为安妮姑娘感到自豪吧？我也是。”她说。

那天晚上，安妮同马修、马瑞拉一起回到了亚芬里。从四月份以来，她就一直没回过家，她觉得自己一天也等不及了。苹果树上已绽放出了花朵，世界显得清新而年轻。戴安娜在绿山墙等她。在她自个儿的白色小屋里，马瑞拉在窗台上摆放了一盆盛开的玫瑰，安妮环顾四周，幸福地深深舒了一口气。

“噢，戴安娜，回家的感觉真好。看到那些直指粉色天空的尖冷杉——以及那片白色果园，还有旧日的‘白雪皇后’，真令人高兴。薄荷的清香很诱人，是不是？还有那株香水月季——啊，它是一首歌、一个希望、一句祷告。而且又见到了你，真好，戴安娜！”

“我以为你更喜欢那个斯特拉·梅纳德呢。”戴安娜责怪道，“乔西·派伊告诉我的。乔西说你被她迷得神魂颠倒。”

安妮笑了，她把花束中凋谢的“六月百合”向戴安娜扔去。

“这世界上除了一个人，斯特拉·梅纳德才是最亲密的姑娘，而那一个人就是你，戴安娜。”她说，“我更爱你了——我有好多好多事情要告诉你。不过，现在我觉得坐在这儿看着你就挺开心的。我想，我厌倦了——厌倦了勤奋学习和雄心壮志。我打算明天至少花两个小时躺在外面果园的草地上，不想任何事情。”

“你做得太棒了，安妮。我想，你拿了埃弗里奖学金，就不会去教书了吧？”

“不教书啦。九月份我就去雷德蒙德。听上去妙极了，是不是？等这三个月愉快的金色假期结束时，我又会再储满崭新的雄心壮志。简和鲁比会去教书。我们全都通过了，就连穆迪·斯珀吉翁和乔西·派伊也不例外，这真令人开心。”

“新不里奇学校的理事会已经给了简一份在那儿教书的工作。”戴安娜说,“吉尔伯特·布莱思也打算去教书。他必须这么做。毕竟他父亲供不起他明年去上大学,所以他打算自己挣钱上大学。我猜,如果埃姆斯小姐决定离开的话,他会得到在这儿的学校教书的机会。”

一种奇怪的感觉涌上了安妮的心头,她既有些惊讶,也有些失望。她还不知道这件事;她还以为吉尔伯特也会到雷德蒙德去。没有了他们之间的激励人心的竞争,她该怎么办呢?少了这位冤家朋友,就算在男女同校大学里的学习有希望获得一个真正的学位,生活难道不会太过于平淡无奇吗?

第二天吃早餐时,安妮突然发现马修的脸色非常不好。很显然,他比一年前苍老多了。

“马瑞拉,”当马修出去后,她踌躇地问道,“马修身体好吗?”

“不好,他身体不好。”马瑞拉担忧地说,“今年春天,他发了好几次很严重的心脏病,可他还一刻儿不愿歇。我真的很担心他,不过最近他稍稍有所好转,我们雇了一个新人,他很能干,我希望他能好好地休息休息,慢慢恢复健康。现在你在家,或许他会好起来的。你总是能让他高兴。”

安妮探过桌子,双手捧起马瑞拉的脸。

“你自己看上去也不像我想的那样健康,马瑞拉。你好像很疲倦。恐怕你太操劳了。现在既然我回来了,你就该好好歇歇啦。我只打算利用一天时间去拜访那些亲爱的老地方,重温往日的旧梦,然后就轮到你休息,我干活了。”

马瑞拉深情地对她的姑娘笑了笑。

“不是工作——是我的头。现在我经常头痛——眼睛后面。斯潘塞医生总是强调要戴眼镜,但它们对我一点作用也没有。六月底的时候有位著名的眼科大夫会来爱德华王子岛,医生说我一定得去让他看看。我想该去一趟。现在,读书、做针线活都不怎么顺畅。嗯,安妮,我得说,你在女王学院表现得不错。一年内就拿到了一级执照,还赢得了埃弗里奖学金——嗯,嗯，林德太太说骄者必败，她根本不赞成妇女接受高等教育；她说那与妇女的真正角色不符。我可不信这话。说到雷切尔，倒提醒了我——你最近听说了关于阿比银行的事儿了吗，安妮？”

“我听说它岌岌可危，”安妮答道，“你问这个干什么？”

“雷切尔也是这么说的。上周她到这儿来过，说有些关于它的传言。马修非常担心。我们所有的存款全在那个银行里——每分钱都存在那儿。当初我想让马修把钱存进储蓄银行，但是老阿比先生是我们父亲的好朋友，他总把钱存在那儿。马修说，只要是阿比当头儿的银行就肯定安全可靠。”

“我认为多年来他只是名义上的头儿，”安妮说，“他年岁很大了，他的侄子们才是银行真正的头儿。”

“唉，雷切尔告诉我的时候，我让马修把钱立刻取出来，他说他得考虑一下。不过昨天拉塞尔先生又告诉他说那间银行运转很正常。”

安妮在户外世界的陪伴下，度过了美好的一天。她永远都记得那一天，它明净透亮，光辉灿烂，美丽迷人，没有阴影，只有怒放的花朵。安妮在果园里待了几个小时；去了“树神的水泡”、“垂柳池”和“紫罗兰谷”；她拜访了牧师家，同艾伦太太进行了一番畅谈；最后，傍晚时，她和马修一起穿过“情人的小路”，将母牛赶到了后面的牧场上。温暖的落日余晖在西边的山口处一泻而下，在它的照耀下，森林显得无比的灿烂辉煌。马修低着头慢慢走着；挺拔高挑的安妮也放慢雀跃的脚步，同马修一道往前走去。

“今天你干得太用劲了，马修，”她略带责备地说道，“为什么不悠着点儿呢？”

“嗯，那样我干不来。”马修说着，打开院门，让母牛进去，“安妮，岁月不饶人，而我还总把它给忘了。嗯，我一向干活很用力，我宁愿在干活时倒下。”

“如果我是那个你们托人领养的男孩，”安妮若有所思地说道，“现在我就可以帮你们干不少事了，让你省些力气。就为了这一点，我打心眼儿里愿意是个男孩。”

“嗯，我宁愿要你，也不要十几个男孩，安妮。”马修拍了拍她的手说，“记住——宁愿要你，也不要十几个男孩。好啦，我想得到埃弗里奖学金的不是个男孩子吧，对不对？是个姑娘——我的姑娘——我引以自豪的姑娘。”

他走进院子时，脸上露出了他那害羞的微笑。那天晚上，安妮走进自己的屋子时，仍然记着那个微笑。她在敞开的窗户前坐了许久，回想着往昔，憧憬着未来。窗外，“白雪皇后”在月光下显得朦朦胧胧；青蛙在果园坡那边的沼泽地里鸣唱。安妮永远记得那天夜里安宁、静谧、一片银白的美景，还有那空气中弥漫的芬芳气息。这是她生命中遭遇不幸前的最后一夜；而一旦遭到那种冷酷无情的影响，生活便不会再依然如故。

第三十七章

终结者的名字叫死神

“马修——马修——怎么啦？马修，你病了吗？”

这是马瑞拉的声音，急促而惊恐。安妮正穿过客厅走来，双手捧满了白色的水仙花——事情发生后很久，安妮才恢复了对水仙的热爱。她听到了马瑞拉的声音，看见马修正站在走廊口，手中抓着一张折起的报纸，面孔扭曲，脸色灰白。安妮丢下花，和马瑞拉同时向厨房跑去。她们都迟了一步；等她们来到他身边时，马修已经跌落到了门槛上。

“他昏过去了，”马瑞拉喘着气说，“安妮，快去叫马丁……快，快！他在牲口棚。”

雇工马丁刚驾车从邮局回来，立刻动身去请医生，路过果园坡时他叫上了巴里夫妇。正在那儿办事的林德太太也赶了过来。他们发现安妮和马瑞拉正发狂似的想使马修恢复神志。

林德太太轻轻地将她们推开，搭了搭他的脉搏，然后又将耳朵贴近他的胸前。她伤心地望着她们焦急的面孔，眼里涌出了泪水。

“哦，马瑞拉，”她语气沉重地说道，“我觉得——我们对他无能为力了。”

“林德太太，你不是认为——你不能认为马修已经——已经……”安妮说不出那个可怕的字眼。她脸色变得惨白。

“孩子,是的,我想恐怕是这样的。看他的脸。如果你像我一样经常见到这种脸色,你也许就知道这意味着什么了。”

安妮望着那张僵硬的面孔,上面露出死神降临的征兆。

医生来了,他说马修很可能是受到了某种突如其来的打击而突然死亡的,或许没有感到痛苦。而这个打击便来自马修手中握着的那张报纸,报纸是那天早上马丁从邮局带回来的,上面报道了阿比银行破产的消息。

噩耗迅速在亚芬里传开,朋友、邻居们一整天都聚集在绿山墙,他们为死者及家属好心地忙碌着。这是腼腆、沉默的马修第一次成为中心人物;煞白的死神侵袭了他,将他同大家分开。

寂静的夜幕悄悄地笼罩住了绿山墙,此时的这座老房子显得非常沉寂。客厅里,马修躺在棺材中,灰白色的长发衬托出他那张安详的、露出一丝微笑的脸庞,他好像只是睡着了,在做着甜美的梦。他的四周摆放着鲜花——香甜的老品种鲜花,这是他母亲出嫁之日在家里花园里种的,马修对它一直怀有一种难以言表的热爱。安妮采了许多,带来给他,她那张苍白的脸上,一双悲痛的眼睛哭得通红,而此时早已欲哭无泪。这是她唯一能为他做的事了。

那天晚上巴里一家和林德太太与她们待在一起。戴安娜走到东山墙,安妮正站在窗前,她轻轻地对安妮说:

“亲爱的安妮,今晚让我陪你睡好吗?”

“谢谢你,戴安娜。”安妮真诚地望着她朋友的脸。“如果我告诉你我想独自一人待着,你不会不理解我吧?我不害怕。事情发生后,每时每刻都有人陪着我——我希望一个人待着。我想静一静,好好来想想这件事。我无法接受它。有一会儿,我似乎觉得马修不可能死了;而另一会儿,我又觉得他好像已死了好久,这种可怕的痛楚一直在困扰着我。”

戴安娜并不十分理解。马瑞拉在这场飞来横祸面前,失去了往昔矜持寡言的天性,摆脱了老习惯的束缚,情绪显得异常激动,伤心欲绝。比起安妮欲哭无泪的悲痛,她更能理解马瑞拉的心情。不过,她还是体谅地走开了,留下安妮独自一人伴随着忧伤度过她的第一个不眠之夜。

安妮希望泪水会在孤寂中涌出来。她已无法再为马修落泪,而这在她看来是件很可怕的事,她曾那么深爱马修,他也曾对她那样慈祥,昨天晚上马修还和她在夕阳中结伴回家,而现在却带着异常平静的表情躺在楼下那间昏暗的屋子里。夜色中,她跪在窗边,望着山那边的星星开始祈祷,纵使这样,也没有泪水——没有泪水,只有那不断涌上心头的剧痛袭击着她,伴随着白天的痛苦和激动,她疲惫不堪,渐渐睡去。

夜里,她醒来,四周一片寂静和黑暗,白天的事情宛如悲伤的潮水向她袭来。她看见了马修向她微笑的脸庞,笑容和前一天晚上他们在门口分别时的一样——她听见他的声音在说:"我的姑娘——我引以自豪的姑娘。"接着,泪水便涌了出来,她放声痛哭。马瑞拉听到声音,悄悄走进来安慰她。

"好啦——好啦——别这样哭了,亲爱的。哭也唤不回他了。不——不——不该这么——这么哭。今天我才明白,可还是控制不住。他一直是我的好兄弟——只有上帝最了解。"

"哦,就让我哭吧,马瑞拉。"安妮啜泣道,"泪水不像心中的剧痛那样难以忍受。在这儿和我待一会儿吧,用你手臂抱着我——这样。我不能让戴安娜留下来,她善良温柔——但这不是她的痛苦,她是个局外人,她无法走进我的心给我帮助。这是我们的痛苦——你的和我的。哦,马瑞拉,没有了他,我们该怎么办?"

"我们还有彼此,安妮。如果你不在这儿,我不知道自己会怎么办——如果你没回来的话。唉,安妮,我知道也许我对你严厉苛刻了些,可是你千万不要因此认为我不如马修爱你。我现在可以这么告诉你。对我来说,用言语说出内心的想法从来都不是件容易的事,不过在这样的时刻,说出来就容易一些。我深深爱着你,就好像你是我的亲骨肉,自你来到绿山墙后,你一直是我的欢乐和安慰。”

两天后,人们抬着马修跨过农庄的门槛,离开他曾耕耘过的土地、他曾深爱的果园和他亲手种下的树木;接下去,亚芬里又恢复了往日的平静,就连在绿山墙,生活也悄悄地回到了常轨,大家像从前一样有规律地完成农活,尽管他们总是痛苦地感到“一切熟悉的东西中都少了些什么”。初次品尝悲痛的安妮认为,事情还能变成这样简直令人伤心——没了马修,他们居然还能按照过去的方式继续生活下来。她发现冷杉林后的日出和花园里绽放的淡粉色花朵居然还让她心中涌起旧日的欢乐——戴安娜的造访令她心情愉快,而戴安娜欢快的话语和腔调逗笑了她。总而言之,充满鲜花、爱和友谊的美丽世界没有失去丝毫令她浮想联翩和激动的力量,生活仍然在用各种声音急切地呼唤着她,这所有的一切令她感到羞耻和内疚。

“马修走了,我却还能在这些东西中找到乐趣,这是对马修的不忠。”一天晚上,当安妮和艾伦太太坐在牧师家的花园里时,她若有所思地说道,“我非常想念他——每时每刻——然而,艾伦太太,世界和生活看上去还是那么美丽有趣。今天戴安娜告诉了我一些有趣的事,我发现自己居然在哈哈大笑。当那件事发生时,我觉得自己再也无法笑了。而且不知怎么的,我好像不该笑。”

“马修在世时,他喜欢听你的笑声,希望知道你从周围的世界中找到了快乐。”艾伦太太温柔地说道,“现在他只是走了,但他还和过去一样希望知道这些。我相信,我们不该关闭心扉,拒绝大自然赋予我们的这些具有疗伤作用的影响力。不过,我可以理解你的感情。我们都在经历着相同的一件事。当我们所爱的人再也无法和我们共同分享快乐时,我们却还能对某些事情产生愉快的情绪,这让我们感到内疚,而当我们发现自己重新对生活产生兴趣时,又会觉得这似乎不忠于我们的悲哀。”

“今天下午，我去墓地在马修的坟前种了一株玫瑰。”安妮心不在焉地说，“那插条是从娇小的白玫瑰上剪下来的，很久以前他母亲从苏格兰带过来了一些白玫瑰。马修一直最喜欢那些玫瑰——它们长在多刺的梗子上显得特别娇小、可爱。能把它种在马修墓前，真让我高兴——好像把它种在他身边，是在做一件一定会令他高兴的事。我希望他在天堂里也有这样的玫瑰。这么多的夏天，他一直在爱着白玫瑰，也许，那些白玫瑰的精灵正在天堂那儿等着他。现在我要回家了。马瑞拉一个人在家，黄昏时她会感到孤单的。”

“等你去上大学时，我想，恐怕她会更孤单的。”艾伦太太说。

安妮没有回答；她道了晚安，缓步向绿山墙走去。马瑞拉正坐在前门的台阶上，于是安妮在她身边坐下。她们背后的门敞开着，一枚粉红色的大海螺顶住了它，海螺光洁盘旋的内壁仿佛依稀可见海上西下的斜阳。

安妮折了几根浅黄色的杜鹃花枝插在头发间。她喜欢那种芬芳的清香，走动时头顶上仿佛总有个天使在飞舞。

“你出去时，斯潘塞医生来过这儿。”马瑞拉说，“他告诉我，那个专家明天会在镇上，还坚持让我去查查眼睛。我想最好还是去一趟，查查清楚。如果那个人能给我配一副合适的眼镜，那我就感激不尽了。我不在家，让你一个人待在这儿没什么意见吧？马丁会驾车送我去，家里还有些衣服要烫，再烤些面包。”

“我没事。戴安娜会来陪我。我会出色地完成烫衣服和烤面包的工作的——你不用担心，我不会给手帕上浆或者往面包里加上止痛剂的。”

马瑞拉笑了。

“那时候，你可就会闯祸，安妮。你老是陷入窘境。我曾以为你是着了魔。你还记得你染头发的那次吗？”

“当然记得。我永远都不会忘记。”安妮笑着，摸了摸头上的两条粗辫子。“现在有时候回想起当时我的头发曾带给我那么大的烦恼,我就会发笑——不过我笑得不厉害,因为在当时那确实令人烦恼。我为我的头发和雀斑承受了很大的痛苦。我的雀斑真的不见了;现在人们都对我说,我的头发是赤褐色的——只有乔西·派伊不这么说。她昨天还告诉我说,她真的认为我的头发比过去更红了,或者至少说是我的黑衣服把它衬得更红了,她还问我,是不是红头发的人会习惯这种发色。马瑞拉,我差不多打算放弃对喜欢乔西·派伊所做的努力。我曾做出一度被称做是英勇的努力去喜欢她,不过乔西·派伊实在不招人喜欢。”

“乔西是派伊家的一员,”马瑞拉尖刻地说,“所以她没法不令人讨厌。我觉得那类人对社会有些作用,不过我得说,比起我所知道的大鳍的用途来,他们还有什么作用我就不知道了。乔西打算教书吗?”

“不,明年她回女王学院。穆迪·斯珀吉翁和查理·斯隆也是这样。简和鲁比准备去教书,她们都已经找到了学校——简在新不里奇,鲁比在西边的一个地方。”

“吉尔伯特也准备教书,是不是?”

“是的。”——回答很简洁。

“他真是个俊小伙。”马瑞拉心不在焉地说,“上礼拜天我在教堂看见了他,他好像个子很高,很有男子汉气概。他和他父亲年轻时很像。约翰·布莱思也曾是个帅小伙。我们过去是很好的朋友,他和我。人们称他为我的情人。”

安妮饶有兴趣地抬起头。

“噢,马瑞拉——后来怎么样啦?你为什么没有……”

“我们吵了一架。当他请求我原谅他时,我不干。我其实打算过一会儿原谅他的——但是我当时很生气,所以想先惩罚他一下。他就再也没回来——布莱思家的人都特别独立坚定。不过我总觉得——非常遗憾。我一直希望自己有机会可以原谅他。”

“这么说，你的生活中也曾有过一点浪漫的经历。”安妮细声说。

“是的，我想你可以这么说。看我的模样，你是想不到的，对不对？但是你绝不可以貌取人。所有人都忘掉了我和约翰的事儿。我自己也忘记了，但是上礼拜天见到吉尔伯特时，我又想起了这一切。”

第三十八章

峰回路转

第二天马瑞拉去了镇上，到晚上才回来。安妮和戴安娜一起去了果园坡，回家后发现马瑞拉用手撑着脑袋正坐在桌旁。不知怎么的，她那沮丧的样子让安妮深深地打了个寒战。安妮从未见过马瑞拉像这样没精打采地坐着。

“你累了吧，马瑞拉？”

“是的……不，我不知道。”马瑞拉抬起头疲倦地说道，“我想我是累了，不过我倒没在考虑这个。不是这个问题。”

“你见过眼科医生了吗？他怎么说的？”安妮急切地问。

“是的，我见过他了。他为我检查了眼睛。他说，如果我完全停止看书、干针线活和任何损伤眼睛的事，而且还得注意不淌眼泪、戴上他给我配的眼镜，那么，他认为也许我的眼睛就不会再糟下去了，同时头痛病也会变好。但是如果我不按他说的做的话，他说我肯定会在半年内完全瞎掉。瞎掉！安妮，简直不能想象！”

安妮惊讶地叫了一声，紧接着是片刻的沉默。她觉得自己似乎无法说话。然后，她哽咽着却很勇敢地说：

“马瑞拉，别去想它。你知道，他给了你希望。如果你注意点儿，你是不会完全失明的；而且如果他给你配的眼镜能够治愈你的头疼，那也是件大好事。”

“我可不认为那有多大的希望。”马瑞拉痛苦地说，“如果不能看书，不能干针线活，或者其他类似的事儿，我还活着干吗？或许我还是会瞎掉——或者死掉。至于流眼泪，我感到孤独时总会情不自禁地要哭。好了，这事儿没什么好谈的。给我倒杯茶吧。我简直累坏了。无论如何，请你暂时别对任何人说这事。我可受不了大伙儿跑到这儿来嘘寒问暖，谈个没完。”

马瑞拉吃过晚饭后，安妮劝她上床睡觉。接着，安妮独自来到东山墙的屋子，含着眼泪，心情沉重地在夜幕中的窗户边坐下。自她回家后的那天晚上以来，发生了这么多悲哀的变化！那天她曾那样充满希望和欢乐，而未来似乎是那样光明灿烂。安妮觉得从那天以来自己好像已度过了好多年，可是在她上床时，嘴角却露出了一丝微笑，心情也平静了下来。她勇敢地直视着自己的责任，同时发现责任还是一个好伙伴——每当我们坦然面对它的时候，总是会发现它是我们的朋友。

几天后的一个下午，马瑞拉从前院缓缓走了进来，刚才她一直在和一位访客谈话——安妮一眼认出那个人就是卡莫迪的约翰·萨德勒。安妮感到奇怪，他到底对马瑞拉说了些什么，让她的脸色看上去那么难看。

“萨德勒来这儿干吗，马瑞拉？”

马瑞拉在窗边坐下，望着安妮。尽管医生嘱咐她不要哭，但她的眼中还是噙满了泪水，嗓音也变得沙哑起来：

“他听说我打算卖掉绿山墙，他想买下来。”

“买下来！买下绿山墙？”安妮怀疑自己是不是听错了。“啊，马瑞拉，你没有打算卖掉绿山墙吧！”

“安妮，我不知道还有其他什么办法。我一直在考虑这件事。如果我的眼睛没问题，雇个能干的帮手，我还能凑合着在这儿待下去管理管理。可是像现在这样我没法留下来。总有一天我要失明的；而且不管怎么说，我也不适合管这些事了。唉,我从没想到会亲眼看到自己把家卖掉的这一天。但是以后的情况只会越变越糟,到时就没人想买了。我们所有的钱都在银行;还有几张马修秋天签的单据需要偿还。林德太太建议我卖掉农庄,住到别的地方去——我猜她的意思是和她一块儿住。绿山墙卖不了多少钱——它太小了,房子也旧了。不过我想卖得的钱够我维持生活的。我很高兴你有那份奖学金,安妮。放假时你就无家可归了,想想真让我难过,就是这样,不过我想你能对付过去的。"

马瑞拉情不自禁地失声痛哭起来。

"你绝不能卖掉绿山墙。"安妮坚决地说。

"唉,安妮,我也希望自己不必这么做。但是你能看得出来。我无法一个人留在这儿。烦恼和孤独会让我疯掉的。而且我的眼睛也会失明——我知道它会的。"

"你不会一个人留在这儿的,马瑞拉。我会和你在一起。我不去雷德蒙德了。"

"不去雷德蒙德!"马瑞拉抬起憔悴的脸庞,望着安妮。"什么,你是什么意思?"

"就是我说的那个意思。我不去领那份奖学金了。你从镇上回来后的那天晚上,我就这么决定了。你为我付出了这么多,马瑞拉,你当然不该认为我会在你困难时把你一个人丢下来的。我一直在考虑做何打算。让我告诉你我的计划吧。巴里先生想在明年租我们的农场。这样你就不必为它操心了。而我打算去教书。我已经向学校提出了申请——不过我估计自己可能得不到那个工作,因为据我所知,学校的理事已经答应把它给吉尔伯特·布莱思了。但是,我可以去卡莫迪的学校——昨天晚上布莱尔先生在店里这么对我说的。当然去那里远不如在亚芬里学校教书合适或方便。但是我可以住在家里,自己驾车从卡莫迪往返,至少天气暖和时可以这样。即使是冬天，我也可以每周五回来。为此，我们得留匹马。哦，我已经全计划好了，马瑞拉。我会给你念书，让你快乐。你不会感到寂寞无聊的。我们在这儿会非常安逸幸福的，你和我。"

马瑞拉宛若身处梦乡，静静地听着。

"哦，安妮，如果你在这儿，我会过得很好的。但是，我不能让你为了我而牺牲掉自己。那样太可怕了。"

"胡说！"安妮高兴地笑着，"没有什么牺牲不牺牲的。没有比放弃绿山墙更糟的事了——没有什么事儿会令我如此伤心。我们必须保住这个亲爱的老地方。我的决心已定，马瑞拉。我不去雷德蒙德；我要留在这里教书。你一点儿也不用为我担心。"

"但是你的理想，还有……"

"我还和从前一样有理想，有抱负。我只是改变了理想的目标。我要成为一名优秀的教师，而且我要保住你的视力。另外，我还打算在家自学一些大学课程。噢，我有一大堆计划，马瑞拉。一周来我一直在计划。我要把生命中最美的东西献给这里，相信它也会给我以最丰厚的回馈。我离开女王学院时，未来仿佛像一条笔直的路展现在我面前。我觉得自己沿途都可以看见很多里程碑。现在路上有了个弯道。我不知道弯道附近有什么，不过我相信那里一定有最美的景致。那条弯道有它的迷人之处，马瑞拉。我想知道越过弯道路会通向何方，那里是不是充满青春的壮丽与辉煌以及纷繁多变的轻柔光影——全新的风景，全新的美丽，走过去是不是还有很多道弯、很多座山。"

"我觉得好像不该让你放弃。"马瑞拉说，她指的是奖学金。

"但是你阻止不了我。我已经十六岁半了，'固执得像头骡子'，就像林德太太有一次对我说的。"安妮笑着说，"噢，马瑞拉，别再可怜我了。我不喜欢被人可怜，而且这也没必要。我打心眼儿里对能留在绿山墙感到高兴。

没有人会像你和我这样爱它——所以我们必须保住它。”

“可爱的姑娘!”马瑞拉说道,她妥协了,“我觉得你好像给了我新的生命。我想我该坚持让你去上大学,但是我知道我没法说服你,所以我也就不勉强了。不过我会让你得到补偿的,安妮。”

当安妮·雪莉放弃上大学的想法和打算留在家乡教书的消息在亚芬里传开时,人们对此议论纷纷。大部分不了解马瑞拉眼睛状况的好心人都认为她是个傻瓜。艾伦太太不这么想。她表示赞同,还把自己的意思告诉了安妮,这让那姑娘高兴得热泪盈眶。林德太太也不那么认为。一天晚上,她来到绿山墙,在温暖、清香的夏日暮霭中,安妮和马瑞拉正坐在前门口。每当夜幕降临时,白蛾在花园四处飞舞,薄荷香弥漫在清新的空气中,她们总喜欢坐在那儿。

雷切尔太太疲惫地长舒了一口气,然后她结实的身体便在门旁的石凳上坐了下来,石凳后面长着一排高高的粉红色和黄色蜀葵花。

“终于坐下来了,真高兴。我走了整整一天,让两条腿支着二百多磅的身子跑来跑去,太够呛了。不发胖真是件大幸事,马瑞拉。我希望你能好好珍惜。好啦,安妮,我听说你已经放弃了上大学的念头。我非常高兴听到这个消息。作为一个女人,你受的教育已足够了,该满足了。我可不相信姑娘、小伙一起上大学,让脑袋里装满拉丁、希腊文之类的东西会有什么好处。”

“可是我还是要学习拉丁文和希腊文的,林德太太。”安妮笑着说,“我会在绿山墙自学文学课程,还有其他任何我会在大学里学到的东西。”

林德太太惊慌失措地抬起双手。

“安妮·雪莉,你会累死的。”

“绝对不会。我会很健康的。噢,我可不会滥做事情。就像《乔塞亚·艾伦的太太》所说,我要‘悠着点儿’。不过,在漫长的冬夜中,我会有很多空余时间,反正我又不喜欢编钩之类的活儿。我打算到卡莫迪去教书,你知道。”

“我不知道。我想你会在亚芬里这儿教书的。理事会已经决定让你在这里教书。”

“林德太太!”安妮惊讶地跳了起来,叫道,“什么,我以为他们已经答应用吉尔伯特·布莱思了!”

“他们是答应了。不过当吉尔伯特听说你在申请的时候,便跑去找他们——昨天晚上他们在学校开了一个业务会,你知道——吉尔伯特对他们说他要收回申请,并且建议他们接受你的申请。他说他准备去白沙教书。他一定知道你非常想和马瑞拉待在一起,我得说,他真是心地善良,善解人意,就是这样。真正的自我牺牲,因为他还得支付自己在白沙的膳宿费,大家都知道他必须自己挣钱上大学。所以理事会决定录用你。托马斯回家告诉我这条消息的时候,我高兴死了。”

“我觉得我不该接受,”安妮喃喃道,“我是说——我觉得不该让吉尔伯特为我做这么大的牺牲,为我。”

“我想你现在没法阻止他了。他已和白沙的理事会签了合同。因此如果你拒绝的话,对他一点儿好处也没有。你一定得接受。现在这里没有派伊家的孩子上学,所以你的工作会非常顺利的。乔西是他们家的老小,最不省事的一个,就是这样。二十年来,亚芬里学校中总有派伊家的孩子,我想他们生活的任务便是不断提醒学校的老师这里不是他们的容身之地。天哪!巴里家山墙上的那些闪光是什么意思?”

“戴安娜在打信号让我过去,”安妮笑了,“你知道我们一直保持着老习惯。对不起,我过去一下,看看她想干什么。”

安妮犹如一只小鹿飞奔着跑下山坡,消失在了“闹鬼的森林”中的冷杉树影中。林德太太宽容地望着她的背影。

“从一些方面看她还是像个孩子。”

“从另外一些方面看,她更像个女人。”马瑞拉反驳道,语气恢复了她过去的干脆利落。

但是干脆利落不再是马瑞拉的突出特征了。正如那天晚上林德太太对她的托马斯说的那样。

“马瑞拉·卡思伯特变得温和了。就是这样。”

第二天晚上安妮去了亚芬里的小墓地,她在马修的墓前摆上了新鲜的花朵,又给苏格兰玫瑰花浇了水。她在那里一直徘徊到黄昏,她喜欢那个地方的平静和安宁,喜欢窃窃私语的白杨树,喜欢随心所欲地长在墓地间的青草。她离开那里后,便沿着通向“闪光之湖”的狭长山丘走下去,这时太阳已经落山,展现在她面前的是笼罩在梦一般余晖中的亚芬里——“永远宁静的老地方”。空气中有一股清新的气息,就好像一阵风刚刚吹拂过充满三叶草香味的田地。家宅周围的树丛中闪烁着星星点点的灯光。远方是喃喃低语的紫色大海,海面上雾气迷蒙,而它的浅吟低唱似乎永无休止。西边是一片色彩斑斓的壮丽景色,投影在池塘中显得分外柔和。这美丽的一切让安妮心潮澎湃,她激动地向它们敞开心扉。

“亲爱的老世界,”她低语道,“你非常可爱,我为自己能够生活在你的怀抱感到高兴。”

在半山腰处,一个高个儿小伙子吹着口哨从布莱思家的门口走出来。是吉尔伯特,而当他认出安妮时,嘴边的口哨声也随之消失。他很有礼貌地抬了抬帽子,不过如果不是安妮停下脚步伸出手去的话,他也就安静地走过去了。

“吉尔伯特,”安妮说道,面颊通红,“我想谢谢你,你为了我放弃了这所学校。你真是太好了——我想让你知道我非常感激。”

吉尔伯特热情地握住安妮伸出的手。

“这根本不是我特别好的缘故,安妮。我很高兴能给你一些小小的帮助。从此以后我们成为好朋友好不好?你真的原谅了我过去的错?”

安妮笑了,她努力想抽回她的手,却没有成功。

“那天在池塘边我就原谅了你,但是我当时不知道。我真是个固执的大傻瓜。我一直——干脆我就全坦白吧……从那天以来,我一直在后悔。”

“我们会成为最好的朋友的。”吉尔伯特喜气洋洋地说,“我们生来就该成为好朋友的,安妮。你一直在反抗命运的安排。我知道我们在许多方面可以互相帮助。你会继续学下去的,是不是?我也是这样。来,我送你回家吧。”

安妮走进厨房时,马瑞拉好奇地望着她。

“和你一起从小路回来的那个人是谁,安妮?”

“吉尔伯特·布莱思。”安妮答道,她恼火地发现自己的脸红了,“我在巴里家的小山上遇到了他。”

“我没想到你和吉尔伯特·布莱思是那么要好的朋友,居然站在门口和他说了半个小时。”马瑞拉生硬地笑着说。

“我们不是——我们一直是死对头。不过我们已经决定了以后做好朋友,这显得明智多了。我们真的在那儿谈了半个小时?看起来好像就几分钟。但是,你瞧,我们已经有五年不说话了,得把那些失去的追回来,马瑞拉。”

那天晚上安妮心满意足地坐在窗边。风在樱桃树枝间轻轻吹着,阵阵薄荷香迎面向她扑来。山谷间,星星在尖尖的冷杉后忽闪着眼睛,透过那道旧隙缝,依然可见戴安娜的灯光在闪烁。

安妮从女王学院回家的那天晚上也曾坐在那儿,从那天晚上开始,她的视野便被封锁了;不过,纵使她脚下的路越走越狭窄,她知道一路都将会有恬静的幸福之花开放。真诚的工作、崇高的理想、志趣相投的友谊,这一切所带来的快乐都将属于她;任何东西也无法将她那与生俱来的幻想权利或梦幻的理想世界夺走。总是有峰回路转时!

“上帝在天,但愿人间平安。”安妮轻轻低语道。

经典译林

Yilin Classics

书名	单价	书名	单价
癌症楼	78.00 元	艾青诗集	35.00 元
爱的教育	39.00 元	爱丽丝漫游奇境	29.00 元
安娜 · 卡列尼娜	65.00 元	安徒生童话选集	42.00 元
傲慢与偏见	36.00 元	奥德赛	92.00 元
八十天环游地球	32.00 元	巴黎圣母院	42.00 元
白洋淀纪事	39.00 元	百万英镑	35.00 元
包法利夫人	38.00 元	悲惨世界（上、下）	98.00 元
背影	28.00 元	被侮辱与被损害的人	39.00 元
边城	36.00 元	变色龙：契诃夫中短篇小说集	39.00 元
彼得 · 潘	35.00 元	变形记 城堡	38.00 元
草叶集：惠特曼诗选	39.00 元	茶馆	32.00 元
茶花女	35.00 元	查拉图斯特拉如是说	38.00 元
沉思录	29.00 元	城南旧事	29.00 元
吹牛大王历险记（插图版）	35.00 元	大卫 · 科波菲尔（上、下）	79.00 元
当代英雄	45.00 元	稻草人	29.00 元
地心游记	32.00 元	飞鸟集 · 新月集：泰戈尔诗选	39.00 元
飞向太空港	39.00 元	福尔摩斯探案集	58.00 元
复活	42.00 元	傅雷家书	49.00 元
富兰克林自传	36.00 元	钢铁是怎样炼成的	39.00 元
高老头	39.00 元	格列佛游记	35.00 元

书名	单价	书名	单价
格林童话全集	49.00 元	给青年的十二封信	38.00 元
古希腊悲剧喜剧集（上、下）	118.00 元	海底两万里	38.00 元
红楼梦	69.00 元	红与黑	49.00 元
呼兰河传	35.00 元	呼啸山庄	39.00 元
基督山伯爵（上、下）	108.00 元	纪伯伦散文诗经典	42.00 元
寂静的春天	35.00 元	假如给我三天光明	32.00 元
简·爱	39.00 元	金银岛	35.00 元
经典常谈	29.00 元	荆棘鸟	45.00 元
静静的顿河	128.00 元	镜花缘	49.00 元
局外人·鼠疫	38.00 元	菊与刀	35.00 元
克雷洛夫寓言	32.00 元	宽容	32.00 元
昆虫记	39.00 元	老人与海	32.00 元
理想国	45.00 元	聊斋志异	55.00 元
了不起的盖茨比	38.00 元	列那狐的故事	39.00 元
猎人笔记	38.00 元	林肯传	39.00 元
柳林风声	36.00 元	鲁滨逊漂流记	39.00 元
鲁迅杂文选集	36.00 元	绿野仙踪	32.00 元
绿山墙的安妮	36.00 元	论人类不平等的起源和基础	35.00 元
罗马神话	16.80 元	罗生门	39.00 元
骆驼祥子	32.00 元	美丽新世界	35.00 元
秘密花园	36.00 元	名人传	39.00 元
木偶奇遇记	35.00 元	拿破仑传	49.00 元
呐喊	29.00 元	牛虻	38.00 元
欧·亨利短篇小说选	36.00 元	欧也妮·葛朗台	32.00 元

书名	单价	书名	单价
彷徨	32.00 元	培根随笔全集	38.00 元
飘（上、下）	88.00 元	普希金诗选	42.00 元
骑鹅旅行记	36.00 元	乞力马扎罗的雪	39.80 元
热爱生命 · 海狼	38.00 元	人间草木：汪曾祺散文精选	49.00 元
伊索寓言：555 则	36.00 元	人性的弱点	39.00 元
人类群星闪耀时	36.00 元	儒林外史	42.00 元
日瓦戈医生	68.00 元	三国演义	59.00 元
三个火枪手	59.00 元	莎士比亚喜剧悲剧集	49.00 元
沙乡年鉴	42.00 元	神秘岛	48.00 元
少年维特的烦恼	28.00 元	十日谈	68.00 元
神曲（共三册）	128.00 元	双城记	45.00 元
世说新语（上、下）	89.00 元	受戒：汪曾祺小说精选	46.00 元
四世同堂（上、下）	78.00 元	水浒传	69.00 元
苔丝	39.00 元	宋词三百首	39.00 元
谈美书简	36.00 元	谈美	35.00 元
汤姆叔叔的小屋	45.00 元	汤姆 · 索亚历险记	32.00 元
堂吉诃德	78.00 元	唐诗三百首	39.00 元
童年	38.00 元	天方夜谭	42.00 元
瓦尔登湖	36.00 元	童年 · 在人间 · 我的大学	49.00 元
乌合之众	35.00 元	我是猫	39.00 元
雾都孤儿	44.00 元	物种起源	42.00 元
西游记	62.00 元	西顿野生动物故事集	38.00 元
悉达多	32.00 元	希腊古典神话	49.00 元
乡土中国	36.00 元	小妇人	45.00 元

书名	单价	书名	单价
小王子	29.00 元	星星离我们有多远	35.00 元
喧哗与骚动	58.00 元	雪国　古都	39.00 元
羊脂球	38.00 元	一九八四	36.00 元
一间自己的房间	36.00 元	伊利亚特	82.00 元
尤利西斯	58.00 元	月亮和六便士	45.00 元
约翰·克利斯朵夫（上、下）	98.00 元	朝花夕拾	22.00 元
战争论	45.00 元	战争与和平（上、下）	108.00 元
子夜	49.00 元	中国民间故事	39.00 元
罪与罚	66.00 元	最后一课	36.00 元